桂冠译丛

白虎
The White Tiger

〔印度〕阿拉文德·阿迪加 著
Aravind Adiga
路旦俊 仲文明 译

人民文学出版社
PEOPLE'S LITERATURE PUBLISHING HOUSE

著作权合同登记号　图字 01-2018-0853

THE WHITE TIGER By ARAVIND ADIGA
Copyright：ⓒ 2008 BY ARAVIND ADIGA
This edition arranged with DAVID GODWIN ASSOCIATES LTD. (DGA LTD.)
Through BIG APPLE AGENCY, INC., LABUAN, MALAYSIA.
Simplified Chinese edition copyright：
2018 SHANGHAI 99 READERS' CULTURE CO., LTD.
All rights reserved.

图书在版编目(CIP)数据

白虎/(印)阿拉文德·阿迪加著；路旦俊,仲文明译.
—北京：人民文学出版社,2018
（桂冠译丛）
ISBN 978-7-02-014026-8

Ⅰ.①白… Ⅱ.①阿… ②路… ③仲… Ⅲ.①长篇小说-印度-现代 Ⅳ.①I351.45

中国版本图书馆 CIP 数据核字(2018)第 062210 号

责任编辑　马爱农
特约策划　任　战　杜玉花
装帧设计　李　佳

出版发行　人民文学出版社
社　　址　北京市朝内大街 166 号
邮政编码　100705
网　　址　http://www.rw-cn.com
印　　制　上海盛通时代印刷有限公司
经　　销　全国新华书店等
字　　数　203 千字
开　　本　889 毫米×1194 毫米　1/32
印　　张　8.375
版　　次　2010 年 4 月北京第 1 版
印　　次　2018 年 10 月第 1 次印刷
书　　号　978-7-02-014026-8
定　　价　39.00 元

如有印装质量问题，请与本社图书销售中心调换。电话：010-65233595

目　录

第一晚　1

第二晚　34

第四日早晨　73

第四晚　88

第五晚　131

第六日早晨　150

第六晚　172

第七晚　224

为什么要写信给中国总理？
　　——《白虎》导读　陆建德　250

第一晚

敬呈：
热爱自由的国度——中国
首都北京
总理办公室
温家宝总理阁下

白虎
一位思考者与企业家
于世界科技与外包之都——印度班加罗尔
敬上

总理先生：
我们两个人都不怎么懂英语，但有些事却又只能用英语才说得清楚。

我的前雇主、已故的阿肖克先生的前妻平姬夫人教会了我这些事情。今天晚上十一点三十二分，也就是十分钟前，全印广播电台的女播音员报道说："温家宝总理将于下周访问班加罗尔。"听到这里，我马上就想把这件事告诉您。

实际上，每次像您这样的重要人物访问印度时我都想谈谈这件事。倒不是我对伟人们有什么偏见。从我个人的角度来说，先生，我把自己看成是您的同类人。然而，每当我在电视上看到我们的总理大人带着他那些显赫的手下钻进黑色的轿车，一溜烟开往机场，下车后在电视镜头前向您行合十礼，并大谈特谈印度是一个多么高尚神圣的国家时，我就忍不住要用英语说说这件事。

总理阁下，看来，您本周就要来印度访问了，是吧？在这种事情上全印广播电台的报道应该还是可信的。

开个玩笑，您别介意。

哈！

这就是我为什么要直截了当地问您是不是真的要来访问班加罗尔。如果是的话，我有些重要的情况要通报给您。您听我说，女播音员当时是这么说的："温家宝总理此行的目的在于了解一个真实的班加罗尔。"

听到这里，我全身的血液都凝固了。如果说真的还有人知道一个真实的班加罗尔，那个人肯定是我！

那位女播音员接着说："家宝先生希望能与当地一些印度企业家会面，并想听他们亲口介绍自己的创业经历。"

她的这句话确实道出了一些实情。总理阁下，你们中国在各方面都远胜于印度，除了一样——你们缺少企业家。我们国家没有纯净的水源，没有充足的电力，没有发达的污水处理系统，也没有良好的公共交通；人们不怎么讲究卫生，做事松松散散，谈不上谦恭有礼，也没有守时的好习惯；但我们有的是企业家，成千上万的企业家，特别是高科技产业的企业家。我们这些企业家经营着班加罗尔所有的外包公司，也正是我们，在实际上支撑着美国的庞大商业帝国[1]。

---

[1] 班加罗尔是印度第七大城市，同时也是印度最富裕、经济发展最有活力的城市。该市IT业非常繁荣，有"亚洲硅谷"之称。

您来这里访问的目的一定是想学习如何造就一批中国的本土企业家。这让我受宠若惊，但我随即想到，出于国际礼仪，我们的总理和外长一定会手执花环去机场接您，然后还会赠送给您檀香木的甘地雕像，以及关于印度的过去、现状与未来的宣传册。

一想到这里，阁下，我就必须用英语把这件事情说出来，而且要大声说出来。

这个决定是晚上的十一点三十七分做出的，也就是五分钟前。

我不是一个只会赌咒发誓的人。我勇于行动，敢于改变。就是刚才那一刻，我打定主意，决定提笔给您写这封信。

首先，我想表达对中国这个文明古国的无比钦慕之情。

我读过一本介绍中国历史的书，叫作《东方异国风情录》。这本书是我在旧德里的周末旧书市场淘书时，偶然在地摊上发现的。该书主要叙述了香港的海盗与黄金，但也确实有些有用的背景信息：里面提到了中国人民崇尚民族解放与个人自由。英国人曾试图奴役贵国人民，但你们从未让他们得逞。我非常钦慕这一点，总理阁下。

您可知道，我自己是奴仆出身。

只有三个国家从未屈身于异族外邦的统治：中国、阿富汗与阿比西尼亚[1]。这也是我钦佩的仅有的三个国家。

出于对中国人民热爱自由的尊重之情，同时也出于我个人的一个信念：既然往昔号称"世界霸主"的白人今天已沉沦于同性苟且之事，手机滥用之忧，毒品泛滥之祸，那么未来世界应该属于我们东方人。因此，我愿意免费告诉您一个真实的班加罗尔。

您看了我的人生故事就明白了。

您听我说，在班加罗尔街道上等红灯的时候，经常会有人跑来敲车窗，兜售一些走私来的美国企业管理丛书。这些书一般都是胶

---

[1] 即埃塞俄比亚。

膜包装，非常精美，书名大多是诸如《企业成功的十条秘诀》或者《企业家七日速成》之类吸引眼球的玩意儿。

千万别浪费钱买那些书，它们早已过时了。

我才代表着未来。

就正规的学校教育而言，我是有点缺失。说实在的，我小学都没毕业。可这又算得了什么呢！我读过的书虽然不多，但都是拣有用的读。印度史上最伟大的四位诗人的作品我都能倒背如流，鲁米[1]、伊克巴尔[2]、米尔扎·迦利布[3]，还有一个人的名字我一下子想不起来了。我就是这样一个自学成才的企业家。

请相信我，这是最好的一种成才方式。

您要是知道了我是怎么来到班加罗尔，并成了这里最成功的（可能也是最不为人所知的）商人之一，就会明白企业家们是如何在这里孕育、发展、壮大的，是如何立足于人类历史上光辉伟大的二十一世纪的。

更具体地说，属于我们东方人的世纪。

属于您和我的世纪。

总理先生，就快到午夜了，正是适于倾心长谈的时候。

阁下，我将彻夜不眠地在信里与您交谈。眼下，我这十四平方米的办公室里空无一人，只有我和我头顶的大吊灯，只是这大吊灯有它自己的个性。在七十年代电影里面经常可以看到这样的吊灯，巨大而笨重，镶满了钻石状的玻璃片。尽管班加罗尔的夜晚比较凉爽，我还是在它上方又装了一个小风扇，上面有五片扇叶。看，风

---

1 鲁米（1207—1273），波斯苏菲派诗人，出生于巴尔赫（今阿富汗），主要作品有六卷叙事诗《玛斯纳维》、抒情诗《沙姆斯诗集》等。

2 伊克巴尔（1875—1938），诗人、哲学家，被公认为巴基斯坦精神之父，提出在印度西北部创建一个独立的穆斯林国家的思想。

3 迦利布（1797—1869），印度穆斯林诗人，在乌尔都语文学史上被誉为现代散文新纪元的开创者。他的主要著作有波斯语写的《诗全集》《散文全集》《五篇源》等；用乌尔都语发表的著作主要有《迦利布诗选》《印度的芬芳》《乌尔都语精粹》《天赋的智慧》等。

扇一转起来，叶片就会分光割影，满屋流光闪动，效果可以和班加罗尔最好的迪厅里那些频闪灯媲美。

在班加罗尔，这种装有吊灯的十四平方米办公室就此一家！不过它对我来说仍然是个窝，我可以在这里一坐就是一晚上。

这就是套在企业家头上的魔咒。他必须时时刻刻关注自己的生意。

现在我要去打开电扇，让它旋动吊灯上的玻璃饰片，将灯光洒向屋子的每个角落。

我现在很放松，阁下。希望您也是如此。

我们开始吧。

在进入正题之前，我还是先把我的前雇主、已故的阿肖克先生的前妻平姬夫人教我的那句话告诉您吧。

那就是："真是他妈的笑话！"

我现在一般不看印度电影。记得原来我常看电影的时候，每次电影快开场前，银幕上要么一片漆黑，只有786几个数字在不停地闪烁，要么就只有一个披着白纱丽的女人，数不清的金币不停地落在她的脚跟前。这是因为穆斯林认为786是一个神奇的数字，象征着真主；而那位身披白纱丽的女人就是印度教女神拉克希米。

我们印度人有个古老而庄重的习俗，就是在讲故事前要先向神祈祷。

阁下，我想，等我找个神，祈祷后就可以开始了。

问题是找哪个神呢？我的选择太多了点。

您听我说，穆斯林有一个真主。

基督徒有三个上帝[1]。

---

1 基督教信奉圣父、圣子、圣灵三位一体，故称之为三位上帝。

而我们印度教信徒有三千六百万个神。

天哪，我竟然有三千六百万零四位神灵可以选择。

现在有一些人，不光是你们共产党人，而是所有政党中有思想的人士，都不相信世上真有这么多的神灵。还有一些人根本不相信有任何神灵存在，存在的只有我们和我们周围那无边无际的黑暗。我不是哲学家，也不是诗人，我怎么知道谁真谁假？我只知道所有这些神祇就像我们那些政客，干的活少得可怜，却能年复一年地再次当选，稳坐在天堂里金光灿灿的宝座上。总理先生，这可不是我不尊重他们！千万不要让这种亵渎神明的念头在您的头颅里生根发芽。在我们国家只有两面派的做法才玩得转：企业家们必须既正直忠厚，又狡黠多谋；既嘲弄神明，又虔诚信奉；既圆滑世故，又诚实守信。

于是，我现在闭上双眼，合十默念，祈求我的神明们能让我这黑暗的故事稍微光明一点。

家宝总理，麻烦您稍等一会儿。我可能要祈祷好一会儿呢。

您以为亲吻三千六百万零四个神是那么容易的事情吗？

好了。

我又睁开眼睛了。

现在是晚上十一点五十二分。真的该开始了。

在开始前，我还是按规定来一句警告语吧，就像香烟盒子上印制的"吸烟有害健康"之类的。

有一天，我开着本田车载着我的前雇主、已故的阿肖克先生和平姬夫人驶在路上。阿肖克先生拍拍我的肩膀说："靠边停车。"吩咐我的时候，他离我很近，我都能闻到他身上剃须水的味道——那天是清新宜人的水果味。他像往常一样和气地问我："巴尔拉姆，我问你几个问题，好吗？"

"请您问吧,先生。"

"巴尔拉姆,知道天上有多少颗星星吗?"

我给了他我能想到的最好的答案。

"巴尔拉姆,知道谁是印度第一任总理吗?"

还有,"巴尔拉姆,知道印度教徒和穆斯林有什么不同吗?"

"巴尔拉姆,知道我们是在哪个大陆上吗?"

阿肖克先生往椅背上一靠,侧头问平姬夫人:"你听到他的回答了吗?"

"他不是在开玩笑吧?"她一开口,我就习惯性地开始心跳加速。

"不,他就是那么想的。他认为那确实是正确的答案。"

平姬夫人听后咯咯地笑了起来,但我从后视镜中看到阿肖克先生却是一脸的严肃。

"问题是,他可能只读了两年……或者三年书吧?他能读书,能识字,但不明白自己到底读了些什么。他是个半吊子货。我告诉你,印度到处都是他这样的人。我们就把伟大的议会民主托付给这些人了。这就是这个国家的悲剧之源。"

他叹了一口气。

"算了,巴尔拉姆,接着开车吧。"

那天晚上,我躺在床上的蚊帐里,翻来覆去,想着他说的那些话。阁下,他没说错,虽然我不喜欢他那样说我,但他确实没说错。

《一个印度半吊子的自传》,我应该给我的人生故事起这么个名字。

我,以及印度千千万万个像我这样的人,都是半吊子,因为我们根本没机会完成学业。不信,掀开我们的头颅,打着电筒往里面看看,您会发现我们的大脑就是个乱七八糟的博物馆:从历史课本里学来的几个年代和事件;从数学课本上学来的几个公式(我敢向您保证，只有那些中途辍学的人才对学校里学到的东西时刻记忆犹新）；在办公室等人的时候从报纸上读来的几句关于政治的议论；从农村茶铺用来包点心的破破烂烂的几何课本书页上看来的几个三角形和棱锥体；从全印广播电台新闻节目里面听来的几条新闻；入睡前半小时纷至沓来的各种胡思乱想，就像蜥蜴从顶棚上掉下来一样跳入脑海——所有这些懵懵懂懂、一知半解、半对半错的信息与我们脑子里的其他半吊子想法混在一起，相互争个你死我活，最后再让我们产生了更多的半吊子主意。而这就是我们做人做事的准则了。

我的成长经历就是一部历史，一部如何造就半吊子的历史。

但是请您注意，总理阁下，那些被看成是成品的家伙们又怎么样呢？他们读了十二年书后又读三年大学，毕业后一个个衣冠楚楚，到公司谋职，一辈子对他人唯唯诺诺。

企业家们正是从我们这些半吊子货中烧制出来的。

告诉您我的一些基本情况——籍贯、身高、体重、性取向等等。警方的通缉布告里无疑已经提及了所有这一切。

我承认，说我是班加罗尔最不出名的成功人士并不全对。大概是在三年前吧，因为一次企业精神的突然勃发，我成了全国通缉的要犯，印有我头像的布告贴遍了每一个邮局、火车站、警察局。当时很多人都看到了我的照片和名字。我手头现在没有纸质的布告，但我从扫描了一张，存在了我的笔记本电脑里。我这台银色笔记本是苹果牌的麦金托什系列，是我从新加坡的一个专卖店网购得来的。这台机子简直像梦中的奇迹一样神奇。您不介意多等一秒钟的话，我可以马上打开笔记本，调出扫描进去的那张布告，直接将上面的内容念给你听……

我还是先说说这张布告原件的事吧。我是在海得拉巴市的火车站看到这张布告的。那时我正好从德里回班加罗尔,除了一个沉重的红色皮包,没带什么行李。我把这张布告放在这间办公室里已经整整一年了,就放在这张桌子的抽屉里。有一天清洁工整理我的东西,差点发现这张布告。我不是一个多愁善感的人,家宝先生。企业家是不能多愁善感的,所以我把布告给扔了。扔掉之前,我先找人学习了扫描技术。你知道,我们印度人玩电子科技简直是如鱼戏水。我大概只花了一两个小时就学会了。总理阁下,我说过,我是个勇于行动的人。现在屏幕上正是我扫描进去的布告:

逃犯通缉协查通告

兹通缉捉拿照片所示之在逃嫌疑人巴尔拉姆·哈尔维,又名穆纳,系人力车夫维克拉姆·哈尔维之子。

年龄:25 岁—35 岁

肤色:略黑

脸型:椭圆

身高:约 1.63 米

体形:瘦弱,矮小

……

阁下,这些描述现在一点也不准确。肤色略黑这一点现在还没变,不过我现在倒还真有点想尝试一下美白霜。这种美白霜是他们前段时间刚推出的,目的是让印度人用了之后和西方人一样白。至于其他描述嘛,和我一点也对不上号。班加罗尔的生活很舒服,丰盛的食物,管够的啤酒,五光十色的夜总会,我还说什么呢?"瘦弱"?"矮小"?哈哈!这段时间我的体形可好多了,说我是"又肥又胖"、"大腹便便"还差不多。

我们还是进入正题吧,因为我没有时间通宵给您写信。我先给您解释解释下面这句话吧。

巴尔拉姆·哈尔维,又名穆纳

是这样的。我第一天上学的时候,老师要我们排好队,挨个儿到讲桌前登记姓名。当我把名字告诉老师后,他抬起头来,目瞪口呆地看着我:"穆纳?这不算个名字。"

他没说错,"穆纳"这个词没什么含义,只是"小孩子"的意思。

"可我只有这个名字。"我说。

我没有说谎,的确没人给我起过名字。

"你妈妈没给你起名字吗?"

"她病得很厉害,先生。她卧床不起,总是呕血,没时间给我起名字。"

"那你爸爸呢?"

"他是个人力车夫,先生。他也没时间给我起名字。"

"那你有奶奶吗?叔叔姑妈有吗?"

"他们也都没时间。"

老师转过脸,吐了一口槟榔汁,鲜红的汁水喷在教室的地面上。他舔了舔嘴唇:"好吧。那只好由我来给你起个名字啦,是吧?"他捋了捋头发,"好吧,呃,你就叫……拉姆吧。等一下,我们班好像有个叫拉姆的了吧?我可不想搞混了。叫巴尔拉姆好了。你应该知道这是谁的名字吧?"

"我不知道,先生。"

"他是牧牛神克利须那[1]的忠实伙伴。你知道我叫什么吗?"

"不知道,先生。"

---

[1] 即黑天神,为婆罗门教和印度教主神毗湿奴诸多化身中最得人缘的神祇。

他大笑了起来:"我就叫克利须那。"

那天我回家后,告诉父亲老师给我起了一个新名字。他耸耸肩,说:"要是他喜欢这样叫你,那以后我们也叫你这个名字算了。"

于是,我从那一天起就成了巴尔拉姆。后来,我又有了第三个名字,来历我等一下会告诉您的。

哦,到底是什么地方的人会忙得忘记给自己的孩子起名字呢?我们还是接着往下看那张布告吧:

嫌疑人系拉克斯曼加尔村人,……

如同班加罗尔所有的故事一样,我的故事也始于距班加罗尔千里之外的地方。您别看我现在坐在光明亮堂的地方,其实我出生和长大的地方却是黑暗之地。

我说的可不是时间意义上的白天与黑夜,先生!

我说的是印度的一个地方。那里至少占印度国土面积的三分之一,土地肥沃,堪称鱼米之乡,到处是绿油油的稻田,金黄的麦浪,清清的池塘。池塘里长满了莲藕和睡莲,水牛踩着塘边的泥泞,嚼食着莲叶。当地的人就把这儿叫作黑暗之地。阁下,您要知道,印度这个国家是由格格不入的两面组成的矛盾体:一面是光明,一面是黑暗。大海给印度带来了光明。印度任何一个靠近海岸的地方都比较富裕,但那条河带来的却是黑暗——那条黑暗的河。

您知道我说的是哪条河吗?那是一条死亡之河——她的两岸到处都是肥油油、黑黝黝、黏乎乎的污泥,牢牢抓住生长在上面的一切植物,让它们生长迟缓,茎株矮小,艰难挣扎。

噢,我说的是我们的母亲河——恒河,吠陀之女的化身,流淌光明之河,我们所有人的保护神,打开生死循环解脱之门的圣河。这条圣河流经之处,尽是黑暗之地。

印度有一条定理：把总理告诉您的关于印度的绝大多数情况颠倒过来理解，您就接近事实的真相了。毋庸置疑，我们的总理大人肯定会告诉您恒河被称为解脱之河，告诉您每年有成百上千的美国游客到赫里德瓦尔和贝拿勒斯[1]旅游，拍摄苦行僧在恒河裸身沐浴的情景。他肯定会这样向您描述，然后殷切地邀请您下水泡一泡。

别去！总理阁下！我劝您千万别去恒河沐浴。水里都是什么东西呀！满是粪便、稻草、泡得腐烂的尸体躯干[2]、腐臭的水牛，还有七种不同的工业酸！

我太了解恒河了，阁下。记得我六岁那年，也许是七八岁吧（我们村里就没人记得准自己的年龄），我来过恒河边上的圣城贝拿勒斯。那时我走在送葬队伍的最后面，沿着圣城贝拿勒斯的山坡一阶一阶缓缓下行，运送我母亲的灵柩去恒河[3]。

我奶奶库苏姆走在最前面。鬼精鬼精的老库苏姆！她有个习惯，每当心情好的时候，就会搓揉自己的前臂，好像在搓一块生姜，还咯咯地笑着。她的牙齿都掉光了，但她的笑容却因此更显狡黠。她就是用自己的这种笑容树立了自己在家里的权威，儿子、儿媳们都对她敬畏有加。

我的父亲和我的哥哥基尚跟在奶奶后面，抬着装运遗体的藤床的前端，我的几个叔叔——穆努、贾拉姆、迪威拉姆和乌梅什——在后面抬着。母亲的遗体从头到脚用藏红色的丝布裹着，上面覆盖着玫瑰花瓣和茉莉花环。我想这是她这辈子穿过的最好的服饰了。她的后事办得这么隆重，使我在刹那间有所省悟，妈妈的一生肯定充满苦难，而我的家族心有愧疚，想在葬礼上有所弥补。

我的婶婶们——拉布丽、莎莉妮、马莉妮、鲁图、贾德维和鲁

---

[1] 贝拿勒斯，1957改名瓦拉纳西，印度教圣地。
[2] 印度人认为恒河是圣洁之河，可以洗清自己的罪孽和不洁。因此，每年都有觉得自己罪孽深重的人投恒河自杀，其浮尸被捞起后会在河边火化。
[3] 印度教徒死后，按教义由男性亲属抬至贝拿勒斯在恒河边火葬，他们认为这样可以升入极乐世界。

奇——不停地转头对着我拍手,要我跟上。我记得我那时也跟着她们挥舞着手臂,嘴里喊着:"湿婆大神,您的名字是唯一的真谛!"

我们走过一个又一个寺庙,拜了一个又一个神祇,最后来到了一个健身馆前,里面有三个人正在举锈迹斑斑的杠铃。健身馆的旁边是一座供奉猴神的寺庙,寺庙与健身馆之间的道路很窄,我们只能单排通过。还没看到恒河,我就闻到了河里传来的腐尸的气味。我提高了嗓门:"……唯一的真谛!"

这时候,我听到了噼噼啪啪的砍柴声。河边的火葬场边上已经搭起了一个木头台子,上面堆满了圆木,有几个人在拿着斧子劈木头。火葬场的台阶一直通到河里,上面堆满了火葬用的柴堆。我们赶到那里的时候,有四具尸体正在台阶上焚化。我们排队等着。

远远地,我看到一个白色的小岛,在阳光下闪闪发光,成群的小船满载着人划向那个小岛。我不知道母亲的灵魂是否也会漂流到那个金光闪耀的小岛上。

我在前面提到过,母亲的身上裹了一块绸缎。这时有人将这块绸缎往上拉了拉,蒙住了母亲的脸。我们拿出所有的钱,买了一些圆木,堆在了她的身上。然后祭司开始点火。

"她刚来我们家的时候是个又听话又安静的女孩,"库苏姆用手摸着我的脸,"我可从来没有要和她吵架的意思。"

我摇摇头,挣脱了她的手,我要看着我的母亲。

跳动的火苗吞噬着红布,这时,一只苍白的脚却好像有生命一样从火堆里猛地伸了出来,烈火中的脚趾在弯曲抽搐,好像不甘心被大火吞掉。库苏姆把那只脚又推到了火堆里,但是它却怎么也烧不起来。我的心猛地悸动起来,看来母亲是不愿意让他们这样毁掉她的躯体啊。

台子下面堆满了火葬用的圆木,河水不停地冲刷河岸,那里有一个巨大的黑土堆,上面撒满了茉莉花、玫瑰花瓣、绸缎碎片和烧焦的骨骼。一只沙皮狗在花瓣、布条和骸骨中嗅来嗅去,不停地扒刨寻食。

我看了看那堆黑泥,又看了看母亲弯曲的脚,我突然明白了。

就是这个黑土堆,就是这片隆起的淤泥让她死不甘心。她的脚趾弯曲抽搐,在与那黑色淤泥作着最后的反抗。但是这片淤泥还是在渐渐地将她吞没,将她拉向深处。这片淤泥太稠,而且随着恒河每一次冲刷火葬场,它的面积还在不断加大。母亲很快就会变成这片黑色淤泥的一部分,任由那条沙皮狗舔食。

这时候我明白了,恒河边上的这片淤泥才是贝拿勒斯真正的神明。一切都在这里死亡,腐烂分解,得到重生,然后再化为淤泥。我死了之后,也会一样被带到这里来的。没有人能够逃脱,没有人能够解脱。

我忘记了呼吸。

这是我人生中第一次昏厥。

从那以后,我再也没去看过恒河:让美国人去看吧,我是不去了。

该嫌疑人系格雅地区拉克斯曼加尔村人,……

我的家乡挺出名的,可以说是举世闻名。贵国历史的塑造,也有我们家乡的一份功劳。为什么这样说呢?您肯定听说过菩提伽耶[1]吧,佛陀就是在这里的菩提树下悟道正果,创建了佛教一脉,后来流传到包括中国在内的许多国家。您知道那棵菩提树在哪儿吗?就在我家附近!就在离拉克斯曼加尔村只有几公里远的地方!

我不知道佛陀是否曾游历过拉克斯曼加尔村,有人说他来过。

---

1 即佛教传说中佛陀悟道之处。

我觉得如果他真的曾路过此地的话,他会飞跑着穿过去,能跑多快跑多快,再也不回头看一眼。

拉克斯曼加尔村外有条小河,是恒河的支流,每周一都有船顺流而下,从外面的世界带来各种日用品。村子里有条小街,一条明亮的排水沟将其分为两半。一个小集贸市场就建在排水沟两边的淤泥之上。里面只有两三家小店,门面看上去都差不多,卖的东西也一样:以次充好的陈米、食用油、煤油、饼干、香烟、棕榈糖。市场尽头有一个圆锥形的高塔,外墙用石灰水粉刷,每一面都绘着纠结缠绕在一起的黑蛇。这就是我们当地的寺庙。在庙里可以看到一幅画像,是一个藏红色的半人半猴的生物,那就是我们供奉的猴神哈努曼[1],黑暗之地最受膜拜的神明。阁下,您听说过哈努曼吗?他是罗摩大神[2]最忠实的仆人,我们之所以在庙里供奉猴神,是因为他给我们树立了一个光辉的榜样——以绝对的忠诚、热爱与奉献侍奉自己的主人。

有些神是被造出来强加给我们的,家宝总理。您现在该明白为什么说一个人要在印度获得自由实在是太难了。

地方我就先介绍到这里。下面给您介绍一下当地的人吧。阁下,我非常骄傲地告诉您,拉克斯曼加尔正是您听过的那种典型的印度乡村乐土:电力充足,装了自来水,电话也打得通;村里的孩子们营养也算丰富,吃得上肉类、鸡蛋、蔬菜、小扁豆等。拿出卷尺和秤检查一番,他们发育得还行,身高和体重能达到联合国和相关组织规定的最低标准。我们的总理与这些组织签订了不少条约,还煞有介事地频繁出席这些机构和组织的各种论坛。

哈!

---

[1] 印度史诗《罗摩衍那》中的神猴,国内有学者(如胡适等)认为哈努曼就是《西游记》中孙悟空的原型。
[2] 即印度教中的最高神毗湿奴,与湿婆共掌神界权力,罗摩与释迦牟尼均为其十个化身之一。

电线杆——没通电。

水龙头——不出水。

孩子们——一个个瘦得与他们的年龄不相称，脑袋显得特别大，无辜的眼睛忽闪忽闪着，好像是在拷问印度政府的良心。

不错，家宝先生，这就是典型的印度乡村乐土。什么时候我也到中国去看看你们那儿的乡村乐土是否好一点。

沿着大路走下去，您会看到一群群猪在排水沟里拱食。猪的背上是干燥的，长长的猪鬃缠结在一起，而浸泡在泥水里的猪身则黑得发亮。几只公鸡长着鲜红的鸡冠、金黄的羽毛，在房顶上飞上飞下。再往前走，就是我家的房子了——如果现在还在的话。

在我家门前，您可以看到我们家最重要的成员。

水牛。

它是我们家最肥壮的家伙了；村里的任何一家都是如此。女人们每天要不停地割鲜草喂牛，这是她们的主要工作。她们的希望全都寄托在牛身上的肥膘上。如果产奶充足的话，妇女们就可以卖掉一些，期望能多换来一点点的钱。水牛身躯庞大，毛发光亮，鼻子上的青筋有小孩的鸡巴那么粗，嘴角总是挂着珍珠一样的泡沫。

它每天都趴在门口，身下是一堆大得骇人的牛粪。它可是这个家的老大啊！

走进大门，您会看到我们家的女人们在院子里忙活——如果在我出事后她们还活着的话。我的婶婶们、堂姊妹，还有我的奶奶库苏姆。她们有的在喂牛，有的在簸谷，还会有人坐在地上，盯着另一个女人的头皮，仔细搜索着虱子的踪迹，然后用指甲把它们挨个儿捏死。她们也会时不时地停下手里的活，因为吵架时间到了。她们一上阵就会互相投掷金属瓶罐，撕扯头发，不过不一会儿就各自先亲亲自己的手背，然后再摸摸对方的脸颊，以示重归于好。晚上她们挤在一起睡觉，交错层叠的腿让我想起一种动物，对，千足虫。

男人们则睡在房子的另外一个角落。

清晨时分,公鸡像发了疯似的在村子里叫个不停。迷迷糊糊之中,一只手伸过来把我摇醒。我把放在我肚子上的基尚的脚搬开,把放在我脑袋上的帕普的手挪开,然后小心翼翼地抽身逃离了这些睡意浓浓的家伙。

"穆纳,过来。"

父亲已经站在门口了。

我赶快跑过去。我们把柱子上的缰绳解开,牵着水牛去让它享受晨浴。我们要去的池塘就在黑堡下面。

黑堡坐落在一个小山头上,俯瞰着我们的小村。出过国的人都说黑堡一点都不比欧洲的那些城堡逊色。黑堡至少有几百年的历史了,至于是谁建造的我就不太清楚了。也许是土耳其人,也许是阿富汗人,也许是英国人,或者其他曾统治过印度的外国佬。

(印度从未真正自由过。开始是穆斯林说一不二,然后轮到英国人对我们呼来喝去。一九四七年英国人走了,但只有白痴才相信我们真的自由了。)

现在黑堡久已弃之不用,一群猴子占堡为王。除了羊倌有时会到那附近放羊外,就没有什么人上去过了。

日出时分,黑堡下面的池塘波光粼粼。大块的石头从黑堡墙上滚落下来,一路翻滚轰鸣着冲进池塘。掉进水里的巨石有一半浸在水中,表面光滑而湿润。多年以后,我在新德里国家动物园看到在小憩的河马,才知道该用什么动物形容当年看到的巨石。池塘的水面上开满了荷花和睡莲,花间涟漪泛起点点银光。水牛照例蹚着池水,咀嚼着睡莲叶子,所到之处,它的鼻子会拱出一个大大的V形波浪。太阳慢慢升起,将它的光辉撒在水牛身上,撒在我父亲的身上,撒在我身上,撒在我的世界上。

不知道您信不信,有时候我还真挺惦念那地方的。

我还是接着说那份布告:

嫌疑人最后一次出现时身着蓝色格子涤纶衬衫、橙色涤纶长裤,脚穿栗色凉鞋……

"栗色凉鞋",哈,啊呸!只有警察会编造这样的细节。我坚决否认什么栗色凉鞋。

"蓝色格子涤纶衬衫、橙色涤纶长裤",呃,这个我也想否认,但不幸的是他们这次没说错。阁下,这种衣服是仆人们比较喜欢的。那天早上,这个布告刚刚发出的时候,我确实还是一个仆人。(但晚上我就自由了,换了套衣服。)

布告上有一个措辞让我万分恼火——我来将它改一下:

……人力车夫维克拉姆·哈尔维之子……

应该是人力车夫维克拉姆·哈尔维先生!真有你们的!我的父亲是一个穷人,但他是一个勇敢的人,一个正人君子。如果没有他的指引,我今天绝无可能坐在这样的办公室里,坐在这样的枝形吊灯下。

每天下午,我放学后就会去茶铺找父亲。茶铺是我们村子的活动中心,从格雅开来的公共汽车每天中午都会停在茶铺前,最多晚点一两个小时。警察来村子里找人麻烦的时候,也会把他们的吉普车停在这儿。临近黄昏的时候,总有个人骑着单车,起劲地摇着铃铛,围着茶铺转上三圈。单车的后座上绑着一个硬纸板,上面是色情电影的大幅海报。阁下,一个村子要是没有一座放黄色电影的剧院,那还算什么印度传统村子?河对面有个小影院,每天晚上都放映这种电影,都是些长达两个半小时、花里胡哨的故事片,什么《他是个真正的男人》啦,《谁动了她的日记》啦,《叔叔做的好事》啦,主人公要么是金发碧眼的美国女人,要么是香港的孤独女人。阁下,这是我自己乱猜的,我可没和那些小子一起去看过这种电影!

人力车夫们把自己的黄包车停在茶铺门口,一溜排开,等着公共汽车上的旅客下车,好招揽生意。

茶铺里为客人准备的塑料椅子他们是没有资格坐的,他们只能蜷缩在后面等客,弓腰弯背地蹲在地上,那姿态就像在印度随处可见的仆人们一样。我的父亲从不会那样缩成一团——我记得很清楚。他宁愿站着;不管要站多久,不管有多累,他都会站着。他经常一个人站在那里,光着脊梁,若有所思地喝着茶。

汽车来了,喇叭按得"嘟嘟"直响。

游荡在茶铺附近的猪和流浪狗炸了窝,四下乱窜。汽车带起的风裹挟着灰尘、沙土、风干的猪粪冲进茶铺。一辆白色的使节牌汽车停在了茶铺门口。父亲放下茶杯,走了出来。

车门打开了,一个人夹着笔记本从车里走了下来。茶铺里的常客们坐在那里继续喝茶,而我的父亲和车夫们立刻站了起来,自动排成了一队。

夹着笔记本的那个家伙不是**大水牛**,而是他的手下。

车里还有一个人。他矮矮胖胖,不动声色,头发已经掉光了,露出坑坑洼洼的棕褐色的头皮,腰间别着一把手枪。

他才是**大水牛**。

大水牛是拉克斯曼加尔的一个地主。我们那里有四个大地主,当地人根据他们各自贪得无厌的德行,给每人都起了个绰号。

鹳鸟是个胖子,留着浓密的八字胡,胡子尖弯弯地翘着。村外的小河是他家的,渔夫从河里抓一条鱼,艄公摆渡一个人,都要向他交份子钱。

他的兄弟叫**野猪**。这个家伙拥有拉克斯曼加尔周围的所有良田。你要想在这些地里讨生活的话，就要在他面前深深地鞠躬，触摸他拖鞋前面的泥土[1]，并要忍气吞声地答应他每天抽租子。他开车路过女人时，会停下车，摇下车窗，咧着嘴笑。他笑的时候，嘴巴张得大大的，露出鼻孔下面两颗长牙，牙尖还有点弯曲，看上去有点像小獠牙。

乌鸦的田地在黑堡周围的半山腰，缺乏灌溉，满是碎石，是最贫瘠的。但他的地却是羊倌们放羊的必经之地。羊倌们如果不掏钱买路，他就会"用尖喙在他们背上啄个洞"。这就是乌鸦名字的由来。

大水牛是他们当中最贪婪的。他盘剥着所有的人力车夫，控制着马路。如果你是个人力车夫，或者靠道路生活，你就得给他份子钱——不管挣多少钱，你都要给他三分之一的收入，一个子也不能少。

这四个禽兽都住在拉克斯曼加尔外的高宅大院里，那里是地主们居住的庄园。他们的大宅院里有自己的寺庙、自己的水井和池塘，除了收钱外，他们不需要到村子里来。库苏姆记得很清楚，有一段时间，四禽兽家的少爷小姐们总是开着车在镇子周围闲逛。可自从大水牛的儿子被纳萨尔派反政府武装绑架了之后，四个家伙把他们的子女都送到丹巴德或德里去了。说到纳萨尔派反政府武装，家宝总理，您也许听说过他们，他们自称是共产主义者，喜欢做些杀富济贫的事情。

他们的子女走了，四禽兽却还是继续留在这里，盘剥着村民的

---

[1] 作者在这里指的是印度人的摸脚礼，恳求者用前额直接去触对方的脚尖。这是印度人对长辈及对最尊崇的人的一种最高礼节。在偏远地区，这种摸脚礼仍很流行。吻脚礼则是亲吻对方的脚部或者脚前的土地，含意与摸脚礼一样。

每一分钱,压榨着村子的每一滴油水,直至吸个精光。被榨干了的村民只有到外地去讨生活。村子里的男人们每年都会聚在茶铺外面等巴士。车一来,他们就一拥而上,挤着坐在车厢里,紧紧地抓着扶手站着,爬到车顶上去,一路驶到伽雅。到了那里,他们又蜂拥着冲进火车站,挤上火车,挤着坐在车厢里,紧紧地抓着扶手站着,爬到车顶上去,前往德里、加尔各答或者丹巴德去找份工作糊口。

雨季前一个月,他们又纷纷从德里、加尔各答、丹巴德回来。人变得更瘦、更黑了,本来气鼓鼓的肚子又装了一肚子气回来,不过口袋里多了几个钱。女人们在家里等着他们呢。她们躲在门后,等男人走进家门,就一下子跳出来,大叫一声,就像野猫看见一大块肉似的。然后女人就激动地捶打男人,号啕大哭,大声尖叫。我的叔叔们一边安慰着激动的女人,一边想办法藏一点私房钱。而父亲的钱每次都被搜得一点不剩。"城市里的大世面我都见过了,就是在家里做不了主啊。"这时候,父亲就会一边这样说着,一边走到屋子的角落里坐下来。女人们喂饱了牛就会给男人做饭。

我会跑到父亲身边,爬上他的背,摩挲着他的身体。我抚摸着他的前额,他的眼睛,他的鼻子,他的脖子,他脖子下的小凹处。我的手在那里久久不愿意拿开,一直到现在我最喜欢的部位还是人的脖子。

有钱人的身体就像是高档的棉芯枕头,白皙、柔软,没有什么疤痕。**我们的**身体却截然不同。父亲的脊椎好像是一节一节的麻绳,就是村里的女人们打井水用的那种。他的锁骨高高地突在外面,活像狗戴的项圈。父亲的身上疤痕累累,从胸部往下,到腰部,再到髋部、臀部,触及之处,都是大大小小的伤口和疤痕,就像岁月的鞭子在他身上刻画出的记号。现实在父亲的身体上书写出了一部穷人的生活史,笔锋如刀,入肉三分。

我的叔叔们也累得腰弯背弓,不过大家都是一样辛苦。每年的雨季一到，他们便带上发黑的镰刀，出门乞求那些地主，给一点活儿干。然后就是播种、除草、收割玉米或稻谷。父亲本来可以和他们一起去地主的田里干活，但他没有去。

他选择了反抗。

我不知道在中国，或者在世界上任何一个文明社会，是否还有人力车夫的存在，我建议您最好还是亲眼看看这些人。他们是不被允许进入德里的繁华地段的，因为政府怕外国人看到后会瞠目结舌。您就坚持要求去旧德里或者尼扎穆丁看看，在那里您会发现到处都是人力车夫。他们骨瘦如柴，身体前倾着离开了坐垫，拼命地蹬车，这时车上可能载着一座中产阶级肉山，比如说一个胖家伙和他的胖老婆，再加上一堆满满的购物袋。

您看到这些瘦得像芦柴棒一样的车夫，就知道我父亲的模样了。

父亲虽然是一个两条腿的骡子——人力车夫，但他是一个有所谋划的人。

我就是他的谋划。

有一天他在家里发了脾气，冲着家里的女人们大吼大叫。他那天从别人那里得知我已经不去上学了。他做了从来不敢做的事情——对奶奶吼道：

"我给你说过多少次了，穆纳一定要学会读书识字！"

库苏姆一下子惊呆了，但她马上缓过神来，不甘示弱地吼道：

"这小子自己从学校跑回来的，不要怪我！他是个胆小鬼，还是个饭桶！让他到茶铺去干点零活，赚点小钱算了。"

我的婶婶和堂姐妹们凑过来，簇拥在奶奶旁边。我躲到父亲的背后，听着她们数落我是如何的怯懦。

您可能会觉得一个乡下的孩子害怕蜥蜴是件不可思议的事情。耗子、蛇、猴子，这些我一点都不怕。相反，我喜欢动物。但是蜥蜴，呃，不管我看到多小的蜥蜴，我都表现得像个胆小的女生。这种动物让我毛发倒竖。

我们教室里有个总是关不紧的大橱柜,谁都不知道是干什么用的。有一天早上,柜门吱嘎一声开了,一只蜥蜴蹿了出来。

那是一只浅绿色的蜥蜴,就像未成熟的番石榴。它足有六十厘米长,不停地吐着信子。

其他的孩子起初没有留意,看到我的脸色,他们才围聚了过来。

两个人把我的双手反剪在身后,死死地按住我的脑袋。另一个人手里拿着那个可怕的玩意儿,迈着夸张的步子,慢慢地向我逼近。蜥蜴没有叫声,只是飞快地吐着红色的信子。它离我的脸越来越近,周围的笑声也越来越大。我吓得一点声音都发不出了。老师正伏在我身后的桌子上打鼾。蜥蜴的脸终于凑到了我的面前,它张开了淡绿色的嘴,我当时就被吓得晕了过去。这是我人生中第二次昏厥。

从那天起我就没回学校读书了。

听了我的经历后,父亲并没有笑。他深深地吸了一口气,我可以感觉到他的胸腔在膨胀。

"你已经让基尚辍学了,但是这个小家伙必须要上学。他妈妈说过,他能够完成学业的。他妈妈还说……"

"哎,别提他妈妈了!"库苏姆嚷了起来,"她是个疯子!谢天谢地,她已经死了。现在听我说,让他和基尚一起去茶铺做事。这就是我的意思!"

第二天,父亲带我去了学校,这是他第一次也是最后一次陪我去学校。天刚蒙蒙亮,教室里还空无一人。我们推开房门,暗淡的光线透了进来。先介绍一下我们的老师吧。他是个胖子,酷爱嚼槟榔,而且总是随口吐掉红色的槟榔汁。我们教室的三面墙都布满了他的痰迹,就像是贴了一层矮矮的红色墙纸。他中午经常午休,这时候我们就悄悄地从他口袋里偷出槟榔,然后分着吃。我们嚼着槟榔，学着他的样子，手叉在屁股上，腰向后稍稍一弯，"噗！"的一口喷出去。三面脏兮兮的墙被我们轮流吐满了槟榔汁。

另一面墙上画着一幅壁画，画的是佛祖坐在树下，周围是几只梅花鹿和松鼠。时间久了，壁画都已经暗淡斑驳。这是老师唯一饶过的墙壁。那只番石榴般青绿色的大蜥蜴就趴在这面墙前，好像要混入画里面佛祖脚下的几只动物中去。

它抬起头看看我们，眼睛微微闪着光。

"这就是你说的那个怪物吗？"

蜥蜴转过脑袋，想伺机夺路而逃。果然，它一下就蹿到了墙上。看来这家伙比我强不了多少——它也吓坏了。

"别弄死它，爸爸，把它从窗户扔出去就行了，好不好！"

老师躺在教室的一角，浑身酒气，呼呼大睡。他身边放着一壶棕榈酒，酒已经被他昨天晚上喝光了。爸爸顺手抄起了酒壶。

蜥蜴在前面跑，爸爸挥舞着酒壶在后面追。

"别弄死它，爸爸，求您了！"

爸爸没听我的。他朝橱柜踢了一脚，蜥蜴蹦了出来，父亲穷追不舍，嘴里"嗬呦！嗬呦！"地吼着，把挡路的东西一一踢开。他拿着酒壶去砸蜥蜴，一直把酒壶都砸烂了。最后，父亲一拳砸碎了蜥蜴的脖子，然后又一脚把它的脑袋跺碎了。

粉身碎骨的蜥蜴发出一股恶心的酸臭。父亲捡起死蜥蜴，用力把它扔出窗外。

父亲一下坐在壁画前，靠着画上的佛祖和那些温顺的动物喘了好一会儿。

等喘息稍平，他对我说："我这一辈子都是过着牛马不如的生活。我希望，我的儿子，至少有一个儿子能够活得像个人。"

怎么才叫活得像个人呢？这对我来说是一个谜。我想，也许就是像公共汽车售票员维查那样吧。公共汽车会在拉克斯曼加尔停半个小时，乘客下车后，售票员也会下车喝杯茶。他是我们所有在茶铺干活的人仰望的对象。他穿着公司发的卡其布制服，口袋上用根红绳子拴着一个银色的哨子，神气极了。他身上的一切都在告诉人们：他已经混出个名堂了。

维查的家就像个猪圈，也就是说他的家庭出身是最底层的，但他现在还是成功了。不知怎么的，他和一个当官的拉上了关系。据说他让那个当官的鸡奸过他。他做什么事都很顺。他是我认识的第一个企业家。他有份好工作，手里拿着漂亮的银色哨子，车开动的时候，他就会吹响哨子。这时候，村子里的孩子们都会发疯般地追着汽车跑，一边跑一边拍着车身，喊着要他把自己也带走。我渴望能成为维查那样的人：身上穿着制服，有固定工资，脖子上挂着闪亮的哨子，一吹呜呜响，大家看我的眼神都像在说："看，多么重要的一个大人物呀！"

总理阁下，现在已经是凌晨两点，我马上就要暂时搁笔了。让我在笔记本电脑上找找，看看还有没有什么有用的信息。

哦，对了，刚才漏了一些不太重要的细节：

……于九月二日晚在新德里的杜哈拉·汗地区，IT 城的喜来登饭店附近……

喜来登饭店现在是新德里最好的宾馆。我没进去过，但我以前的老板阿肖克晚上经常在那里喝酒。饭店大楼的基座有个口碑不错的饭馆，有机会您可以去试试口味。

该嫌疑人为私家司机，案发时驾驶一辆本田思迪车。德里的杜哈拉·汗警局已经确定正式立案，案件编号 FIR No.439/05。该犯随身携有一个大旅行袋，内有若干现金。

他们应该说是"红色旅行袋"。不把袋子的颜色说清楚,这种布告有什么用呢?难怪从来没人发现过我。

"若干现金"。随便打开一张印度报纸,你都能看到诸如此类的废话。什么"若干利益集团散布的流言","若干不相信科学避孕的宗教团体"。我听到这些就烦。

是七十万卢比。

那个红色旅行袋里塞了七十万卢比。相信我,那些警察也知道金额。家宝总理,我不知道能兑换多少人民币,但在新加坡这些钱够买十台苹果笔记本电脑了。

总理阁下,布告里面没提到我的学校,太可惜了。描述人物的时候我们总要讲一讲他的教育背景嘛。他们本来可以这样说:"该嫌疑人就读于某中学,该学校教室的橱柜里有只六十厘米长的青绿色蜥蜴。"

如果说印度的农村都是天堂的话,那么学校就是天堂中的天堂了。

学校里面据说吃饭是不要钱的。政府有个计划,每天午餐时给学生提供三张甩饼,还有黄扁豆和泡菜。可我们从来也没见过什么甩饼、黄扁豆、泡菜,大家都知道是怎么回事:我们老师把我们的午餐钱揣进了自己的腰包。

老师贪污有个冠冕堂皇的理由:他已经半年没发薪水了。老师采用了甘地式的抗议方法来讨薪,那就是一天不发工资,他就一天不做事。当然他也怕丢了工作,因为印度的国有单位虽然收入都很微薄,但是外快却能捞不少。有一次,一辆卡车把政府发给我们的制服运到了学校。结果,我们见都没见到。一周后,却有人看到这些制服在邻村出售。

没有人去责怪老师。你不能指望一个人能做到出粪坑而不臭。

每个人都知道，如果自己处于他的处境，也会这样做的。甚至还有人佩服他做得高明，干净利落，没被抓到。

一天早上，我看到一个穿着蓝色狩猎衫的人走向我们学校。他穿的衣服是我见过的最高档的了，与之相比，售票员的制服都显得黯然失色了。我们挤在门口，盯着他的衣服看。他拿着一根手杖，看到我们聚在门口，就把手杖挥舞得"嗖嗖"响。我们急忙冲进教室，打开课本坐好。

这是一次突击教育检查。

穿着蓝色狩猎衫的人——应该叫督导——拿手杖点点墙上的洞，敲敲发红的墙，老师在一旁吓得不停地说："对不起，先生。对不起。"

"没有畚箕，没有椅子，校服也没有。你姐姐的，你小子到底贪污了多少教学经费？"

督导转身在黑板上写了四句话，然后用手杖指着一个学生："读！"

一连几个被叫起来的学生都看着黑板干瞪眼。

"先生，让巴尔拉姆试一下吧。他是我们班上最聪明的。他读得不错。"

于是我站了起来，"我们生活在一个美丽的国度。佛陀之光庇佑着这块土地。恒河是我们的母亲河，是人类和动植物都赖以生存的圣水。感谢神明让我们降生在这片土地上。"

"不错，"督导说，"你知道佛陀是谁吗？"

"是一个大彻大悟的人。"

"是一个大彻大悟的*神*。"

（嘘！三千六百五十万……！）

督导让我在黑板上写下自己的名字，又要我看着他的腕表说出时间。然后，他从钱包里拿出一张小照片，问我："这个人是谁知道吗？谁是我们生命中最重要的人呢？"

照片上是一个胖胖的男人。他留着花白的短发，脸颊圆圆的，戴着一对金耳环，看上去充满智慧而善良。

"他是伟大的社会党人。"

"很好。你知道这位伟人是怎么勉励儿童们的吗？"

我曾经在寺庙的外墙上看到过答案。我记得是一个警察有一天用红漆刷的标语。

"每个农村的孩子都有可能成为印度的总理。这就是他对我们全国儿童的勉励。"

督导用手杖直直地指着我："小伙子，和这帮恶棍和白痴相比，你真是聪明、正直、活泼可爱。在原始丛林里，有一种最罕见的动物，你一生只能见到一次。你知道是什么吗？"

我想了想，回答说："白虎吧[1]。"

"不错。在这片丛林里，你就是一只白虎。"

临走前，督导说："我要给巴特那[2]去信，让他们给你提供奖学金。你应该去一所像样的学校读书，一个很远的地方。你需要穿上真正的校服，接受像样的教育。"

他送了我一份礼物，是一本书。书名我记得很清楚，是《圣雄甘地的人生故事——青少年教育读本》。

这就是"白虎"这个名字的由来。我还有第四个和第五个名字，但那是以后的事，容我慢慢告诉您。

我当着老师和同学的面被督导一阵猛夸，被称为"白虎"，得到了一本书，还被许诺了一份奖学金，这都是些好得不能再好的消息。但是在黑暗之地有个颠扑不破的真理，那就是好消息总是向着它的反面转化。而且，说来就来了。

---

1 此处白虎是指孟加拉白虎。孟加拉白虎是世界一级保护动物，是印度国宝。
2 巴特那是印度比哈尔邦首府。

我的堂姐莉娜嫁给了邻村的一个小伙子。因为我们是女方家，所以被狠狠地敲了一笔[1]。我们要送给男方家一辆新自行车、现金、银手镯，还要操办一场隆重的婚礼。这些我们一一照办。总理阁下，您可能听说过我们印度人多么喜欢操办婚礼，而且我听说最近有不少外国人来这里，专门为了举行印度式婚礼。在这方面我们倒是可以指点一二，我可以向您保证！一台黑色的录音机播放着电影插曲，人们整晚地喝酒跳舞！我喝醉了，基尚喝醉了，我们全家人都喝醉了。我估计他们甚至把大桶的烈酒都倒进水牛的食槽里去了。

两三天后，我坐在教室后排，拿着父亲从丹巴德给我买回来的小石板和粉笔，专心地背着字母表。同学们吵的吵，闹的闹，老师照例又昏昏入睡了。

这时基尚站在我们教室门前，比画着要我出去。

"怎么了，基尚？我们去哪里？"

他还是没有开口。

"要带上我的书吗？还有粉笔？"

"带着吧。"他说。然后他把手放在我的头上，领着我走了。

后来我才知道，为了筹办堂姐铺张的婚礼和不菲的嫁妆，我们家从鹳鸟那里借了一大笔高利贷。现在他催账来了。他说还不上钱就要我们家人都给他干活抵债。不知道是他还是他手下收账的人看到了我在学校读书，就逼着我们家把我也交出来。

我被带到了茶铺。基尚双手合十，向店主鞠躬，我也跟着鞠了一躬。

"这是谁啊？"老板斜着眼睛瞥着我说。

我看到他坐在一幅巨大的甘地画像下面，立刻意识到我要遇到

---

[1] 这是印度的种姓制度造成的。由于不同种姓之间的社会地位不同，低阶层的种姓如果想要提升自己的社会地位，则需让女儿与比自己高一个阶层的男子通婚，而低阶层种姓的男子绝对不能与高阶层种姓的女子通婚。这种婚姻制度正是导致书中提到的高额嫁妆问题的原因。

大麻烦了。

"我弟弟,"基尚说,"他来和我一起干活。"

于是基尚把炉子从店里拖出来,叫我坐在他旁边学怎么砸煤块。他拖出一麻袋大煤块,掏出一块煤,用砖头砸碎,然后把碎煤填进炉子里。

"使劲,"基尚在教我怎么砸煤块,"再用点力!使劲!"

最后我终于敲碎了一块。他站起来:"把袋子里的煤都这样挨个儿敲碎吧!"

不一会儿,两个同学从学校里来看我干活。后来又三三两两地来了几个人。我听到他们在笑。

"什么动物一生只能见到一次啊?"一个男孩大声问道。

"敲煤工!"另一个男孩回答说。

他们笑得更厉害了。

"别理他们,"基尚说,"他们觉得没意思就会走的。"

他看着我说:"我把你从学校里叫出来,你生我的气了吧?"

我没做声。

"你憎恨这种砸煤块的活,对吧?"

我还是没吭气。

他拿起最大的一块煤,用力地攥着。

"你把这些煤块都想象成我的脑袋,这样砸起来就比较容易了。"

他自己也是中途辍学的,是在我的另一个堂姐梅拉结婚的时候。那也是件大事。

在茶铺打工、砸煤块、擦桌子,您是否觉得这对我来说不是什么好消息?

企业家的天赋就是敢于打破常规思维,就是要让坏消息向它的反面转化。

家宝先生，明天半夜我再给您讲讲我是怎么在茶铺里学到了许多在学校里学不到的东西。至于现在嘛，我不该再这样总盯着这枝形吊灯了，我要开始工作了。现在差不多是凌晨三点，正是班加罗尔苏醒的时候。那边的美国人刚好结束了一天的工作，而这也正是我开始工作的时候。呼叫中心的小伙子小姑娘们下班回家的时候我不能睡着了，所以我要守着电话。

我不用手机，原因很明显，我们都知道用手机会使大脑迟钝、睾丸萎缩、精液枯竭，所以我只得守在办公室，以防有什么突发事件。

有了什么突发事件，他们总是要找我！

让我们快速浏览一下，看看别的……

……若有此人的消息或线索，敬请联系中央调查局的网站（http://cbi.nic.in），电子邮箱为diccbi@cbi.nic.in，传真：011-23011334，电话号码：011-23014046（直拨），或者011-23015229 和 2301 转 210；也可致函下列地址或者给下列电话号码打电话。

新德里杜哈拉·汗区警局，3687/05
电话：28653200，27641000

里面还附有一张照片，是警局那老掉牙的印刷机印制的，模糊不清，黑乎乎的难以分辨。布告张贴在火车站时还勉强可以辨认出照片里的人脸，现在我把它又扫描到了电脑里面，变成了电脑里的像素后，只能依稀看出照片里的面孔瘦瘦的，长了一对金鱼眼，唇上留着粗短的胡子。半数印度男人的面貌特征都和这个照片相符。

总理先生，今天我还想最后评论一下印度警察的办案能力。您知道,毕竟我的失踪案也是轰动一时的案子,当时满满一车的警察,穿着卡其布制服,浩浩荡荡地开到拉克斯曼加尔来调查案情。他们肯定讯问了多个店老板,恐吓了几个人力车夫,弄醒了我们老师,挨个儿问:"他小时候偷东西吗?他嫖过妓吗?"他们可能会砸一两个杂货店,抓一两个家伙逼出来所谓的"口供"。

但他们还是忽略了最重要的线索,就明摆在他们面前。

我说的当然是黑堡。

我恳求过库苏姆很多次,要她带我上山,到黑堡去。她总是说,你这个胆小鬼,到了那里会被吓死的!那里面有世界上最大的蜥蜴!

于是我只能远观。古堡墙上的一排排瞭望孔在日出时宛如一道道鲜艳的红线,到了日落时分又会变成一道道灿烂的金线。白天从犬牙交错的石缝里抬头看得到湛蓝的天;晚上月光洒在凸凹的城墙上,这里便成了猴子的乐园,它们吱吱地叫着,沿着城墙蹿来跳去,爬高逐低,有时相互厮打,就像死去的武士附身,要重新进行他们的决战。

我也想爬到那里去。

伊克巴尔是印度史上最伟大的四位诗人之一,还有鲁米、米尔扎·迦利布,另外一个的名字一下记不清了,反正也是个穆斯林。伊克巴尔写过一句关于奴隶的诗句:

> 他们终是奴隶,因为他们不知世上美之所在。

这真的是至理名言。

伊克巴尔这家伙真是个伟大的诗人。

甚至在我很小的时候,我就明白了世上之美安于何处,因此我注定不会为奴一生。

有一天，库苏姆发现了我和黑堡的秘密。她从家里一路跟踪我到池塘边，看我到底去干什么。那天晚上，她告诉了我父亲："他就站在那里看着古堡发呆，和他娘一样。我现在就告诉你，这样下去对他可没什么好处。"

我十三岁那年决定自己去黑堡一探究竟。我蹚过了水塘，爬到了山顶，眼看就要进去了，不知从哪里冒出来一个黑乎乎的东西，挡住了入口。我吓得都忘记哭了，掉头飞奔下山。

离远一点我看清楚了，那只是一头奶牛。但我已经被吓破了胆，不敢再回去了。

后来我又去了几次，但每次到了山脚，我怯懦的性格又使我动摇起来，结果总是半途而废。

后来我去了丹巴德，在阿肖克先生家做司机。在我二十四岁那年，我的主人和他太太要来拉克斯曼加尔旅游，我也跟着回了趟老家。这次旅行的意义非同寻常，以后时间允许的话，我会详细地给您说说。我现在先给您讲一讲下面的事：那天，阿肖克先生和平姬夫人在休息，不要用车。我吃完午餐，百无聊赖，就想再去趟黑堡。我蹚过水塘、爬到山顶、穿过大门，终于第一次进入了黑堡。环顾四周，只有几面破败不堪的墙壁，还有一群惊慌的猴子远远地看着我。我站在城堡上，俯视着山脚下的小村庄。我的小山村拉克斯曼加尔。我看到了庙里的塔、小市场、闪闪发亮的臭水沟、地主们的大宅，还有我的家，家门口还有个小黑点，我知道那是水牛。这简直是世界上最美好的景色了。

我将身子探出城堡，面对着我的家乡，然后我做了件令人唾弃的事，我都不知道该怎么给您说。

唉！好吧！是这样的，我对着村子狠狠地吐了几口唾沫。然后，我吹着口哨，哼着小曲下山了。

八个月后，我切断了阿肖克先生的喉管。

第二晚

敬呈：
热爱自由的国度——中国
首都北京
总理办公室
温家宝总理阁下

白虎
一位思考者与企业家
于世界科技与外包之都——印度班加罗尔
敬上

总理阁下：

我的笑声好听吗？

我的腋窝难闻吗？

我咧着大嘴笑起来的时候，是不是（如您此刻一定在想象的那样）狰狞得像魔鬼呢？

噢，阁下，我可以这样不停地说着自己的事。我非常得意，因为我和别的杀人犯不一样，我杀的是待我有如再生父母的前老板，而且他们全家人的死都是拜我所赐。我是个不折不扣的杀人犯，手握几条人命。

不过我不想喋喋不休地讲自己的事了。班加罗尔的企业家们可能会这样告诉你：我的发迹是从与美国运通公司合作开始的，我的创业始于向伦敦的大医院卖软件，云云。我最讨厌这种操蛋的班加罗尔态度。

（不过如果您的确想更深入地了解我，请登录我的网站：www.whitetiger-technologydrivers.com。没错，这就是我发迹的网站！）

我实在不愿意再讲我自己的事了。今天晚上，我想给您说一说我故事里的另外一个重要人物。

我以前的雇主。

阿肖克先生那张熟悉的脸又浮现在了我的脑海中，就像我给他做司机时每天从后视镜里看到的那样。那是一张英俊的脸庞，我有时都不舍得将目光从他身上移开。他身高超过一米八，胸膛宽阔，一双有力的手臂像他的地主父亲一样令人望而生畏。可他同时又很温柔（应该说大部分时候很温柔——冲着平姬夫人的脸挥拳那次除外），对周围的人也还不错，就连对仆人和司机也很随和。

在我记忆的后视镜里又出现了另外一张脸，那是坐在阿肖克旁边的平姬夫人。和她丈夫一样，她的外貌也是没说的，就像比尔拉庙里的女神。他们两个真的是天造地设的一对。他们两人坐在后座上，有说有笑，而我为他们开车，要我到哪里就去哪里。我是一个忠实的仆人，就像猴神哈努曼对他的主人罗摩那样忠心耿耿。

想起阿肖克先生我就禁不住伤感起来。我真希望身旁放了几张纸巾。

这个逻辑很奇怪：你谋杀了一个人后，会觉得要对他的生命负点责任，而且是一种摆脱不了的责任。你比他的父母还要了解他，因为他们只知其生，而你却掌控其死。只有你才能为他的生命画上句号，只有你才知道为什么他会死于非命，为什么他的脚趾会痉挛弯曲，再挣扎一个小时。

即使我杀了他，我也没讲过他一句坏话。做他的仆人时，我处处维护他的声望，现在从某种意义上来说，我成了他命运的主宰，我还是时时顾及他的名誉。因为我亏欠他太多了。他和平姬夫人坐在后座上，用印地语夹杂着英语谈论着生活、印度以及美国，我经常偷听他们的谈话，了解了不少关于生活、印度和美国的事，还捎带着学了点英语。（远不止我到目前为止显露的这一点！）其实，我有很多好点子都是开车时偷听来的，从老板、老板的朋友，还有其他坐车的人那儿偷听来的。（总理先生，我承认我这个人缺乏创意，但我比较擅于倾听。）不错，后来我与阿肖克先生对于一个英文名词"所得税"的看法颇有分歧，从此我们之间有了点龃龉，但那是后来的事。至于当时嘛，我们的关系好得出奇：我们刚刚认识，而且是在远离德里的丹巴德市。

父亲去世后我来到了丹巴德。他病了很久，可是拉克斯曼加尔没有医院，只有三块医院的奠基石。因为这里换了三届政府，每一次选举前都有政客承诺要盖医院，于是就多了三块石头。那天早上，父亲开始吐血，我和基尚急忙划船送他去医院。我们不停地用河水给他漱口，可是水太脏，他反而吐血吐得更厉害了。

河对面有个人力车夫，他认出了父亲，就把我们三人免费送到了公立医院。

三只黑山羊趴在斑驳褪色的医院白色大楼的台阶上，羊粪的恶臭一阵阵地从敞开的大门吹进来。窗户上难得见到一块完整的玻璃，一只猫从破碎的窗子后面直盯盯地看着我们。

大门上挂了个牌子：

罗西亚普济免费医院
由伟大的社会党人亲临剪彩

足以证明这位当代圣贤言而有信

我和基尚把父亲抬进了医院。地上到处是羊粪蛋，就像是天上的黑星星一样。我们就这样踩着羊粪蛋进了医院。医院里不见医生的踪影。我们塞给看病房的小伙子十个卢比，他告诉我们医生晚上可能会来。所有病房的门都大开着，病床上的金属弹簧都已经露了出来，我们一进门，里面的就冲着我们狂叫起来。

"待在这病房里不安全啊，那只猫已经尝过血的味道了。"

两个穆斯林在地上铺了张报纸坐下，其中一个人的腿上有条开放性伤口。他招呼我们坐在他们的报纸上。我和基尚把父亲移到了报纸上，然后就在那里干等着。

两个眼睛黄黄的小女孩走了进来，坐在我们后面。

"黄疸，她传染给我的。"

"才不是呢！是你传染给我的。我们都要死了！"

又一个眼睛蒙着棉纱布的老汉走了进来，坐在小女孩们的后面。

那个穆斯林又在地上铺了几张报纸，我们的队伍又壮大了：眼睛不好的，伤口出血的，吐血不止的。

"大叔，这个医院怎么没大夫呢？"我问，"咱们河两边可只有这一家医院啊。"

"是这么回事，"那位年长的穆斯林告诉我，"有个政府医务官专门负责检查医生是否来这样的乡村医院巡诊。只要医务官这个职位出现空缺，那位伟大的社会党人便会告知所有那些有名的医生，然后公开拍卖这个职位。现在补个缺的时价是四十万卢比。"

"这么多钱啊！"我惊讶得张大了嘴巴。

"这算什么？在公共事业单位可是能赚大钱！比方说吧，假设我是个大夫，我就会四处借钱筹款，毕恭毕敬地送到他那儿去，还要向他行摸脚礼。他呢，给我安排工作。我只要凭《古兰经》和宪法起誓，就一脚踏进国立医院，坐在办公室里，把腿舒服地跷在办公桌上，"他一边说着，一边把脚抬起来，放在了他想象中的办公桌上，"接着，我就把我监管的那些资浅的大夫们叫到我办公室。我拿出官方花名册，大声喊叫，'拉姆·潘迪医生！'"

他用手指着我，我只好扮演那个大夫。

"到！先生！"我敬了个礼。

他向我摊开手，说："现在，你，拉姆·潘迪医生，要把工资的三分之一交到我手上。乖，作为回报，我给你这个。"他在想象中的花名册上打了一个勾，"剩下的工资归你，另外，你可以到私立医院去兼职。别管什么农村医院了，因为这本花名册上会记载你去过那里，你已经把我的伤腿治好了，你已经把那个小女孩的黄疸治好了。"

"啊！"病人们一声叹息。就连那些守病房的小伙子也凑了过来，一边听一边赞同地点头。贪污腐败的故事最有市场了，不是吗？

基尚给父亲喂了点食物，可他马上就和着血吐出来了。他那黑瘦的身躯开始抽搐，然后他开始大口大口地吐血。黄眼睛的小女孩吓得号啕大哭起来，其他病人赶紧从我父亲旁边后退了几步。

"他这是得了肺结核，是不是？"那位年长的穆斯林一边说，一边拍着他的伤腿，驱赶叮在上面的苍蝇。

"我们不知道是不是，先生，他是咳了一段时间，可我们不知道他是得了什么病。"

"哦，是 T B [1]。我以前见过得这个病的人力车夫。他们干的活太累，把身体拖垮了。呃，或许医生晚上会来吧。"

医生没有来。政府的花名册上肯定是这样记载的："早上六点，

---

[1] 即肺结核。TB 是其英文缩写。

该肺结核病人已彻底治愈。"守病房的小伙子说我父亲的血有传染性，非要我们在搬走父亲的遗体前先把病房打扫干净。我们卖力地擦拭着地上的血迹时，一只山羊走了进来，四处乱嗅，那个小伙子抚摸着它的脑袋，给了它一根大大的胡萝卜。

父亲火化后一个月，基尚结婚了。

这场婚礼轮到我们占便宜了。作为男方，我们也狠狠地敲了女方一笔。女方的嫁妆我至今仍记得清清楚楚，想起来我就流口水：五千卢比的现金，票子崭新崭新的，全是刚从银行取出来的；一辆"英雄"牌自行车；还有给基尚的一条粗粗的金项链。

婚礼过后，奶奶把钱、自行车和金项链收了起来，基尚和妻子厮守了两周，就被送到丹巴德打工去了。我和堂哥迪利普也跟他一起去了那里。我们三个在丹巴德的一家茶铺里找到了一份工作，因为这个老板听说基尚在拉克斯曼加尔的茶铺干得还不错。

我们真走运，他没听说过我干活的事。

阁下，沿着恒河随便找个茶铺进去看看吧，看看那些干活的人吧。与其说是人，不如说他们是人形的蜘蛛更为妥帖吧。他们憔悴枯槁，胡子拉碴，拿着抹布缓缓地擦着桌子，间或又慢慢地钻到桌子底下擦拭地板。他们大多三四十岁，有的甚至都有五十多岁了，但还是被人叫作"小子"。如果我按部就班地努力干活的话，像甘地那样，对待工作认真负责、乐于献身、真心实意，那么他们的今天就是我的明天了。

我基本上属于马马虎虎、不愿奉献、虚情假意的那一种。我在这里的最大收获就是长了见识。

在拉克斯曼加尔的茶铺里，我不怎么擦桌子、砸煤块，而是注意观察每个桌上的顾客，偷偷地听听他们的谈话。我想就把这儿当成学校吧，继续进行我的学业——这也未尝不是件好事。我非常重视教育，特别是我自身的教育。

店老板坐在店铺前面,头顶上方挂着甘地巨幅画像。他拿着个长柄大勺子,缓缓地搅动着文火熬煮的糖水。他也知道我想干什么!我总是无所事事地围着桌子转,要么就拿起个抹布做做样子,好听听客人到底在聊什么。每每这时候,耳边就传来老板的怒吼:"你个小浑蛋!"然后就看到他从椅子上一跃而起,追着我满屋子跑,拿着大勺子敲我的脑袋。勺子所到之处,上面滚烫的糖浆便会给我留下不少的记号:我的耳朵上面被烫出了许多小白点,不知道的人还以为是白癜风或什么别的皮肤病呢。由于身上有这些零零星星的粉红色斑点,别人很容易辨认我,只是那些没用的警察果不其然根本没有注意到这些。

我最后被老板赶回了家。拉克斯曼加尔没有任何人愿意雇佣我,哪怕是干点农活。所以应该说基尚和迪利普决定去丹巴德打工在很大程度上是为了我,为了给我一个重新做蜘蛛人的机会。

在我们的企业家主人公的乡村至城市之旅中,从拉克斯曼加尔到丹巴德,每一座城市都像大都市一样喧嚣吵闹、污染严重、拥挤不堪,缺乏真正的城市应该拥有的历史厚重感、整齐规划、高贵庄严。半吊子的城市,住着半吊子的人。

丹巴德给我的感觉是遍地黄金。我见过整个一边都是玻璃幕墙的大楼,见过把金子镶在嘴里的阔佬。这些玻璃和金子都来自煤矿矿井。在城郊有一个大煤矿,是印度黑暗之地上最大的煤矿,甚至是世界上最大的煤矿。矿工们经常来茶铺,而我每次都给他们提供最殷勤的服务,因为他们的故事最吸引人。

他们说这个煤矿在地下连绵约十六公里,有些地方还燃烧着地下火,将浓烟送到空中——其中一些地下火已经持续烧了一百多年了!

就是在这个建于煤矿之上的城市,在抹桌子的时候听到的一次谈话,改变了我的一生。

"我说,我有时候觉得做矿工是我这辈子最大的错误。"

"那又怎么样?我们还能干吗?做官啊?"

"现在很多人都有车了。你知道司机一个月的工资是多少钱?一千七百卢比!"

我的抹布掉在了地上。我冲向正在一旁清理炉灰的基尚。

父亲去世后,照顾我的任务就落在了基尚的身上。我能有今天,也有他的一份功劳,我不会忘记的。但他没有一点做企业家的魄力。他更高兴庸庸碌碌。

"啥也别想,"基尚说,"奶奶说了,要我们待在茶铺好好干,那我们就该待在茶铺好好干。"

我去过出租车站,碰到一个司机就跪下来求他教我开车,可没人愿意免费教我开车,想学要拿三百卢比。

三百卢比哪!

现在在班加罗尔,我的公司有时都招不够人手。有人来,有人走,好的总是留不住。有时我甚至都想在报上登个招聘广告:

本公司总部设在班加罗尔,待遇丰厚,另外免费赠送人生与企业家精神系列讲座,聪明的你千万不要错过!

在班加罗尔,随便走进一家酒吧你都能听到这样的话:缺客服中心接线员、缺软件工程师、缺销售经理。每周报纸上都有二十至二十五页的招聘信息。

黑暗印度这一边的情况却截然不同。每天早上,你都可以看到成千上万的年轻人,要么坐在茶铺里看报纸,要么躺在轻便床上哼着小曲,要么躲在自己的房间里对着某女影星的照片倾诉衷肠。他们今天不上班。他们知道今天也无班可上。所以他们也不急着拼命。

这些是聪明人。

笨一点的家伙们聚集在镇子中央的小广场上,每当见到有卡车经过就向它跑去,还伸出手喊着:"带上我!带上我!"

一阵推来搡去之后,有六七个人挤上了车,剩下的在原地等着另一趟车。几个走成的家伙是去干建筑工或挖掘工的。走运的混蛋们!又是半个钟头的等待,终于又来了一辆卡车。又是一番争抢推挤。如此争抢了五六次之后,我终于挤到了最前面,正面对着司机。他是个锡克教徒,头上包着蓝色的头巾。他手里拿着一条木棍,挥舞着指挥人群后退。

"都听好了!"他吼着,"把上衣都脱了!想找活干,我得先看看你们的小乳头够不够格!"

他首先检查我的胸部,用力捏着我的乳头,拍打我的屁股,盯着我的眼睛看,然后用棍子猛戳我的大腿:"太瘦了!去你妈的,滚!"

"给我个机会吧,先生!我瘦是瘦,可我有劲啊!我能挖土,我能搬水泥,我还能……"

他挥起棍子对着我的左耳朵就是一记,我捂着耳朵蹲了下来,后面的人马上冲过来抢去了我的位置。

我坐在地上,揉着耳朵,望着那辆卡车卷起一大团灰尘飞驰而去。

我好像看到一只兀鹫从我头上飞过,我放声大哭起来。

"白虎!你在这儿呢!"

基尚和迪利普扶着我站了起来。我看到他们两个都笑盈盈的。原来有天大的好消息!奶奶同意他们出钱给我学车了!

"但是有一条,"基尚说,"奶奶说你是一头贪得无厌的猪猡。你要以天上众神起誓,以后如果富贵了,绝对不能忘记她的恩德。"

"我发誓。"

"要虔诚一点,发誓会把每个月挣到的每一个卢比都上交给奶奶。"

我们走进了出租车司机的住所。一个司机坐在床上就着一钵炭火抽水烟。他看上去年纪挺老了,身上的棕色制服很像古代的军装。基尚把我们的来意告诉了他。

"你是哪个种姓的[1]?"老司机问。

"哈尔维。"

"做糖的啊,"老司机摇着头说,"你们这个姓的人是专门做糖的。你怎么能学开车呢?"他用水烟袋指着炭火说,"那就等于拿炭火炉造冰。开车——"说着,他用手做出挂挡的动作,"——就像驯服一匹野马,要有勇士之姓的人才做得到。你还要更有种一点才行。穆斯林、拉其普特人、锡克人,他们才有斗士的血脉,他们才有资格做司机。你觉得糖果匠敢挂着四挡到处跑吗?"

第二天早上六点,炭火炉还是开始造冰了。条件是三百卢比的学费,外加一个红包。我们用出租车练习。我只要一挂错挡位,他就一巴掌甩在我脑袋上:"你怎么不回家熬糖去?"

我每练一个小时的车,就得无偿给他干两三个钟头的活。我得免费修理出租车站里的所有车,每天夜里,我会像臭水沟里的猪崽一样从车底下钻出来,脸上全是黑黑的油污,双手沾满了亮闪闪的机油。我像是跳进了一条黑色的恒河,钻出水面后摇身一变成了一名司机。

"听着,"我把说好的一百卢比的红包递给老司机的时候,他说,"光会开车还不够,你得成为真正的司机。你得有个端正的态度,明白吗?如果路上有人要超你的车,你就这样——"他一边说着,一边握起拳头晃了晃,"——狠狠地骂他几句婊子养的。丛林生存法

---

[1] 印度的种姓制度是一种有着数千年历史的社会阶层划分制度。该制度根据所谓的"洁净"与"不洁"的标准,将印度人划分为高低贵贱不同的种族,各种姓之间等级森严,职业世袭。在印度,除了婆罗门(僧侣贵族)、刹帝利(军事和行政贵族)、吠舍(商人)和首陀罗四大种姓外,还有数以千计的亚种族。该制度在印度独立后被废止,但至今还对印度社会有残留影响。

则也适用于公路，知道吗？一个称职的司机必须要一路咆哮怒骂着前进。"

他拍了拍我的背。

"你比我想象的强多了，算是让我开了眼。小子，今天我奖励你一点甜头。"

他在前面走，我在后面跟着。天色已经很晚了，我们穿过昏暗的大街和幽暗的市场。走了大约半小时后，虽然天色已是一片漆黑，我们的面前却豁然一亮，仿佛进入了烟花盛开之地。

大街两侧的门窗五光十色，每扇门窗后面都有个妙龄女郎笑吟吟地看着我们。红色的纸带和银色的箔片闪闪发光，在屋顶上飞舞，路边货摊的茶壶在欢快地歌唱。这时候，四个人突然冲过来挡在了我们面前。老司机让他们走开，因为这是我的第一次，"让他先开开眼界，好好看看这些美人，这才是最重要的！"

"当然，当然，"那几个人说着往回走，"我们就是想让他好好看看！"

我跟着那位老司机向前走，盯着那些妖冶美艳的女人，看得嘴巴都合不拢。她们在窗格子后面对我揶揄地笑着，大声挑逗着我，一个个都在哀求我照顾她们的生意！

老司机向我细细介绍了这一行的门道：那个房子里，坐在窗沿上的那个女人，她的腿我们可以一览无余，这种叫作"美国式小姐"——她们穿着短裙子，踏着松糕鞋，提着粉红的手袋，胸前的铭牌上还写着英文名字。这些女孩身材比较苗条，比较健美，适合那些喜欢西方口味的男人。这边角落里，大门洞开，坐在门槛里面的就是"传统型的"——肥胖粗壮，披着纱丽，比较适合那些追求物有所值的男人。有个橱窗里坐着几个面首，而它隔壁的橱窗里则坐着几个少女。我转过头，只看到一个男孩的脸在一个女人腰间一闪就不见了。

一扇蓝色的门开了,从里面射出令人目眩的灯光。四个肤色较浅的尼泊尔女孩,穿着漂亮的红裙子,向我们这边打量着。

"看!这几个!"我大叫起来,"这几个!她们!"

"好吧,"老司机说,"我也喜欢这几个,我就是喜欢外国妞。"

我们走到里面,他先挑了一个,我也挑了一个,就各自走向一个房间。我挑中的那个女孩子跟着我走进去,把门带上了。

我的第一次啊!

半个小时后,老司机和我两个人像喝醉了酒一样,跟跟跄跄又兴致勃勃地走回了他家。一进门,我先把他的水烟袋给他点上,然后看着他心满意足地深深吸了一口,两股浓烟从他鼻孔里喷了出来。

"现在感觉怎么样啊?我教会了你怎么做一个司机,还教给你怎么做一个男人。你还想怎么样啊?"

"先生……您能不能替我问问,出租车公司还要不要人啊?我可以先不要工资。我需要一份工作。"

他大笑了起来:"我自己都四十年没上班了,知道吗?你这个笨蛋。我他妈怎么帮你啊,快给我滚蛋。"

于是,第二天我挨个儿去敲有钱人家的门,问他们要不要一个司机,一个好司机,一个经验丰富的司机。

每个人都说不要。工作不是这样找的。要认识东家的人才能找到工作。光靠敲门去问是不行的。

总理阁下,企业家精神在印度的大部分地方是没有回报的。这真是个悲哀的现实。

我每天晚上拖着疲惫的身躯回到家里,伤心地流泪。基尚说:"再试试。总会有人愿意雇你的。"

于是我继续找,一家又一家,一家又一家,一家又一家。连续两个星期,我不停地挨门询问,不停地被告知马上消失。最后,我走到了一栋房子前,房子有三米多高的围墙,每一扇窗户上都安着铁栅栏。

一个尼泊尔人站在铁栏门后面,他看上去很狡猾,留着白色的小胡子,一双斜眼盯着我看。

"你有什么事?"

我一点都不喜欢他那问话的口吻,但我还是堆出了一副笑脸。

"先生,您这儿需要司机吗?我有四年的开车经验。我的东家刚刚去世了,所以我想……"

"去你妈的。我们有司机了。"尼泊尔人回答道。他转动着手里的一大串钥匙,咧着大嘴笑了起来。

我的心猛地一沉,差点就想转身走了。就在这时,我看到阳台上有一个人,穿着宽松的白色衣服,正若有所思地走来走去。阁下,我向着神明发誓,向着所有的三千六百万零四位神明发誓,就在那一刻,我明白了:他就是我的东家。

在他向下看的那一刹那,好像冥冥之中有一只看不见的手把我们两个的命运联系在了一起。

我知道他一定会下来拯救我的,我只需尽量拖住这个混账的尼泊尔人就可以了。

"先生,我是个好司机。我一不抽烟,二不喝酒,三不偷盗。"

"你他妈的给我滚!明白没有?"

"我虔诚信神,善待家人。"

"怎么回事?没完了你?马上给我滚!"

"我从不在背后说东家的闲话,我从不偷东西,我从不亵渎神明。"

就在这时,房门打开了,出来的却不是阳台上的那个人。这个人年纪要大一些,留着浓厚的八字胡,胡子尖弯弯地翘着。

"怎么回事啊,拉姆·巴哈杜尔?"他问那个尼泊尔人。

"一个叫花子。先生,他想讨点钱。"

我使劲拍着铁门:"先生,我是从您老家来的。我是从拉克斯曼加尔来的!黑堡附近的那个村子!您的村子!"

那个老家伙是鹳鸟!

他仔细地打量了我许久,然后告诉那个尼泊尔门房:"让这个小子进来。"

门刚开了一条缝,我就嗖的一下蹿了进去,直接扑倒在鹳鸟的脚下。没有哪个奥运选手能比我还快,那个尼泊尔人根本没机会拦住我,只能眼睁睁地看着我闯过了几道大门。

那天要是您在场看到我的表演就好了——可以说声泪俱下、感人肺腑。您会觉得我应该是出身于演员的种姓呢!我趴在地上,抱着鹳鸟的脚,他的一双大脚脏兮兮的,脚指甲长长的。我心中有些疑惑:"这个老东西怎么会在这里呢?他不在老家抢瘪渔夫的钱袋,搞大渔夫女儿的肚子,跑到丹巴德来干什么呢?"

"起来吧,小子。"他说,长长的脚指甲都戳到我脸上了。这时,刚才站在阳台上的阿肖克先生已经站到了他的身旁。

"你真的是从拉克斯曼加尔来的吗?"

"是的,先生。我原先在茶铺干活,就是挂着大幅甘地画像的那家。我原来在那里砸煤块。您还到我们那儿喝过一回茶呢!"

"哦……那个古老的小村庄。"他闭上眼睛,"那儿的人还记得我吗?我有三年多没去过那里了。"

"当然啦,先生。我们常说,'我们的慈父走了,塔库·拉姆德夫走了,我们最好的东家走了,谁来保护我们呢?'"

鹳鸟听得很高兴。他转向阿肖克:"这个小伙子看来还不错。把穆克什叫来,我们考考他吧。"

后来我才知道我有多幸运。阿肖克先生前一天刚刚从美国回来,家里给他新买了一辆汽车,正需要找一个司机。正好那天我出现了。

现在车库里有了两部汽车。一辆是铃木马鲁蒂,这种白色的小汽车在印度满大街都是。另一辆是本田思迪。马鲁蒂车型小巧，操作起来非常舒服，打着火之后开起来真是随心所欲。本田思迪车型大一些，结构比较复杂，动力强劲。这辆车好像有自己的思维似的，开起来是随它的心所欲。要是鹳鸟让我试开这辆车，我恐怕会有点紧张，那我就完了。但是那天幸运女神站在了我的一边。

他们要我试驾的是铃木马鲁蒂。

鹳鸟和阿肖克坐在后排，鹳鸟矮小的大儿子穆克什坐在副驾驶位置上指点我。那个尼泊尔人铁青着脸看着我把汽车开出大门，驶向丹巴德市内。

他们要我开了半个小时车，然后让我调头回来。

"还不错，"鹳鸟走出车，"这小子开得还算稳当。你姓什么来着？"

"哈尔维。"

"哈尔维……"他转向那个黑黑的矮个子，"哈尔维是什么种姓？高贵的还是低贱的？"

我知道我的命运就取决于这个问题的答案。

我还是给您稍微解释一下种姓的事吧。即使是印度人也会有点困惑，尤其是城里那些读过书的人。要让他们解释，他们会扯上半天都不着边际。其实这是很简单的事，真的。

从我说起吧。

您看：哈尔维，这是我的姓，意思就是"做糖果的人"。

这就是我的种族，我的命运。生活在黑暗之地的每个人一听就会明白。这也就是我和基尚每到一处总是去糖果店打工的原因。那些老板看到我们就想：哦，他们姓哈尔维，生来就是熬糖煮茶的。

不过，如果我们真的是天生做糖果的哈尔维，为什么我的父亲不做糖果而是拉人力车呢？为什么我的童年是在砸煤块、擦桌子中度过的，而不是吃着甜卤蛋和玫瑰果子长大的呢？为什么我又瘦又小，身体灵活，而不像一个吃糖长大的孩子那样肥肥胖胖、皮肤光滑呢？

印度这个国家在她最富强的时候就像一个大动物园，一个自给自足、等级森严、秩序井然的动物园。每个人各司其职、乐得其所。这儿有金匠、有牛倌、有地主；姓哈尔维的人家做糖果；姓牛倌的人放牛；贱民挑粪；地主对他们的农奴很仁慈；女人们戴着面纱，与陌生男人说话时眼睛总是望着地面。

时光到了一九四七年八月十五日，也就是英国人撤出印度的那一天。感谢德里的那些政治家们，他们打开了动物园的笼子。飞禽走兽纷纷逃出藩篱，互相攻击，你死我活，丛林生存法则取代了动物园法则。那些最为凶残、饥肠辘辘的动物们吃掉了其他的动物，肚子也一天天地鼓了起来。肚子的大小可以解释今天的一切。不管你是女人、穆斯林，或者是贱民，只要你肚子够大，说话就有底气。我父亲原来一定真的是姓哈尔维，是个做糖果的，但当他继承了糖果店后，肯定别的种姓的人在警察的帮助下把店子给抢走了。我父亲的肚子不够大，没办法还击。所以他沦落到拉人力车的地步，而我也没能成为一个肥肥胖胖、皮肤光滑的人。

简而言之，以前在印度有上千个种姓，上千种命运。现在只有两个种姓：大肚子的和瘪肚子的。

同样也只有两种命运：吃人，或者被吃。

那个黑黑的穆克什先生——阿肖克先生的哥哥——并不知道问题的答案。我说过城市里的人一点也不了解种姓制度——所以鹳鸟又直接问了我[1]。

---

1 在印度，直接问别人的种姓是件很不礼貌的行为，此处鹳鸟自恃地位高，所以很无礼地问了这个问题。

"你是高贵种姓还是低贱种姓呢?"

我不知道他想听到什么样的回答,我权衡了一下这两个选择,觉得无论选哪一个我都能编出说辞,于是我就告诉他:"低贱种姓,先生。"

这个老家伙转过身对穆克什先生说:"我们雇的下人都是高贵种姓的。不过有一两个低贱种姓的也无妨。"

穆克什先生眯起眼睛打量着我。他虽然不知道乡下人那一套做法,但他有的是地主的狡诈。

"你喝酒吗?"

"不,先生,我们哈尔维种姓的人从不喝酒。"

"哈尔维……"阿肖克先生咧开嘴笑着说,"会做甜点吗?不开车的时候能不能给我们露一手呢?"

"当然,先生。我的手艺挺好的,只要您想得到的美味甜点,我都能做出来,什么玫瑰奶球,杏仁椰子糖,都没问题。我可是在茶铺干过好多年的。"

阿肖克先生觉得挺有意思的:"也就是在印度,司机能兼任甜点师傅。从明天就开始上班吧。"

"太快了吧,"穆克什先生说,"我们还是先问问他的家庭情况吧。家里几口人,老家在哪里,我们都得搞清楚。还有一个问题:你一个月要多少工资?"

这又是一个考验。

"不,先生,我什么都不要。您就像我的再生父母,我怎么能和我的父母谈钱呢?"

"八百卢比一个月怎么样?"他问。

"不不不,先生,太多了,一半就够了。八百太多了。"

"如果你能在这儿干满两个月,就给你涨到一千五百卢比一个月。"

我装着一副惊呆了的表情,答应了他的工资条件。

穆克什先生还没有完全相信我。他上下打量了我一番,说:"他太年轻了。我们找个年纪大点的怎么样?"

鹳鸟摇摇头:"年轻才能用得久啊。找个四十岁的司机,干个二十年,到了六十岁眼神就不行了。这个小子能干个三十年到三十五年。他的牙口还挺好的,头发也没掉,身体挺结实的。"

他把嘴里的槟榔嚼得啧啧作响,转过头去,喷出一口红色的唾液。

然后他告诉我过两天再来。

他肯定给拉克斯曼加尔打了电话。他的人肯定去过我们家,找库苏姆谈过,找我们家邻居问过,然后打电话给他汇报:"他们家还算安分守己,没惹过什么麻烦。他父亲是个人力车夫,几年前得肺结核死了。他哥哥也在丹巴德的一个茶铺打工。没支持过纳萨尔派反政府武装或者其他恐怖组织。他们跑不了:他们住在哪里我们一清二楚。"

最后一句话尤其重要。他们必须知道我们家住在哪儿,不论何时。

我好像还没告诉您大水牛处置他家奴仆的事吧?有个仆人本该保护好大水牛家的儿子,结果这个还在襁褓中的儿子被纳萨尔派反政府武装绑架后折磨死了。那个仆人和我是同一个种姓的,哈尔维。我小时候见过他一两次。

他说自己和这起绑架案没有任何关系,但是大水牛不信,雇了四个枪手一直拷打折磨他,最后他们开枪打穿了他的脑袋。

够公平的了。要是我的儿子被人绑架了,我也会这样做的。

不过,大水牛坚信这个仆人是为了钱财才与绑匪故意勾结的,于是还迁怒于他的家人。他有个哥哥正在地里干着活,结果被大水牛的人活活打死了。他的嫂子和未出嫁的妹妹被三个人轮奸而死。

然后大水牛的四个爪牙围着他家的房子放了一把火,烧了个干干净净。

有这么个榜样,谁还敢让这种惨绝人寰的事情发生在自己身上?还有哪个灭绝人性的家伙忍心把自己的奶奶、兄弟姐妹、婶婶姑妈、侄子侄女、外甥外甥女推向绝路呢?

现在鹳鸟和他的儿子们应该相信我的忠诚了。

我回来的时候,尼泊尔门房一句话也没说就给我开了门。现在我已经是这里的一员了。

阿肖克先生、穆克什先生和鹳鸟在东家中算是比较好的了。家里有足够的食物供仆人们食用;仆人们星期天还能美餐一顿,米饭拌辣椒咖喱无骨鸡块。我这辈子还从没有享受过这种每周都有一顿鸡肉的生活,这感觉就像是一个国王,每周都有鸡吃,吃完还可以舔一舔手指;我睡的房子还有屋顶。不错,我确实和一个总是愁眉苦脸的家伙共用一个房间,他叫拉姆·佩萨德,睡在一张大床上,而我睡在床下的地板上;可即便如此,有屋顶的房间毕竟有屋顶,比我和基尚原来一直睡在丹巴德的马路上好得多。最重要的是,我得到了一件黑暗之地的人梦寐以求、最为看重的东西——一件制服!一件卡其布制服!

第二天我去了银行,就是有着玻璃幕墙的那栋楼。玻璃幕墙折射出我的影子,每块玻璃中都可以看到一个穿着卡其布的我,神气极了。我在银行前面走了有十几个来回,就是为了好好欣赏一下我的样子。

要是他们再发给我一个银色的哨子就好了,那我会觉得自己简直就像过着天堂一般的生活!

基尚每个月来看我一次。库苏姆说我每个月可以留九十卢比自己用,剩下的工资直接交给基尚,然后基尚把钱交给她。我每个月都会和基尚在后门见面,从后门的黑色栅栏把钱塞给他。每次我们刚刚聊了不到几分钟,那个尼泊尔人就会吵吵起来:"别聊了!小子你该干活啦!"

作为二号司机,我的工作很简单。如果一号司机拉姆·佩萨德开着本田思迪送主人去城里办事,而家里的其他人要用车去市场、煤矿或者火车站,那我就开着铃木马鲁蒂送他们过去。其他时候我就待在家里,自己找点事情做。

我是说过他们要我做"司机"。我不知道中国人是怎么用仆人的,但是在印度,或者说至少是在黑暗印度,富人没有纯粹的司机、厨子、理发师,或者裁缝。他们只有奴仆。

我的意思是说,只要我没开车,我就得去打扫庭院、拿个长扫帚清理蛛网、煮茶,或者赶牛回圈。但有一件事我是不能做的,那就是不许碰那辆本田车:那辆车只有拉姆·佩萨德才有资格驾驶、清洗。每天晚上我看着他拿一块布洗车的时候,不禁暗暗妒火中烧。

就算站在外面,我也可以看出这是一辆漂亮的现代化汽车,里面有各种令人舒服的配置:音响系统、空调、豪华的真皮坐椅,后面还有个不锈钢大痰盂。开这样的车肯定是种天堂般的享受,而我只能开那辆伤痕累累的老铃木。

一天傍晚,正当我在望着拉姆擦车时,阿肖克先生走了过来,将脑袋伸进车内东张西望了一会儿。我在那一刻发现他这个人喜欢追根究底。

"那个东西是干什么用的?后面那个闪闪发光的东西。"

"痰盂,先生。"

"什么?"

拉姆·佩萨德给他做了解释。那个痰盂是给鹳鸟用的,因为他喜欢嚼槟榔。如果他往车窗外面吐槟榔渣的话,槟榔渣有可能会粘在汽车的侧面,所以他就在脚下放了个痰盂。每次出车回来,司机负责把痰盂洗干净。

"恶心。"阿肖克先生说。

他又问起一些别的事情,这时穆克什先生的儿子罗尚拿着球棒和板球跑到我们这边来了。

拉姆·佩萨德对我打了个响指。

(二号司机有个规定的任务:第一,家里任何一个小孩要打板球的时候,必须要陪他们打;第二,必须要输给他们;第三,必须要像真输。)

阿肖克先生也过来一起打球,他担任捕手[1],我负责投球。

"我是阿扎鲁丁,印度队队长!"小孩子每击中一个四分球或六分球的时候就会高兴地嚷嚷。

"你还是自称加瓦斯卡吧。阿扎鲁丁是穆斯林。"

这是鹳鸟说的。他也到院子里来看我们打板球。

阿肖克先生说:"父亲,你怎么能说这种话呢!印度教徒和穆斯林又有什么区别呢?"

"噢,你们这些年轻人啊,思想太新潮了!"鹳鸟一边说,一边把手放在了我的背上,"我要借借这个司机,罗尚,用一个小时就还给你,好吧?"

二号司机对鹳鸟来说有一种特别的用途。他的腿患有严重的静脉曲张,走路不太灵便,有医生告诉他要在晚上用热水多泡泡脚,让仆人按摩一会儿。

我只得用炉子热好水,端到院子里,把他的脚放进水里浸上,然后轻柔地按摩。这时候,他总是会闭上眼睛,舒服地轻声叫唤着。

半个小时后,他会说:"水凉了。"我就再把他的脚拿出来,把桶提到厕所倒掉。水已经发黑了,上面浮着一层死皮和脱掉的脚毛。我还要重新打一桶热水提回去。

---

1 板球运动中始终在击球区三柱门前的球员,主要负责接收击球手未能击中的传球和投球。

在我按摩的时候，他的两个儿子会搬来椅子，坐在鹳鸟旁边和他聊天。拉姆·佩萨德就会去拿来一瓶金黄色的液体，倒上三杯，在每个杯子里面放一块冰，然后递给他们。他们的父亲抿了一口之后，两个儿子就会说："啊，威士忌。在印度这种地方没有威士忌可怎么活啊。"这时候，他们的谈话就正式开始了。他们说得越多，我按摩得越快。他们的话题一般是政治、煤矿，还有你们的国家——中国。从某种意义上说，这三件事和鹳鸟家族的兴衰密切相关；我也隐约地感觉到，既然我现在也是他们家的一分子，那么我的命运肯定也与之相关。我听着他们的谈话，闻着杯子里威士忌的香味，也闻着一阵阵的臭味——鹳鸟浸泡在温水中的双脚散发出的汗臭味以及从他腿上掉下来的死皮的臭味；阿肖克先生或穆克什先生穿着凉鞋的脚偶尔也会在无意中轻轻地踢到我的脊背。我就这样默默记下了听到的一切——这就是不可思议的企业家的处世之道。我们就像海绵一样——吸收，膨胀，长大。

我头上挨了重重一记。

我抬起头，看到鹳鸟正举着手掌，盯着我看。

"知道为什么打你吗？"

"知道，先生。"我脸上堆满了笑。

"很好。"

一分钟后，他又给了我一下。

"告诉他为什么打他吧，父亲。我觉得他并不知道答案。伙计，你按得太用力了。不要这么起劲。我父亲有点恼火了。慢点来。"

"遵命，先生。"

"您为什么总要打仆人呢？"

"这里可不是美国，儿子。不要问这种问题。"

"为什么我连问题都不能问呢？"

"他们欠揍，阿肖克。你给我记住，他们就是因为这个才尊重我们的。"

平姬夫人却从来不参与他们的谈话。除了偶尔戴着墨镜和拉姆·佩萨德打打羽毛球外,她大部分时间都不出房门半步。我不知道她是怎么回事——和她丈夫吵架了吗?还是他的床上功夫不如她意?

正在我胡思乱想的时候,鹳鸟又发话了:"水凉了。"于是我再一次把他的脚从桶里拿出来,现在洗脚的活才算完了。

我把桶里的凉水泼进了厕所。

我洗了十分钟的手,擦干后又洗了一遍,但我还是觉得和没洗一样。给别人洗完脚后,无论再怎么洗手,你总会感觉手上一整天都有他脚上死皮的那种味道。

只有在一种情况下,一号司机才会和二号司机一起行动。每周至少有一次,我和拉姆·佩萨德会在傍晚六点左右顺着大街一路走去,直到来到一家店铺外。店铺外面挂着招牌:

"头奖"英国洋酒店
出售印度人自产的各种洋酒

家宝总理,我要向您解释一下,在我们印度有两种人:一种是喝"印度酒"的人,另一种是喝"英国酒"的人。"印度酒"是给我这样的乡下人喝的,有棕榈酒、亚力酒,还有自酿的劣酒。"英国酒"自然是给富人们喝的,有朗姆酒、威士忌、啤酒、杜松子酒等各种英国人遗留下来的酒。(总理先生,不知道有没有"中国酒"?我很想尝一尝。)

一号司机的一个重要职责就是每周去一次"头奖"酒店,给鹳鸟和他的儿子们买一瓶最贵的威士忌。不要问我为什么,我们签的契约里就是这样写的,而且二号司机一定要陪着他去。我想要我去的原因可能是怕他会携酒潜逃吧。

"头奖"酒店的货架上堆满了花花绿绿、各式各样的酒瓶,柜台后有两个十来岁的男孩,在顾客的吵嚷声中疲于奔命地收钱拿酒。店里的白墙上贴着一张红颜料刷写的价目表,上面有数百种酒,分为五大类:啤酒、朗姆酒、威士忌、杜松子酒和伏特加。

"头奖"酒店价目表

威士忌
一等品

	四分之一瓶	二分之一瓶	一瓶
黑狗	—	—	1 330
教师烈饮	—	530	1 230
维特69	—	—	1 210

二等品

	四分之一瓶	二分之一瓶	一瓶
皇家挑战	110	220	390
皇家雄鹿	110	219	380
风笛手	84	200	288

三等品

	四分之一瓶	二分之一瓶	一瓶
皇家之选	61	110	200
野马	44	120	200

（本店亦有更加实惠的威士忌出售，如欲购买请垂询柜台。）

伏特加：
一等伏特加……

"头奖"酒店并不大，柜台前面三米宽的地方被五十多个买酒的人挤了个水泄不通。每个人都挥舞着大额钞票，扯着嗓门用最大的音量喊着：

"来一升翠鸟啤酒！"
"半瓶装老僧朗姆酒！"
"一瓶霹雳酒！霹雳！"

这些酒不是他们自己喝的，我从他们破烂不堪的衣服上就可以看出，他们跟我和拉姆·佩萨德一样，也是来给主人买酒的仆人。要是我们周末八点钟以后去买酒的话，柜台前面会挤得像打仗似的。那时我就负责牵制敌人，拉姆·佩萨德则负责强力突击。他一边奋力向前挤，一边大声喊："黑狗！来一整瓶！"

"黑狗"就是刚才那张价目表上威士忌一等品中的第一个，鹳鸟和他的两个儿子只喝这种酒。

拉姆·佩萨德拿到酒后，像抱着婴儿似的护着酒瓶，我开始重拳出击，从人群中杀出一条血路。只有在这个时候，我们俩之间才会有合作意识。

在我们回家的路上，拉姆·佩萨德总会在半路上站住脚，然后把酒瓶小心翼翼地从盒子里拿出来，放在手里把玩。他说这是为了检查一下"头奖"酒店有没有以次充好。我知道他是在说瞎话。他就是想拿拿瓶子，体会一下手里握着一瓶原封的一等品威士忌的感觉，想象着这是给自己买的酒。然后，他把酒瓶小心翼翼地放回盒子，一路走回家。我跟在他后面，眼前还晃动着各种各样的酒瓶。

晚上，拉姆·佩萨德躺在床上呼呼地打鼾，我躺在地板上，双手叠在脑后。

我凝视着天花板。

我在想着鹳鸟的两个儿子怎么会有这么大的区别呢？他们两个就像是黑夜和白天一样，没有半点相似之处。

穆克什先生身材矮小，皮肤黝黑，面貌丑陋，为人精明。我们在背地里都叫他"猫鼬"。他结婚已经有几年了，老婆相貌平平，给他生了两个儿子后，准时地发福了。这个家伙，这个"猫鼬"，看身子不像他父亲，脑子却和他父亲一样精明。他只要看到我哪怕有一分钟的空闲，就会喊："司机！别在那儿瞎逛悠！去把车擦一下！"

"我已经擦过了，先生。"

"那就拿扫帚把院子扫一扫。"

阿肖克先生的身板外形和他父亲很像，他高大魁梧、肩宽体阔、相貌英俊，像个地主家的儿子。我看到他傍晚和他老婆在院子里打羽毛球，他老婆居然穿着裤子！以前谁见过女人穿裤子呀？除非是在电影里。一开始我猜阿肖克的老婆可能是个美国人，和他带回来的那些不可思议的东西一样，就像他的说话口音和刮完胡子喷的那种水果味的香水，都是他从纽约带回来的。

两天后，我看到拉姆·佩萨德和那个斜眼的尼泊尔人在闲聊，就拿了把扫帚，一边扫院子，一边慢慢地挨过去。

"她是个基督徒，难道你不知道吗？"

"哪能啊？"

"千真万确！"

"他们结婚了没有？"

"他们在美国结的婚。我们印度人一到那个地方，就会把种姓忘得干干净净。"尼泊尔人说。

"老家伙说什么都不同意这门婚事。她们家的人也不怎么乐意。"

"那——他们怎么还结婚了呢？"

尼泊尔人瞪着我："喂，你是不是在偷听我们说话？"

"没有啊，先生。"

一天早上，我听到有人在敲我们小宿舍的门，我打开门一看，原来是平姬夫人提着一对球拍站在门口。

院子的一角立着两根杆子，杆子之间已经拉了一张网。她站到网的一边，我站在另一边。她击球，球飞起来，落在了我的脚下。

"嘿！动一下！把球打回来！"

"对不起，夫人。实在对不起。"

我以前从来没玩过这种东西。我试着把球打回去，结果直接把球打在了网上。

"你真没用。那个司机呢？"

拉姆·佩萨德从旁边猛地一下蹿了出来。他一直在旁边看着呢。他非常清楚怎么打羽毛球。

看着他干净利落地击球，配合熟练地接发球，我的心里好像有一团火在烧。

世界上还会有哪一种恨比二号仆人对一号仆人的恨更加强烈呢？

尽管我们两人同居一室，相距不过一米，我们却从来没有说过话，就连一句"你好"或者"你妈妈身体怎么样"之类的客气话也没说过，一句也没有。每个晚上，我都能感受到他身上传来的那股恨意，我知道他在睡梦中咒骂我，诅咒我。他每天早上起床后的第一件事就是对着他贴在墙上的不下二十张神像鞠躬祷告，口里念念有词:"唵,唵,唵¹。"这时候,他会用眼角的余光瞥着我,好像在说:"难道你不做祷告吗?你是干什么的?是纳萨尔派反政府武装的吗?"

一天晚上,我来到集市上,把所有能找到的罗摩大神和猴神的神像全部买了下来,大概有二十四五张。我把神像都贴在了房子里面,这样,在拥有的神像方面,我们俩已经平起平坐了。每天早上,向这些尊敬的大神们鞠躬之后,我们两人都不甘示弱地大声祷告,都想压过对方的声音。

尼泊尔人是拉姆·佩萨德的盟友。有一天,他突然闯进我们的房子,砰地一声放下一个大塑料篮子。

"你喜欢狗吗?小乡巴佬?"他的脸上挂着灿烂的笑容。

篮子里面有两只博美狗,一只叫嘎豆,一只叫爆豆。有钱人希望他们家的狗能够享受和人一样的待遇,他们要小狗吃得饱,吃得好,还要散步,还要爱抚,甚至还要洗浴!您猜猜,谁给小狗洗澡啊?当然是我。我跪在地上,开始给小狗洗澡,给它们打上肥皂,搓到起泡,再用清水冲一冲,最后拿出电吹风给它们吹干毛发。然后我就牵着狗链带它们到院子里散步,而那尼泊尔人则像个国王似的坐在院子里,冲着我喊:"链子别牵得那么紧!它们可比你值钱多了!"

遛完狗,我回到房里,闻了闻自己的手,我发现:唯一能去掉一个仆人手上狗皮味道的东西是他主人脚上的味道。

阿肖克先生正站在我的门外。

我赶忙跑过去,深深地鞠上一躬。他走进我们的屋子,我在后面低头哈腰地跟着。走进屋门的时候,阿肖克先生要低头才能过去。这种门是营养不良的仆人们专用的,对他这样高大魁梧、锦衣玉食

---

1 唵:印度教等的咒语,表示空、天、地三界,也表示梵天、毗湿奴、湿婆三大神。

的主人显然是太小了点。他狐疑地盯着天花板。

"太糟糕了。"他说。

直到这时候我才注意到天花板上的墙漆已经大块大块地剥落了,每个墙角都有蜘蛛网。此前我还一直为能住在这种地方感到高兴呢。

"这里面有股什么味道?把窗子打开。"

他坐在拉姆·佩萨德的床上,用指头戳了戳。床很硬。我对拉姆·佩萨德的嫉妒顿时消失得无影无踪。

(经过这次事情之后,我看着他看过的东西,闻着他闻过的气味,敲着他敲过的床,我觉得自己好像已经和主人融为一体了!)

他朝我这边看过来,躲避着我凝视的目光,好像心里有点愧疚似的。

"你们俩以后会住间好点的屋子。每人一张床。还会有点自己的空间。"

"先生,请您别这么说。这房子对我们来说已经好得像宫殿一样了。"

这让他心里好受了一点。他开始正视我。

"你老家是拉克斯曼加尔,对吧?"

"是的,先生。"

"我是在拉克斯曼加尔出生的。不过我再也没回去过。你也是在那儿出生的吗?"

"是的,先生。那里是生我养我的地方。"

"那地方什么样?"

我还没回答,他又说:"一定很美吧。"

"美得像天堂一样,先生。"

他把我从头到脚仔细地打量了一番,就像我刚来他们家时从头到脚地仔细打量他一样。

他心里肯定充满了疑惑:"为什么同一个地方,同样的水土,同样的阳光,却造就了如此截然不同的两个物种?"

"我今天想去那里看看,"他站起身,"我要去看看我出生的地方。你来开车。"

"遵命,先生。"

要回家了!而且是穿着制服,开着鹳鸟家的车,和他的儿子儿媳谈笑风生地回来!

我真想趴下来吻吻他的脚!

鹳鸟本来也打算一起回去的,这样我的回家之旅就更加风光了。可惜他在最后一分钟还是改变了主意。最后,我开着本田思迪载着阿肖克先生与平姬夫人,驶向拉克斯曼加尔。

这是我第一次为他们俩开车——此前这一直是拉姆·佩萨德的特权。我还不太习惯开这辆本田。我说过,这辆车有自己的思想,我还没摸透它的脾气。我只能暗暗祷告,向所有的神明祷告,千万别让我出了什么差错。

开头的半个小时他们俩没说一句话。作为一个司机,有时候你能感觉到车内的气氛,好像车内的温度也随之升高了似的。车里的女人在生气。

"我们为什么要去那种荒凉的地方呢,阿肖克?"她终于率先打破了沉默。

"那是我祖辈生活过的村子,平姬。你难道不想去看看吗?我就是在那儿出生的,不过在我很小的时候,爸爸就把我送出来了,因为那里有反政府武装作乱。我觉得我们可以——"

"你定好回去的日期了吗?"她突然问道,"我是说,回纽约。"

"还没有。就快了。"

他沉默了一小会儿,我还在竖着耳朵听。如果他们回美国了,那么他们家还需要二号司机吗?

她什么也没说,不过我敢发誓,我听到她把牙咬得咯咯响。

阿肖克先生却一点都没有察觉,还哼起了一首电影插曲。这时候平姬夫人说:"真是他妈的笑话。"

"怎么了?"

"什么回美国,你在骗我,对不对?阿肖克,你根本就没打算回去吧?"

"车里还有司机呢,平姬。以后我会跟你解释清楚的。"

"噢!那要什么紧!不就是个司机嘛!你不要转移话题!"

这时,车里突然弥漫起了一种奇妙的香气,我想一定是平姬整理了一下衣衫。

"你为什么还要雇个司机呢?为什么不能像原来那样自己开车呢?"

"那是在纽约。在印度我可开不了,你看看这路况!没人遵守交通规则,都像发了疯似的横穿马路。你看!你看那个……"

一辆拖拉机正全速从对面开过来,车屁股喷着黑烟,就像拖着条漂亮的黑尾巴。

"那个开拖拉机的走错边了!而且根本都没有注意到!"

我也没注意。我知道他的意思是开车应该靠左手边[1]行驶,但我从来没见过谁拿这条规则当回事。

"再看看那拖拉机喷出的柴油黑烟。平姬,要是我自己开车,我会发疯的。"

我们沿着小河一直行驶到了柏油马路的尽头,接下来就是一段颠簸的土路了,然后还要穿过一个小集贸市场。市场里面只有两三家小店子,门面看上去都差不多,卖的东西也一样:柴油、香、大米。所有的人都盯着我们看,还有几个小孩子兴奋地跟着车跑。阿肖克先生对着小孩子们挥手,还要平姬和他一起向孩子们挥手。

---

[1] 印度曾是英国的殖民地,因此保留了英国的行车规则,即行车靠左,而方向盘在驾驶室的右侧。

车后面的小孩子没有跟上来,因为我们去的地方他们不能去。我们到了地主们住的地方。

管家在鹳鸟家的豪宅门前等着我们。还没等我把车完全停稳,他就打开了车门,然后向阿肖克先生行摸脚礼。

"小少爷啊!您可来啦!终于来啦!"

野猪中午要来和阿肖克先生以及平姬夫人一起吃饭,毕竟他是他们的叔叔。一看到野猪走进房子,我就跑进厨房,对管家说:"我深爱着我们的阿肖克先生,你说什么也要让我伺候他!"厨师同意了,而我也有机会多年来第一次好好打量一下野猪。他比我记忆中的要老了一些,背驼得也更厉害了,唯一一点没变的就是他的牙:锋利而发黑,一边还有一颗醒目的长牙,牙尖微微有些弯曲。他们在餐厅里吃中饭,餐厅很大,天花板很高,摆着一些沉重的老式家具,还有一个大吊灯。

"真是个不错的老宅子,"阿肖克说,"一切看上去都是那么的富丽堂皇。"

"除了吊灯——我觉得有点俗气。"她说。

"你父亲喜欢吊灯,"野猪说,"他还想在浴室里装一个呢,你不知道吗?我可不是开玩笑!"

管家把菜端上来了,阿肖克先生看了看说:"没什么青菜吗?我不吃肉。"

"我可没听说过哪个地主是吃素的,"野猪说,"这不符合规矩啊。多吃肉,你才能长得壮。"说着,他张开嘴,展示了一下他那两颗弯曲的牙齿。

"我觉得没必要滥杀动物。我在美国认识了几个素食主义者,我认为他们说得对。"

"你们这些年轻人从哪里学来的这些疯狂的思想哟!"野猪说,"你可是地主啊,婆罗门才是素食主义者,我们可不是。"

吃完午饭后，我洗了碗，又帮管家煮好了茶。现在既然已经把主人伺候好了，我就去看看我的家人吧。于是我从房子的后门走了出来。

嗨，我真不知道该怎么说我的家人。他们全都跑到鹳鸟家的宅院来了，围着本田车不住地啧啧称赞，尽管他们吓得连摸都不敢摸。

基尚举起了手。自从三个月前他从丹巴德回家种田后，我就再也没有见过他。我弯下腰，去摸他的脚，而且特意多摸了几秒钟，我知道如果我不这么谦恭的话，他会暴揍我一顿的，因为我已经两个月没往家里交钱了。

"噢！他现在终于想起自己还有家人了！"他说着，抬起脚把我的手摇掉，"他可曾惦记过我们？"

"原谅我吧，哥哥。"

"你已经有几个月没交过一分钱了。你忘了我们当初是怎么说定的。"

"原谅我吧。原谅我吧。"

不过他们并不是真的生气。这是我平生第一次在家里受到比我们家的水牛还要多的关注。最兴师动众、最激动的当然是精明的老库苏姆，她看着我笑得嘴巴都合不拢，不停地摩挲着自己的前臂。

"噢，你小时候我不知道往你的小嘴里塞了多少糖呢。"她说着，伸手想捏捏我的脸颊。我身上那套制服对她还是有些威慑力的，她不敢碰我身上别的地方。

告诉您，他们几乎是把我抬回家的。邻居们都在等着参观我的制服呢。

他们把我走后家里新添的小孩子们拉出来给我看，并逼着我挨个地亲他们的额头。莱拉婶婶又生了两个小孩，帕普堂哥的老婆莉拉又给我添了一个小侄子。我们家的人丁又壮大了。当然，人一多，口也多，开支也大了。他们都七嘴八舌地怪我没能按月往家里交钱。

库苏姆捶打着自己的额头，跑到邻居家哭诉起来："看哪，我的孙子找了份好工作，他还硬逼着我做事哪！我们这些老太婆的命怎么就这么苦啊！"

"让他结婚！"邻居们嚷着，"只有这样，才能驯服他这种野小子！"

"是啊，"库苏姆说，"是啊，说得太对啦。"她破涕而笑，摩挲着小臂，"说得太对啦！"

基尚给我讲了不少新闻——您知道，这是在黑暗之地，所以都是些坏消息。那个伟大的社会党人还像原来一样腐败不堪。纳萨尔反政府武装和地主们的冲突不断加剧，闹得血雨腥风。我们这样的小人物夹在中间，谁都不敢得罪，备受折磨。他们两边都有自己的武装，只要怀疑谁同情另一方，就会把这个人抓来拷打讯问，肆意枪杀。

"这儿简直像地狱一样，"基尚说，"不过我们很高兴你不用在这儿跟着折腾。你的制服多帅啊，还找到了这么好的东家。"

基尚的变化很大。他更瘦更黑了，脖子上青筋暴出，锁骨深陷。转眼之间，他就变成了父亲的模样。

我看到库苏姆笑呵呵地摩挲着小臂，畅谈我的婚事该怎么操办。她专门给我做了鸡肉，还亲自给我端饭。她一边用勺子给我往碟子里加咖喱，一边说："今年下半年就把你的婚事办了，好吧？我们已经看好了，是个胖乎乎的小姑娘。等她开始来月经的时候，就可以过门啦。"

我面前摆着一块带着骨头的鸡肉，上面浇满了红红的咖喱汁，看上去就像盘子里摆着的是从基尚身上割下来的肉。

"奶奶，"我看着那一大块浇了红咖喱汁的鸡肉，说，"给我点时间考虑考虑。我现在还不想结婚。"

她的脸拉了下来。"你说什么？还不想？你要按我们说的做。"

她的脸上又露出了笑容,"快吃吧,亲爱的。这只鸡是我专为你一个人做的。"

我说:"我不吃。"

"快吃。"

她把碟子推到我面前来。

家里人都停下手中的活来看我们两人争吵。

奶奶瞥了我一眼。"你这是怎么啦?变成婆罗门了?快吃,快吃。"

"不吃!"我猛地一推,碟子飞到墙上,红色的咖喱洒了一地,"我说了,我不结婚!"

她惊呆了,都忘记了吼叫。我起身要走,基尚跑过来想拉住我,我用力一推,他重重地摔在了地上,我就径直走出了家门。

门口有一群脏兮兮的小毛孩,都是我婶婶们的孩子。他们见我出来,也跟着我一路小跑。我没什么心情去搭理他们,也不想摸他们的头发。慢慢地,他们明白了我的想法,就回家了。

我独自一人走过寺庙,走过市场,走过猪群,走过排水沟,来到了池塘边,黑堡就在我对面的山上。

我坐在塘边,把牙齿咬得咯吱响。

我眼前不停地晃动着基尚的影子。他们是在活活地吃掉他啊!他们会像对待我父亲那样,从里到外将他一瓢一瓢地掏空,直到他患上肺结核,身体虚弱,彷徨无助,只能躺在某个公立医院的地板上,大口大口地吐血,等待医生的到来,最终悲惨地死去。

这时传来了一阵水花飞溅的声音,原来是池塘中的水牛从铺满睡莲的水面上抬起头来偷窥着我。还有一只鹤单腿站着,也在注视着我。

我下了水,走到齐脖深的地方才开始游泳,游过荷花,游过睡莲,游过水牛,游过蝌蚪,游过小鱼,游过从黑堡上滚落下来的那些巨石。

在城堡破败的城墙上，那群猴子正盯着我：我已经开始爬山了。

总理阁下，想必您现在已经知道我是多么喜欢诗歌，尤其是喜欢被公认为最伟大的四大穆斯林诗人的作品了。四大诗人之一的伊克巴尔曾经写过一首著名的诗篇。他在诗中把自己想象成魔鬼，反抗天神对他的欺凌。根据穆斯林的传说，魔鬼曾经是天神的伙伴，后来他们反目成仇，分道扬镳，从此开始明争暗斗。伊克巴尔的这首诗就是关于这件事的。诗的原句我记不清了，大概是这个意思：

天神说：我神通广大，天上地下，唯我独尊。还是重新来做我的仆人吧！

魔鬼说：哈！

每当我躺在办公室的吊灯下，想起伊克巴尔诗中的魔鬼，我就会想起那个矮矮黑黑的少年，穿着湿透了的卡其布制服，正爬在通往黑堡的路上。

此刻他就站在那里，一只脚踩在黑堡的防御土墙上，旁边围着一群惊慌失措的猴子。

天神在蓝天上摊开他的手掌，遮住下面的平原，让这矮小的人看到了拉克斯曼加尔，看到了恒河的小支流，看到了远处的一切：成千上万个这样的村庄，十亿个这样的人。天神问这个小个子：

这一切难道不美妙吗？这一切难道不壮观吗？能做我的仆人，你难道不感激涕零吗？

接着，我看到那个穿着湿卡其布制服的小个子开始发抖，像是愤怒到了极点；然后他向天神做了一个感激的手势，感激天神将世界创造成了这样，感谢天神没有将世界创造成别的模样。

我望着小风扇那黑色的叶片不停地切割着吊灯洒下的亮光，我的眼前又浮现出了那个穿着湿卡其布制服的小个子，正不停地冲着天神吐唾沫。

半小时后，我下山直接回到了鹳鸟的府邸。阿肖克先生和平姬夫人正在本田思迪车旁等着我。

"你到什么鬼地方去了？"她吼道，"我们一直在等你。"

"对不起，夫人，"我赔着笑，"太抱歉了。"

"发点善心吧，平姬。他得回去看看家人。你知道黑暗之地的人都很恋家。"

库苏姆，鲁图姐姐，还有家里其他的女人们都守在路边看着我们的车驶出。她们张口结舌地看着我，心里想这小子居然不回家道个歉。我看到库苏姆冲我挥了挥她那枯枝般的拳头。

我一踩油门，直接从她们身边驶了过去。

汽车驶过集市的时候，我还往茶铺里看了一眼：人形蜘蛛们还在桌子边忙碌着；人力车夫在后面排成一排，河对面那个骑着单车宣传当日黄色电影的家伙刚开始骑车绕圈。

两旁的景色飞快地从车窗外掠过，绿油油的田野、灌木丛、树林、悠闲地在水塘的泥淖里打盹的水牛，蔓草和丛林、稻田、椰林、香蕉园、楝树、榕树，从草丛里抬头偷看我们的水牛。一个光着上身的小孩在路边骑着水牛，他看到我们兴奋地挥舞着拳头大叫，我真想对他吼两句："对！我的感觉和你一样！我再也不会回到这里来了！"

"你现在可以说了吗，阿肖克？你现在可以回答我的问题了吗？"

"好吧。呃，是这样的。我刚回来的时候是打算只待两个月就回去的，平姬。可是……印度的一切已经发生了翻天覆地的变化，我觉得我留在这里比待在纽约更有作为。"

"阿肖克,你这是胡扯。"

"不,不是。真的不是。按照印度现在这种巨变的速度,十年后这里会和美国一样。还有,我更喜欢这里。这里有这么多人服侍我们,我们有司机、有门房、有按摩师。我们躺在床上,拉姆·巴哈杜尔就把茶点饼干端上来了,在纽约能行吗?你知道,拉姆在我们家干了有三十年了,说是仆人,实际上他已经成为了这个家庭的一分子。那个尼泊尔人,父亲有一天看到他拿着把枪在街上乱逛,就对他说——"

他突然不讲了。

"你看到了吗,平姬?"

"看到什么?"

"你看到司机刚刚做了什么吗?"

我的心猛地一抖。我也不知道我刚刚做了什么。阿肖克先生靠过来说:"司机,你刚刚用手指摸了一下眼睛,是不是?"

"是的,先生。"

"平姬,你没看到吗?我们刚刚经过了一家寺庙,"阿肖克先生指着一个圆锥形的高大建筑,墙上绘着纠结缠绕在一起的黑蛇,"所以司机——"

他拍了拍我的肩膀。

"你叫什么名字?"

"巴尔拉姆。"

"所以巴尔拉姆摸摸眼睛,以示尊重。黑暗之地的村民真虔诚啊!"

看来他们对这个还挺在意的,于是过了一会儿我又摸了一下自己的眼睛。

"司机,这次是为了什么?我没看到有什么寺庙啊?"

"呃……我们刚刚经过一棵圣树，我在表达我的尊重之情。"

"你听到了吗？他们崇拜自然。多好啊，不是吗？"

于是他们两个人密切关注着我们经过的每一个寺庙、每一棵树，然后再转头看看我是如何表达我的虔诚的。当然，我也积极地配合他们，而且愈来愈用心地表演，开始是摸摸眼睛，后来是摸脖子、摸肩膀，甚至还摸了摸我的奶头。

他们一定以为我是世界上最虔诚的仆人了。（拉姆·佩萨德，你就等着瞧吧！）

在回丹巴德的路上我们遭遇了堵车。有辆卡车停在了路中间，车上坐满了人，个个头上系着一条红布条，在那儿喊着口号。

"打倒富人！拥护伟大的社会党人！地主滚出去！"

不久又来了一辆卡车，车上的人头上系着绿布条，冲着刚才那辆卡车上的人高声喊着口号。看来一场冲突即将爆发。

"出什么事啦？"平姬夫人警觉地问道。

"没事，"他说，"选举快到了，仅此而已。"

要给您解释清楚这些人在嚷什么，我得先给您讲讲印度的民主。不过我们还是明天再谈这个话题吧，总理先生。

现在已经是凌晨两点四十四分了。

这个时间是属于堕落放纵的人、瘾君子和班加罗尔的企业家们的。

第四日早晨

敬呈：

总理先生，我觉得我们可以省去这些繁文缛节了，您觉得呢？现在我们彼此已经很了解了，而且也没有时间来客套。

总理先生，今天我写的篇幅会有点短，因为我刚才在收听一个广播节目，专门介绍了一个叫卡斯特罗的人，据说他把本国的富人打倒了，解放了本国的人民。我一直很喜欢听关于伟人的节目，因此听得有点入迷，不知不觉中已经是凌晨两点了！我本来还想再多听听这位卡斯特罗的事，但想到还要给您写信，我就把收音机关掉了。我想再接着上次结束的地方讲讲吧。

噢，对！民主！

总理先生，我们总理送给您的那些宣传册肯定以很大的篇幅描述了印度光辉壮丽的民主事业：十亿人民投票决定自己的未来，是多么令人肃然起敬，他们充分地享有自由的投票权，如此等等。

有些政客在广播中说我们一定会超过中国，因为我们虽然没有发达的排水系统、纯净的饮用水、奥运会金牌，但是我们却有我们**伟大的**民主。

如果让我来缔造一个国家，我会首先铺设好排水管道，然后再去考虑民主，最后才是给外宾赠送宣传册和甘地塑像。但是我又懂什么呢？我不过是个杀人犯罢了！

家宝总理，我个人对民主没什么意见。恰恰相反，我从中受惠良多。实际上就连我的生日也是拜民主所赐。这件事说来话长，那时我还在拉克斯曼加尔的茶铺里干着砸煤块、擦桌子的杂活。有一天，甘地画像方向传来了拍手声——茶铺老板开始大声喊叫，要我们大家都停下手里的活，然后全体列队开往学校。

一个穿官服的人坐在教室的讲台旁，面前摆着一个大本子和一支黑笔，他对每个人都问同样的两个问题。

"姓名？"

"巴尔拉姆·哈尔维。"

"年龄？"

"没有。"

"生日是哪天知道吗？"

"不知道，先生。我父母没有记下来。"

他看着我说："我觉得你应该是十八岁了。你今天正好满十八岁。你只是忘记了，对吧？"

"没错，先生，是我给忘了。今天是我十八岁的生日。"

"真是个听话的好孩子。"

然后他就把我的信息登记在了那个本子上，告诉我可以走了。于是我从此便有了一个政府认定的生日。

我必须得是十八岁。我们茶铺所有的伙计登记的都是年满十八岁，正是法定的投票年龄。

一场选举即将开始，茶铺老板已经将我们卖了个好价钱。他卖的是我们的手印——因为我们这里不识字的人都用按手印的方式投票。这是我从一个茶客那儿偷听到的。据说这场选举势均力敌，老板因此从伟大的社会党人的政党那里得了不少手印钱。

在这次选举之前，伟大的社会党人已经统治黑暗之地十年了。黑暗之地每一间政府办公室的墙上都用黑漆印着他的党徽，上面的图案是一双砸烂镣铐的巨手，象征着穷人推翻富人的统治。茶铺里有些客人说他一开始还算是个好人，他的确想过整顿吏治，但恒河的黑泥还是吞噬了他。也有人说他一开始就不怎么干净，不过他欺骗了所有人，到现在才露出他的真面目。不管真相如何，事实是好像没有人能在选举中战胜他。他统治着黑暗之地，赢得了一次又一次的选举，不过现在他的统治好像没有那么牢不可破了。

您听我说，伟大的社会党人和他手下的官员们正面临着九十三起刑事案件的指控，包括谋杀、强奸、巨额盗窃、走私枪械、组织卖淫，以及其他一些轻微罪行。尽管在黑暗之地，法官要作出有罪判决不是件容易的事，但这次还是有三个官员被判有罪。现在他们还在监狱里蹲着，不过仍然保留着官职。据说伟大的社会党人从黑暗之地贪污了十亿卢比，存到了自己的户头上。那是他在一个美丽的欧洲小国开的户，那里到处都是白人和黑钱。

既然选举的日期已经确定，也在广播里播出了，新一轮选举热便重新开始。印度有三大疾病：伤寒、霍乱和选举热，最后一种尤为厉害。得了这种病的人会不停地对那些他们没有发言权的事情高谈阔论。伟大的社会党人的对手们这次似乎强大了不少。他们制作了小册子四处发散，并在公共汽车和货车上用麦克风大声地宣传着：他们要推翻伟大的社会党人的统治，要治理恒河，要带领恒河两岸的人民冲出黑暗走进光明。

在茶铺里，喝茶的人聊得更加起劲。他们一边啜着茶，一边不厌其烦地谈论同一件事情：

他们这次能行吗？他们能够打败伟大的社会党人，赢得这次选举吗？他们是否筹到了足够多的钱去买通足够多的警察，从而搞到足够多的手印？就像太监谈论性爱宝典《爱经》一样，拉克斯曼加尔的选民们也在乐此不疲地谈论着选举。

一天早晨，我看见一个警察在寺庙外面的墙上用红色的刷子写了一条标语：

您想在舒适的路上行驶吗？您想喝上干净的水吗？您想享

受优质的医疗服务吗？那就不要把票投给伟大的社会党人！

村里人都知道，多年来地主们和伟大的社会党人之间一直都有一笔交易，但这笔交易今年似乎出现了点问题，于是四禽兽联合起来组建了他们自己的政党。

在标语下面，警察写道：

全印社会进步阵线

这就是地主们建立的政党。

选举前的几个星期，一辆辆满载年轻人的大卡车在拉克斯曼加尔肮脏的大街上颠簸着来回穿梭，车上的人拿着麦克风大声地喊着：站起来与富人们斗争到底！

公车售票员维查是这些卡车上的常客。他辞去了以前的工作，专门搞起了政治。他是个天生的政客，每次你看到他他都比原来更强。他头上绑着红色的布条，表示他是伟大的社会党人的拥护者。每天他都在茶铺前大声地演讲。地主们也不甘示弱，他们也拉来几卡车的人唱对台戏，高喊着："公路！ 水！ 医院！伟大的社会党人下台！"

选举前一周，两边都不再派卡车出来了。我在擦桌子的时候听到了这是怎么回事。

原来是禽兽们的虚张声势收到了效果。伟大的社会党人同意和他们重谈条件。

维查在茶铺前的一次大型集会上向鹳鸟鞠躬行礼，并摸了他的脚，看来他们之间的分歧已经烟消云散了。鹳鸟被任命为伟大的社会党人的政党在拉克斯曼加尔地区的主席，维查是他的副手。

集会结束了，祭司们特意做了一场法事，为伟大的社会党人祈祷胜利。他们在寺庙前用纸碟子给大家分发羊肉比尔亚尼菜[1]，晚上还有免费的烈酒。

第二天早上，一大群警察气势汹汹地扬尘而来。进村后，一个警官在集市上大声宣读了投票须知。

无论他们做了什么，都是为了我们好；伟大的社会党人的敌人们妄图从我们穷人手中窃取选举的胜利；他们要夺我们穷人的权；伟大的社会党人仁慈地为我们穷人砸碎了锁链，他们却妄想把锁链镣铐重新加在我们身上。明白了吗？说完，警察们就回去了，车屁股后又扬起了一路飞尘。

"每次都是这样的，"那天晚上父亲对我说，"我见过十二次选举了，五次全国大选，五次邦选举，两次地区选举，这十二次每次都是别人替我投票。我听说在另外一个印度人们是自由投票的，那真是太了不起了，是吗？"

选举那天，有个人发疯了。

黑暗之地的每次选举都会有这种事。

这个人是我父亲的同行，一个黑黑的矮个子，此前他一直默默无闻。一群人力车夫围着他，我父亲也在其中，他们在劝阻他，不过也就是做做样子。

他们原来见过这种事。他们知道现在再拦他也是无济于事。

即使在拉克斯曼加尔这种地方，不时也会有一缕阳光穿透黑暗。所有这些海报、演说和墙上的标语也许确实已深入某个人的内心。他宣称自己是民主印度的公民，有权利自由投票。我们这位人力车夫就是这样想的。他宣布自己要脱离黑暗之地，从那天起做一个贝拿勒斯人。

他径直向位于学校的投票点走去，边走边喊："我应该站起来反

---

[1] 比尔亚尼菜是印度用于大型宴会的丰盛菜肴，是用藏花或姜黄粉等调味的含有肉、鱼或蔬菜的米饭。

抗富人,他们不是一直都这样说吗?"

当他走到投票点时,伟大的社会党人的支持者们已经将投票结果写在了外面的黑板上:他们在那个投票点一共获得了两千三百四十一张选票。所有的人都将票投给了伟大的社会党人。公共汽车售票员维查爬到梯子上,往墙上钉着伟大的社会党人的党旗(一双砸碎手铐的巨手)。旗子上面印着一句标语:

热烈祝贺伟大的社会党人在拉克斯曼加尔大获全胜!

看到那个人力车夫,维查扔下了手中的锤子、钉子和旗子。
"你来这里干什么?"
"投票,"他吼着,"今天不是选举吗?"
虽然当时我离他们只有一两米远,但我说不清楚到底发生了什么。本来有一大群人在远远地围观,但后来警察冲了过来,我们顿时一哄而散,所以我没有看到他们把那位勇敢的疯子怎么样了。

第二天,我假装在擦桌面上的一块污渍,偷听到了后来发生的事情。维查和一个警察将那人力车夫打倒在地,然后开始殴打他。他们用棍子抽打,当他反击时,他们就踢他。维查和警察轮流出手。维查用棍子抽打他,警察用脚踩他的脸,然后维查再出手。过了一会儿,人力车夫的身体不再扭动,人也不再还手,可他们仍然不停地踩他,直到他最后重新化作地上的泥土。

总理阁下,请允许我再提一下那张通缉布告。那上面称我是杀人犯,我对此倒也没什么意见。我承认这是事实,我罪孽深重、万劫不复。然而居然是这些警察称我为杀人犯!

真是他妈的笑话!

我想送给您一个小礼物,以纪念您的这次印度之行。巴尔拉姆·哈尔维,一个人间蒸发、亡命天涯的人,他的行踪警察永远也猜不到，不是吗？

哈！

警察当然知道在哪里能找到我。每一次大选、邦选或者地区选举我都会在格雅地区拉克斯曼加尔学校前的投票点忠实地履行我投票的义务。

我是全印度最忠实的投票人，可我到目前为止还没有见过投票站里面是什么样。

尽管离丹巴德市的投票日越来越近，鹳鸟家的高墙内还是平静得一如往日。他在烫脚的时候依然舒服地哼哼着，院子里板球和羽毛依然照打不误，我每天依然忠心耿耿地给那两只博美小狗洗澡。

一天，一张熟悉的脸出现在了大门口，是公共汽车售票员维查从拉克斯曼加尔来了。我少年时的偶像这次又换了套白色的制服，头上戴着一顶尼赫鲁帽[1]，八个指头上都套着纯金戒指！

做公务人员这条路他是走对了。

我在大门口守着，想看看会发生什么事情。鹳鸟亲自出来迎接他，并向他鞠了一躬——一个地主向一个养猪人家的儿子鞠躬！真是民主的奇迹啊！

两天后，伟大的社会党人亲自来了。

为了迎接他的来访，家里人忙成了一团。阿肖克先生手捧茉莉花环站在门口恭候，他的父亲和哥哥站在他的身边。

一辆车停在了门口，车门打开，一个人走了出来。他的脸我已经在竞选海报上见过无数次了：肥头大耳，钢丝一样竖立的白发，还有那对硕大的金耳环。

维查今天又在头上系了根红布条，手里拿着那面印有砸碎镣铐

---

[1] 指印度独立后首任总理尼赫鲁常戴的白色船形帽。

之手的旗子，口里高呼："伟大的社会党人万岁！"

这位大人物向四周的人合掌点头致意。他长着一张典型的印度大政客的脸——脸上时刻挂着那种非此即彼的表情。不过，他脸上现在的表情说明他此刻很祥和——只要你追随这张脸的主人，你也能保持祥和。但同样是这张脸，只要稍稍抽搐一下，表达的就是相反的意思。也就是说，只要它愿意，这张脸可以将另一种不同的命运变成你的命运。

阿肖克先生把花环戴在了伟大的社会党人粗壮如牛的脖子上。

"这是我儿子，"鹳鸟说，"刚从美国回来。"

伟大的社会党人捏了捏阿肖克先生的脸颊："不错。我们需要更多的孩子回国，把印度建设成一个超级强国。"

接着他们进了房子，关闭了所有门窗。不一会儿，伟大的社会党人又在鹳鸟、阿肖克先生和猫鼬的陪同下走到了院子里。

我想偷听他们说些什么，就装作扫地，一寸一寸地向他们挪去。我刚到能听见他们说话的距离，伟大的社会党人突然在我背上一拍，吓得我趴在了地上。

"你叫什么，小子？"他问道。

接着他说，"巴尔拉姆，你的老板想搞我的鬼，你说怎么办哪？"

阿肖克先生看似极为震惊，而鹳鸟的脸上仍然挂着虚情假意的笑容。

"一百五十万不是个小数目，先生。我们很乐意和您成交。"

伟大的社会党人挥挥手，似乎对这种请求不屑一顾。

"放屁！你们这个局设得不错啊——从政府的煤矿无偿地拉煤。你们能这样做是因为我点了头。我刚找到你们的时候，你们不过是穷乡僻壤里的土财主。是我一手把你们扶植到现在这个地位的，没有我哪有你们的今天！上帝作证，你们胆敢反对我，我就让你们滚回你们的土窝子里去！我说他妈的一百五十万，我要一百——"。

他却说不下去了，因为他正嚼着槟榔，现在满口的红色槟榔汁就要流出来了。他转向我，双手做了个碗的动作。我赶快跑到本田思迪车里拿来了痰盂。

我拿着痰盂回来后，他冷冷地看着猫鼬，说："小子，帮我拿一下痰盂好吗？"

猫鼬没有动，于是伟大的社会党人从我手里接过痰盂，递给猫鼬。

"拿着，小子。"

猫鼬接过了痰盂。

然后伟大的社会党人向痰盂里一连吐了三口。

猫鼬的手在颤抖，心底的愤怒和羞耻使他脸色铁青。

"谢谢你，孩子，"伟大的社会党人擦擦嘴唇，转身望着我，挠了挠额头，"我说到哪里了？"

您看到了，这就是伟大的社会党人好的一面。他把我们的主人都羞辱了一遍——这也是我们投票给他的原因。

那天晚上，我再次打着扫地的幌子靠近了鹳鸟和他的儿子们。他们坐在一条长凳子上商议着什么，手中的酒杯里斟满了金黄色的液体。穆克什的杯子已经空了。鹳鸟摇摇头说："我们不能那样做，穆克什，我们还用得到他。"

"父亲，我给您说，我们用不着他了。我们可以直接去德里，我在那儿有熟人。"

"我同意穆克什的说法，父亲。我们不能再忍了，他简直是拿我们当奴隶！"

"别吵，阿肖克。让我和穆克什合计合计。"

我把院子好好地打扫了两遍，仔细听着。然后又去加固平姬夫人的羽毛球网，以便能多听一会儿。

然而尼泊尔人那双警惕的眼睛在注视着我。"不要在院子里晃悠了！回屋去，等主人们叫你。"

"好的。"

拉姆·巴哈杜尔瞪了我一眼，我赶忙说："好的，先生。"

（随便说一句，就连这里的仆人也念念不忘要别的仆人称呼自己为先生。）

第二天早上，我给两条小狗洗完香波浴，正在用电吹风吹着狗毛，拉姆·巴哈杜尔进来问我："你去过德里吗？"

我摇摇头。

"他们过一周就要去德里了。我是说阿肖克先生与平姬夫人。他们将在那儿待三个月。"

我蹲下来，开始用电吹风吹狗的肚子，然后装着不怎么在意的样子，随意问了一句："为什么呀？"

尼泊尔人耸了耸肩。谁知道呢？我们只是仆人。不过他倒是知道另一件事。

"这次只带一个司机。每月三千卢比的薪水，这是德里的行情。"

我手里的吹风机掉在了地上："真的吗？三千？"

"是的。"

"他们会带我去吗？先生？"我站起来，恳求地说，"您能帮我说句话吗？"

"他们会带拉姆·佩萨德去，"他的嘴角挂着一丝讥笑，"除非——"

"除非什么？"

他做了个要钱的动作。

掏五千卢比，他就说服鹳鸟带我去德里。

"五千卢比？我到哪里去弄五千卢比啊！我的工资都被我家里人偷走了呢！"

"好吧。这样的话,就是拉姆·佩萨德去。你嘛——"他指了指嘎豆和爆豆,"你这辈子就给狗洗澡吧。"

半夜我醒来了,两个鼻孔火辣辣的。

天还没亮呢。

拉姆·佩萨德已经起床了。他坐在床上,在一个木板上切洋葱。刀剁在板子上,发出啪啪啪的声音。

他这么早起来切洋葱是搞什么鬼呢?我思忖着,翻了个身,又闭上了眼睛。我想再睡一会,可是啪啪啪的声音响个不停。

这家伙肯定有什么秘密。

我睁着眼睛躺在地上,琢磨着床上那家伙为什么要切洋葱。

我有没有注意到拉姆·佩萨德这两天有什么不对劲?

首先,他呼出的口气越来越臭,就连平姬夫人都在抱怨。他突然不和我们一起吃饭了。不管是在家里还是在外面,甚至在星期天有鸡肉吃的时候,他也不和我们一起吃,总是说吃过了或者不饿,或者有别的什么借口。

切洋葱的声音还在耳边响着,而黑暗中我心里的想法也越来越多。

我整天都在观察着拉姆·佩萨德。正如我预想的那样,傍晚时分他悄悄地走出了大门。

我和厨子聊天的时候,得知他每天晚上都在这个时候出门。我远远地跟着他。他去了市里一个我从没去过的地方,穿过了几条小巷。我清清楚楚地看到他在一个地方停下来回头张望,好像是要确定没有人在跟踪他似的,然后他撒腿飞奔起来。

他停在了一幢两层小楼前。墙上有一个金属大栅栏,分割成了许多个小格子,栅栏下面的墙壁上有几个黑色的水龙头伸出在外。他弯下腰,打开龙头,洗了洗脸,还漱了漱口,然后脱下凉鞋,把凉鞋放在栅栏的格子中。我注意到那些格子上已经放了不少双皮鞋或凉鞋。然后他走进了那栋房子,随手关上了房门。

我一拍脑门。

我真傻!现在是斋月[1]!原来他是穆斯林!斋月期间他们白天不能进食,不能饮水。

我跑回去找尼泊尔人,发现他正站在门口,拿着一根苦楝树枝刷牙。总理先生,我们这儿的穷人都是这样清洁牙齿的。

"我刚看了一场好戏,先生。"

"滚你妈的。"

"非常精彩的大戏,先生。载歌载舞。主角是一个穆斯林,他的名字叫穆罕默德·穆罕默德。"

"别在这儿浪费我的时间,小子。你要没事干的话就去把车洗洗。"

"这个穆罕默德·穆罕默德是一个家庭贫困、正直善良、任劳任怨的穆斯林,但是为了养家糊口,他不得不冒充印度教徒,在一个对穆斯林素有成见的魔鬼般的地主家找了一份工作。他给自己起了一个假名字叫拉姆·佩萨德。"

尼泊尔人嘴里的树枝掉了下来。

他想溜走,我一把抓住了他的领子。从专业角度来分析的话,我只需要再说一句"我赢了"就够了,就足以在这场仆人大内战中获得全胜。可这种事既然要做,就要做得有个性。于是我又扇了他几个耳光。

从今以后我就是这里的头号仆人了。

我跑回了清真寺,他们的礼拜应该已经结束了。果然不出所料,那个拉姆·佩萨德,或者说穆罕默德,管他叫什么,反正他已经从

---

[1] 斋月是伊斯兰教历的九月。伊斯兰教义规定,全体穆斯林在该月应全月斋戒。封斋从黎明至日落,不进饮食,不娱乐,戒房事,戒丑行秽语,并应诵读《古兰经》。

清真寺走了出来。他从窗户上取下凉鞋,在地上磕了磕,扭动着脚穿上鞋,刚要离开,这时他看到了我。我对他眨了眨眼,他明白游戏结束了。

我三言两语就彻底表达了我的意思。

然后我回到了鹳鸟家,尼泊尔人正在铁栅栏后面看着我。我把他身上的那串钥匙取下来放在了自己的口袋里。"给我端杯茶,再拿些点心来。"我扯了扯他的衣服,"把你的制服也给我,我的衣服有点旧了。"

我那天晚上睡到了床上。

早上我模模糊糊地感到有人走进了屋。是前一号司机。他没有和我说话,默默地开始收拾行李。他的全部家当只装满了一个小包。

我想,他的生活也真够悲惨的,为了一份开车的工作,不得不隐瞒自己的信仰,改换自己的名字。当然,他绝对是个称职的司机,我是怎么也赶不上他的。我有点想当场就起身向他说声对不起,你去德里开车吧,你并没有伤害过我。原谅我吧,兄弟。

但是我却翻了个身,放了一个屁,接着又睡着了。

我起床的时候他已经走了。他的神像一张都没带走。我把神像收到了一个袋子里,这些东西说不定哪天又能派上用场。

晚上,尼泊尔人满脸堆笑地来找我了——他整天都对鹳鸟摆出这副仆人特有的假笑。他告诉我既然拉姆·佩萨德已经不辞而别,那么将由我开车送阿肖克先生和平姬夫人去德里。他强调说他在鹳鸟面前竭力推荐了我。

我躺在床上,躺在这张现在已经完全属于我的床上,说:"好极了!把天花板上那些蜘蛛网清理一下,好吧?"

他怒视着我,没有吭声,然后出门去拿扫帚。我喊了一声:

"先生!"

从那天起,每天早晨我都可以享用装在瓷盘里的尼泊尔热茶,还有一些精致的点心。

基尚星期天来看我,我把这件事告诉了他。我本以为他会因为我上次负气离家的事大骂我一顿,但是他没有。他听完我的好消息后高兴得忘记了生气。他激动得热泪盈眶,家里终于有人冲出黑暗之地,前往德里了!

"就像妈妈经常讲的那样,她知道你会成功的。"

两天后,我开着本田思迪,载着阿肖克先生、猫鼬和平姬夫人前往德里。找路很容易,我只需跟着大巴走就行了。公路上到处都是从黑暗之地开往德里的大巴和吉普车,每辆车里都塞满了乘客,车门上还挂着几个,就连车顶上也趴了几个。他们全都在离开黑暗之地,去德里。这种景象就像全世界的人都在迁徙一样。

每次超过一辆大巴时,我都咧着嘴笑,真想摇下车窗,向他们大喊一声:"我在开车去德里!空调车!"

我想他们肯定从我的眼神里读懂了我的意思。

中午时分,阿肖克先生拍了拍我的肩膀。

阁下,从一开始我就能感应到他要对我说什么。我也说不出其中的原因,但那是一种感觉,就像狗能懂它们主人的意思一样。我停下车,他向右边移,我向左边移,我们换了座位。在擦身而过的一瞬间,我们的身体是如此的接近,我感到他的胡茬甚至刮到了我的脸颊,就像我每天早上用刮脸刷的感觉;他身上水果香型的古龙香水味,美妙而又浓烈,一下子扑鼻而来。就在此时,我身上仆人的汗臭味也擦到了他的脸上。现在他成了司机,而我成了乘客。

他开动了汽车。

猫鼬本来一直是在看报纸的,现在看到我们换座位,就说:

"别这样,阿肖克。"

猫鼬是个传统派的主人,知道哪些事情该做哪些事情不该做。

"你说得对,这种感觉是有点怪异。"阿肖克先生说。

车又停了。我们两人再一次擦肩而过,我们身上的气味再一次混杂在一起。现在他又变成了主人和乘客,而我也重新变回了仆人和司机。

我们到达德里的时候天色已经很晚了。

现在还不到三点钟,本来我想再多写一会儿的,但我还是就此打住吧,因为下面将是一个全新的故事。

总理先生,您还记得您第一次打开汽车引擎盖,看到里面构造时的情形吗?也许那个时候您还是个少年。看啊,花花绿绿的电线从发动机的一个部分连到另一个部分,一个安有黄色螺帽的黑箱子躺在中间,各种神秘的管子不停地喷出蒸汽,到处都是油污,这一切是多么的神秘,多么的奇妙啊!每当想起从德里开始的故事,我就会有这种感觉。如果您问我不同的事件之间有什么联系,问我一个动机是如何增强或者削弱另一个动机的,或者问我是如何彻底改变对主人的看法的——我只能告诉您我自己也不明白这些事。我都说不准我接下来要讲的故事是否该讲。我也说不准我就一定知道阿肖克先生为什么会死。

我最好还是先写到这里吧。

我们下次午夜时分相会时,请记得提醒我把吊灯调亮些,因为后面的故事要黑暗得多。

第四晚

  我还想再说说我的吊灯。

  为什么不呢？我现在没有什么亲人了，只有这盏灯陪着我。

  我的办公室里有一盏吊灯，就挂在我的头顶上。在拉基玛哈尔别墅二期我的公寓里我还有两盏，一盏在客厅，另一盏在厕所。这可能是班加罗尔唯一安了这种吊灯的厕所！

  这些灯是我在拉尔巴格花园附近买来的。当时我看到一个乡下来的孩子把灯挂在一棵榕树的树枝上叫卖，我就当场把这几盏灯都买了下来。然后我雇了一个牛车把灯给我运回家。我和赶牛车的带着四盏吊灯，坐着牛拉的豪华轿车大模大样地穿过了班加罗尔的大街。

  我只要一看到吊灯，心情就很舒畅。为什么不呢，我是个自由的人，我想买哪个灯就买哪个。至少有一点没错，有了吊灯屋子里就不会有蜥蜴了。这是真的，总理先生。蜥蜴其实是很怕光的，它们一看到屋里有个大吊灯就不会进来。

  我不明白为什么别人不多买点吊灯，挂满房子。自由的人不知道自由的可贵，这就是问题所在。

  有时候，我会把公寓里的两盏灯都打开，然后就躺在灯光之下，忍不住发笑。一个四处躲藏的人居然还能这样从容地躺在吊灯下。

  瞧，我刚告诉您我逃脱追捕的秘密：警察在黑暗处找我，而我却藏在光明里。

  就在班加罗尔！

  吊灯的用途有很多，但是有一项好处却还没有人赞美歌颂过，那就是：当你忘记了什么事的时候，你只需盯住天花板上发光的灯管,盯上五分钟,你就能清清楚楚地记起你要想的事情了。

您看,我刚才就记不清昨天我们谈到哪儿了,所以我就聊了一会儿吊灯,现在这不就想起来了。

德里——我们昨晚谈到了德里。

我们伟大祖国的首都,议会、总统、总理和部长们的官邸所在地,印度城市规划的骄傲,共和制度的展览厅。

这就是他们对德里的称呼。

让我这个开车的告诉您真相吧,真相就是德里是一个疯狂的城市。

印度的富人大多都住在富人聚居区,如防卫区、大凯拉什区和瓦桑康吉区。这些聚居区的房子都有门牌,但是门牌上的字母和数字却毫无逻辑可言。比如说吧,就连我这种不懂英语的人都知道,在英语字母表中,A后面是B。但在这些聚居区,前面的房子是A231号,后面的可能就是F378号。所以有一次平姬夫人要我开车送她到大凯拉什区的E231号,我一路找到了E200号,心想应该就在这附近了,却怎么也找不到E开头的门牌号,旁边的房子门牌是以S开头的。

平姬夫人大声嚷了起来:"我说过不要把这个乡巴佬带过来的!"

还有一件事。德里的每条路都有名字,像什么奥朗则布[1]路、胡马雍[2]路或者马卡里奥斯大主教路之类的。然而,不管是主人还是仆人,没有一个人知道这些路的名字。比如您要是问一个人:"尼古拉·哥白尼路怎么走?"

他可能在这条路上住了大半辈子了,但他还是会张开嘴巴,说:"啥?"

---

[1] 奥朗则布(1618—1707),印度莫卧儿帝国皇帝。
[2] 胡马雍(1508—1556),印度莫卧儿王朝第二位皇帝。

或者他会告诉你"直走,然后左转",实际上他根本不知道。

而且这里所有的路看上去都差不多,围成了一个个的圆圈,中间是大块的草地,不少人坐在草地上睡觉、吃东西或者打牌,然后你会看到有四条路从草地中笔直地伸出去。随便驶上其中的一条路,你又会看见一个一个的圆圈,中间又是大块的草地,又有不少人坐在草地上睡觉、吃东西或者打牌。因此在德里你会不停地迷路、迷路、再迷路。

成千上万的人住在德里的道路两旁,可以看出他们也来自黑暗之地,因为他们身体瘦弱、面目肮脏,像动物一样住在大桥或者立交桥下面。汽车从他们身边呼啸而过,而他们就在那里生火做饭、取水洗衣,不时地从头发里抓出虱子。这些无家可归的人对司机来说是个大麻烦。他们从来不等红灯,总是随心所欲地猛跑着冲过马路。每次我急刹车避开他们的时候,都会听到从副驾驶座上发出的喝骂声。

但是我想问,是谁建造了这座疯狂的城市?是哪个天才发明了把F单元建在A后面,把六十九号房子建在十二号房子后面?为什么给每条马路都起了名字却没有人知道?是不是因为命名者太忙了?忙于聚会、忙于品尝英国美酒、忙于给他们的博美小狗洗澡、忙于遛狗?

"司机,你又找不到路啦?"

"不要总是讲他了。"

"阿肖克,你怎么老是护着他?"

"我们能说点正经事吗?总是谈论这个开车的干什么?"

"好吧,我们说点别的吧。先说说你老婆吧,说说她为什么总是大动肝火?"

"你觉得这比税收的事更重要吗?我一直在给你提这件已成当务之急的事,而你却总是转移话题。我觉得他们收我们那么多的税简直是疯了。"

"我告诉你,这是政治问题。他们之所以这样骚扰我们是因为父亲现在刻意与伟大的社会党人保持距离。"

"我真不明白他以前为什么要和那个恶棍打交道。"

"他是身不由己,阿肖克,在黑暗之地你是没有选择的。不过你也别怕,我们可以解决所得税的问题。这是在印度,不是在美国。我们总是可以找到办法的。告诉你,有人在替我们张罗这件事——拉马纳坦。他是这一行的老手。"

"我觉得这个家伙靠不住,他是个油腔滑调的白痴。我们要换个律师,穆克什!我们要到报纸上披露这些政客是如何敲诈我们的!"

"听着,"猫鼬提高了声调,"你刚从美国回来,现在就连这个开车的都比你更了解印度。我们需要一个这样的老手。他能安排我们和要找的官员会面。在德里只有这一套才行得通。"

猫鼬向前倾了倾身体,拍拍我的肩膀:"又找不着路了?你觉得今天不走错个十七八次还能回得了家吗?"

他叹了口气,靠回到座位上。"我们不该带他来的。这家伙是没救了。拉姆·巴哈杜尔这次真的是看走眼了,阿肖克。"

"唔?"

"眼睛别老盯着你的手机。你有没有对平姬讲过你不回去了?"

"唔。说了。"

"你的女王陛下是怎么说的?"

"别这样叫她。毕竟她是你弟妹,穆克什。她在古尔冈会过得很开心的,那里是德里最大的美国人聚居区。"

现在看来阿肖克先生的想法的确不错。据说十年前古尔冈还是一片不毛之地,只有水牛和胖胖的旁遮普农夫。今天这里已经成为了德里现代化程度最高的卫星城。美国运通、微软等大公司全在这里设立了办公室。这里的主干道两边到处都是大型购物中心,每个购物中心里面还有电影院！所以要是平姬夫人想美国了，带她来这儿是最好的了。

"这个白痴，"猫鼬说，"看看他做了什么。他又走错路了！"

他伸出手来，拍了我脑袋一巴掌。"在喷泉那儿左转，你这个白痴！从这儿怎么回去难道你都不知道吗？"

我刚要道歉，后面传来一个声音："没关系，巴尔拉姆，送我们到家就行了。"

"看看，你又护着他！"

"穆克什，你也设身处地为他想一想。你知道德里的路况对他来说有多复杂吗？肯定就像我刚到纽约时那样。"

猫鼬突然开始说起了英语，我一点也没听懂他在讲什么。不过阿肖克先生用印度语回答了他，"平姬也是这样看的。你们两个只有在这件事情上看法一致。但是我不同意你们的看法，穆克什。在德里这个地方，我们根本弄不清谁是谁。这小子还是比较可靠的，毕竟他是我们从老家带来的。"

我扫了一眼后视镜，发现阿肖克先生正在注视着我。在这位主人的眼睛里，我看到了最出乎我意料的情感。

怜悯。

"你能拿多少工资啊，乡下老鼠？"

"够花的。我挺开心的。"

"不想告诉我是吗，乡下老鼠？好孩子。对主人忠心耿耿。喜欢德里吗？"

"喜欢。"

"哈！别说瞎话了，你姐姐的。我知道你总是迷路，你肯定很讨厌这个城市！"

说着，他想伸手拍我一下，我向后扭动了一下身体，不想让他碰到。他有皮肤病，是白癜风。在他那黑如煤块的脸庞上，白癜风已经将他的嘴唇变成了鲜艳的粉红色。我还是给您好好说说这种病吧。有很多农村人都饱受白癜风的折磨，我也不知道他们是怎么得上这种病的，但是只要得了这种病，原本棕黑的皮肤会逐渐变为粉红色。十例中有九例是某个男孩鼻翼或者脸颊上长出粉色的斑点来，就像一颗发亮的星星；或者是前额上出现一块红斑，就像被开水烫了似的。不过也有些人是全身都变了色，在路上碰到了，嚯！这是个美国人吧？你会停下来好奇地盯着他看，忍不住想靠近他摸一摸。你随即意识到他和我们并无两样，只是染上了这种可怕的疾病。

拿这个司机来说吧，他只有嘴唇全都变了颜色，就像涂了口红的马戏团小丑。一看到他的脸我就反胃。不过，他是司机里面唯一一个对我不错的，所以我和他走得还比较近。

我们十几个司机都在商场外面等着，主人们在里面购物。当然，我们是没资格进去的，虽然没有人明确地告诉过我们。我们在停车场旁围成一圈，聊天，抽烟，不时还有人喷出红色的槟榔渣。

由于白癜风嘴唇的司机也是从黑暗之地来的，他一下子就猜出了我的来历，并给我好好上了一课，告诉我怎么才能在德里混下去，而不至于趴在公车顶上，灰溜溜地被赶回老家。

"德里给我的主要印象就是路好人坏。警察腐败透顶。要是他们发现你没系安全带，就会勒索你一百卢比。我们的主人也不怎么样。他们深更半夜狂欢的时候就是我们的噩梦。睡在车上蚊子能活吃了你。要是传播疟疾的蚊子也还罢了，你等着打一两个星期的摆子就是了。但要是碰上传播登革热的蚊子，那你就死定了。睡到凌晨两点钟，他们回来了，砸车窗把你吼醒，开车回家。他们浑身的酒气，还会不停地放屁，一路上你会被熏晕。一月份是最冷的，如果这时候你知道他们要去参加深夜派对的话，最好带条毯子，又暖和，又防蚊子。如果你在车里等得实在无聊——我知道有个家伙等得发疯了——最好带本书什么的看看。你应该识字吧？在车里看看书绝对是件舒服的事。"

说着，他递给我一本杂志，封面上是一个穿着三点式的金发女郎，畏缩在一个男人的身前。

《谋杀周刊》
定价 4.5 卢比
独家奉献真人真事：
"美丽酮体绝不能浪费"
谋杀、强奸、复仇

我给您讲讲这本《谋杀周刊》吧，因为我们的总理对此肯定会不置一词的。在德里任何一个书报摊都能看到这本杂志，就和廉价小说摆在一起。这是德里的下人们最喜欢看的杂志，不管是厨子、保姆还是花匠都是其忠实读者，司机当然也不例外。这本杂志的每期封面都是一个女人畏缩地躺在地上，躲闪着将要杀她的男人。每周刚一上市，不少司机就会购买传阅。

不过，总理先生，您别紧张。您那黄皮肤的额头也不必一阵阵地冒出冷汗。司机和厨子喜欢看《谋杀周刊》并不意味着他们就会真的把自己主人的脖子割断。当然，他们很想这样做。正是因为有数以亿计的仆人曾偷偷地幻想着掐死自己的主人，印度政府才出版了这本杂志，而且定价只有 4.5 个卢比，连穷人也买得起。您听我说，杂志里面的凶手个个饱受精神上的折磨和生理上的变态，看书的人自然不想落个同样的下场。而且这些凶手的结局照例是被某个正直无私、忠于职守的警官缉拿归案、绳之以法。（哈！）要么就是精神崩溃，用床单自缢而死，并且会留下一封写给妈妈或者小学老师的遗书，信的内容其情切切，其意惨惨。还有个常见的套路就是被他所杀的女郎的哥哥追捕、痛殴、送上绞刑架。所以，您要是看到司机在翻阅《谋杀周刊》，大可不必惊慌。这对主人没什么危害，而且会更保障您的安全。

要是司机看的是甘地的著作或者佛经，那倒要吓得主人屁滚尿流了。

给我看了一眼后，白癜风嘴唇把杂志扔向坐在一旁的那堆司机。他们你抢我夺，争着要先看，就像一群饿狗在抢食一根肉骨头。他打了个哈欠，看着我说："乡下老鼠，你老板是干什么的？"

"我不知道。"

"你是太忠心了呢还是真傻呢，乡下老鼠？他是哪里人？"

"丹巴德。"

"那就是做煤炭生意的嘛。可能是来这里贿赂那些官员的吧。煤炭生意，这里面黑着呢。"他又打了个哈欠，"我原来也给一个卖煤的老板开过车。这种生意太黑了，太黑了。我现在的老板是做钢材生意的。和他相比，煤老板都可以说是圣徒了。他住在哪儿？"

我把公寓区的名字告诉了他。

"我的主人也住在那儿！我们是邻居啊！"

说着，他的身子向我靠了过来，但是脚在原地没动，我觉得这种举动很没礼貌。我只能把身体努力向后倾，尽量离他的嘴唇远一些。

"乡下老鼠，你的主人，"他四周打量了一下，压低了嗓门，"有什么需要吗？"

"什么意思？"

"你老板喜欢洋酒吗？我有个哥们儿在一个大使馆开车。他有门路。你知道使馆洋酒的秘密吗？"

我摇了摇头。

"乡下老鼠，秘密就是——德里的洋酒很贵，因为是上了税的。

但是使馆的酒是免税的。这些酒本来是供给他们喝的，但是他们把酒拿出来在黑市上卖。我还能搞到别的东西。他喜欢高尔夫球不？我有个熟人在美国领事馆开车，那里就卖这个。他想要女人不？我也搞得到。要是他喜欢小男孩也没问题。"

"我主人不好这些。他是个好人。"

他张开粉色的嘴巴笑了起来："他们不都是好人吗？"

他哼起了印度电影的插曲。一个司机大声念起了杂志上的一个故事，其他的司机全都默默地听着。我盯着商场看了一会儿。

我转过头来，看着他那恐怖的粉红色嘴唇说："我有个问题想问你。"

"没问题，问吧。你知道我知无不言，乡下老鼠。"

"这个大楼，就是这个他们叫做购物商场的地方，就是这个挂着美女海报的大楼，是卖东西的，对吧？"

"是的。"

"那么这边，"我指着左边的大楼，"这个也是购物商场吗？为什么这边没有挂美女海报呢？"

"这个不是购物商场，乡下老鼠。这是写字楼。在这里可以打电话到美国。"

"打什么电话？"

"我不知道。我主人的女儿就在这样一幢大楼里上班。我每天晚上八点送她上班，凌晨两点下班。我知道她在这里赚了大把大把的钱，因为我看到她整天都在购物商场里大肆地买东西。"他又靠近了我一点，他的嘴唇离我只有几厘米了，"我跟你说，别告诉别人，我总觉得这事有点怪，一个女孩子大晚上的跑到大楼里上班，第二天早上又揣着大把的钞票出来。"

他对我眨了眨眼，"还有什么问题吗，乡下老鼠？你是个好奇的家伙。"

我指着刚从商场里出来的一个女孩。

"怎么样,乡下老鼠?你喜欢她吗?"

我的脸红了,"像她这样的城里女孩,是不是也像农村女孩一样长着腋毛和腿毛?"

半个小时候后,穆克什先生、阿肖克先生和平姬夫人提着购物袋从商场里出来了。我赶忙跑过去,接过他们手里的包,放在后备箱里,关好后车门,然后跳上座位,发动汽车,前往他们的新家。他们的新家在一座大公寓楼的十三层,公寓楼的名字叫做白金汉塔楼 B 座。旁边还有一座大公寓楼,也是同一家公司建造的,叫做白金汉塔楼 A 座。再过去一幢公寓楼叫做温莎庄园 A 座。这儿到处都是这种崭新的大楼,玻璃闪闪发亮,每幢楼都有个好听的英语名字,让人目不暇接。白金汉塔楼 B 座是这里面最有档次的大楼,一楼有个豪华大厅,大厅里有电梯,我们可以直接坐到十三楼。

就我个人而言,我并不怎么喜欢这所公寓——整个房子的面积还不如他们丹巴德家里的厨房大。屋里的沙发很豪华很柔软,沙发上面的墙上挂着一个大相框,相框里是嘎豆和爆豆的照片。鹳鸟不准把它们带到城里来。

我实在不想再看到这两个狗东西了,即使是看照片我也受不了,所以我在屋里时基本上都是低着头看地毯,不过这样也有点意外的好处——那就是我看上去像一个很顺从的仆人。

"随便把袋子放哪里吧,巴尔拉姆。"

"不,放到桌子旁边,就放在这里。"猫鼬说。

我放下包后就去了厨房,看看有没有什么洗刷的活要干。虽然有一个仆人专门负责照管公寓,可那个家伙太懒了。我说过,他们并不是雇我当"专职司机"的,我只是一个有时候开车的仆人而已。我知道有些事不用说我也要去做。只要有什么洗刷的活,我都会做好，然后站在门口，双手合十，候着他们的吩咐，一直等到穆克什先生开口说："你可以走了。八点钟之前备好车。别以为到了城里就可以耍花招！明白了吗？"

于是我就乘电梯下楼，走出公寓，下楼梯到地下室的仆人住处去。

我不知道中国的楼房是怎么设计的，但是在印度，任何一幢公寓楼、任何一套房子、任何一个旅馆都建有仆人专用的住处，有的建在后面，有的像白金汉塔楼 B 座那样建在地下。仆人房像一个个连在一起的兔子笼，里面住的都是司机、厨子、清洁工、女佣和大厨。他们可以在里面休息、睡觉、等待。如果主人有什么需要，只要按一下电铃就好了。我们会冲到一个板子前面，看看哪一家房号旁的红灯在闪烁，然后就知道哪一家在传唤仆人上楼。

我下了两层楼，推开了仆人区的房门。

门刚一开，里面的仆人们就尖叫狂笑了起来。

我看到白癜风嘴唇就坐在他们中间，是笑得最厉害的一个。他把我问他的问题告诉他们了。他们听了我的故事，抑制不住地狂笑不止。他们还挨个儿地走过来，摸摸我的头发，拍拍我的背，叫我"没见过世面的乡巴佬"。

仆人总是想辱骂别的仆人。这是我们的天性，就像阿尔萨斯狗喜欢攻击陌生人一样。我们喜欢攻击熟人。

从那时那地起，我就下定决心，在德里这个城市绝不再把自己的任何想法告诉任何人，特别是仆人。

整个晚上他们都拿我取乐，即便是上床睡觉了还有人在说我的笑话。我的脸、我的鼻子、我的牙齿都成了他们取笑的对象。甚至还有人笑我身上穿着的制服，因为城里的司机是不穿制服的。他们说我穿制服的样子就像一只猴子。我就换了和他们一样的脏衬衫和裤子。但他们还是笑了我一夜。

早上我找到专门打扫仆人宿舍的人,问他:"有没有可以单独住的房间?"

"仆人区的另一边有个空房间,但是没人愿意去住,"他回答道,"谁想一个人住啊?"

这个房间太恐怖了。地板还没有铺好,墙上刷着廉价的白色灰泥,上面还留有工人的手印。房子中间有张破破烂烂的小床,刚好够我睡在上面,头顶上挂着一顶蚊帐。

这已经足够了。

第二天晚上,我没有睡在宿舍里,而是搬到了那间屋子里。我把地板刷洗了一下,在墙上钉了四个钉子把蚊帐支起来,然后钻到里面睡觉去了。半夜我被吵醒了,终于明白为什么会有一顶蚊帐被丢在这里。墙上到处是蟑螂,它们在吃灰泥里所含的矿物质或石灰质,发出的声音响个不停,而它们头上的触角在墙上四处颤动着。有的蟑螂爬到了蚊帐顶上,白色的蚊帐映衬出它们黑色的身子。我隔着蚊帐捏死了一只。其他的蟑螂显然没有发觉,还前赴后继地落在蚊帐上,一个个的被我捏碎。也许在城市里住久了都会变得愚蠢迟钝吧。我这样想着,微笑着进入了梦乡。

第二天我去公共厕所的时候,他们又拿我逗乐:"昨晚和蟑螂睡得还好吧?"

我最后一丝回宿舍住的想法就此消失。这间房子里虽说蟑螂多了点,但是它属于我一个人,没有谁会取笑我。这儿有个坏处就是听不到电铃的声音,但我后来又发现,这其实也是件好事。

早上,我排队上公厕,排队刷牙,排队洗脸,然后走上一层楼梯,打开停车场的门,走到本田车旁。我每天都要用柔软的湿布把汽车里里外外擦个干净,然后在仪表板上摆着的财富之神拉克希米的神像前敬上一炷香。这样做有两个好处,首先可以熏一下晚上溜进去的蚊虫,其次可以让车内萦绕着宗教的芳香。我把座位——漂亮的长毛绒真皮座位——和各种按钮仔细地擦拭了一遍，然后拿起脚下的真皮垫子，轻轻拍掉上面的尘土。仪表盘上有三个用磁铁做的迦梨女神粘贴像，我把它们一一擦洗干净。拉姆·佩萨德原来也放了几个，但我把它们都扔了。后视镜上还挂着一个食人魔毛绒玩具，伸着红红的长舌头。鹳鸟把它当成幸运符，他很喜欢开车时食人魔跳上跳下的样子。我对着它的嘴打了一拳，然后再将它擦干净。下面的事就是要检查一下放纸巾的盒子里面还有没有纸。这个盒子雕刻得非常精美，外面还镀了金，看上去好像宫廷御用的器物一样，但它实际上是用硬纸板制成的。我必须保证盒子里时刻有纸巾，因为平姬夫人每次出去都要用掉十几张纸巾——她说德里的污染太厉害了。她每次都把揉成一团的纸巾放在盒子旁边，我还得把它们收拾好，扔到外面去。

停车场的蜂鸣器响了："巴尔拉姆司机，马上开车到白金汉宫 B 座出口。"

我遵照指示钻进本田车，开上一个斜坡，看到了一天的第一缕阳光。

他们哥俩衣冠楚楚地站在门口聊天，唧唧喳喳讲个不停。猫鼬一上车就说："去国大党总部，巴尔拉姆。我们前几天刚去过的。我希望你这次不要再迷路了。"

我这次不会让你失望的，先生。

正值德里的交通高峰期，路上挤满了汽车、踏板车、摩托车、电动人力车、黑色的计程车，相互争抢着车道。这里的空气污染太严重，骑踏板车和摩托车的人都用毛巾包着脸。等红灯的时候，回头一看，后面是一串戴着墨镜和口罩的人，好像这个早上满大街都是抢银行的歹徒。

戴口罩的理由很充分：据说德里的空气污染十分严重，以至于能让人减少十年的寿命。当然了，坐在汽车里的人不用呼吸外面的空气，车里面有经过空调过滤的清新干净的空气。富人们把深色的车窗一摇上去，他们的车就像黑色的鸡蛋一样在德里的马路上滚来滚去。不时会有一两个蛋裂开一条缝，从里面伸出一只女人的手臂，手腕上还戴着耀眼的手镯，把一个矿泉水瓶扔到路上。然后车窗摇了上去，这个蛋又封闭了起来。

我开着我的黑蛋进入了城市的最中心。我的左手边是总统府的圆形屋顶，很多国家大事都是在这儿定下来的。空气污染特别严重的时候，你在大街上根本看不到总统府。不过它今天倒是锃光瓦亮的。

十分钟后，我们到了国大党的总部。其实这里挺好找的，因为外面总有两三块印有索尼娅·甘地头像的大宣传板。

我把车停好，跑下来给阿肖克先生和猫鼬打开车门。阿肖克先生下车的时候对我说："我们半个小时后就回来。"

这倒让我疑惑起来。在丹巴德的时候他们从来不告诉我要多久回来。当然这说明不了什么。他们可以过两个小时、三个小时再回来。但这是他们对我表示的一种客气，因为我们现在是在德里。

一群农民来到了总部前，却不许入内。他们高声喊叫了几句，然后走了。又来了一辆电视台的车，按了按喇叭就马上被放了进去。

我打了个哈欠，对着食人魔玩具的红舌头打了一拳，看着它不停地前后摆动。我转过脸去，往两边看看。

我看着巨幅海报上的索尼娅·甘地，她的手高举着，好像在向我挥手，于是我也朝她挥了挥手。

我又打了个哈欠，把我的坐椅放平，躺在那里闭目养神。我睁开一只眼，看着迦梨女神的磁铁粘贴像。她是个皮肤黝黑的女神，看上去十分凶恶，手里拿着一把圆月弯刀和一个用骷髅头串成的花环。我暗暗地告诉自己，下次要记得换一个磁铁贴像。她看上去太像我奶奶了。

两个小时后,他们兄弟两个回来了。

"我们去总统府,巴尔拉姆。就在那小山上。你知道路吗?"

"知道,先生。我看到了。"

我到这时已经见过了德里大多数的著名景点——议会大厦、杰普尔古天文台,还有古德卜塔[1],我还没去过古德卜塔这个最重要的地方。我们开上雷西纳山,一路上停下来好几次,接受哨兵的检查,最后终于停在了总统府附近的一栋穹顶建筑前。

"在车里等着,巴尔拉姆。我们三十分钟后回来。"

起先的半个小时,我没敢下车。后来我轻轻地打开车门,缓缓地下了车,慢慢地走了几步。我打量着四周:在我周围的这些穹顶建筑和尖塔里面的某个地方,这个国家的大人物们——总理、总统、部长、官员们也许正在讨论国事、起草公文、批阅文件。这个说,"那个地方,再拨五亿卢比修筑大坝!"那个讲,"好!那就向巴基斯坦发动进攻吧!"

我真想跑几圈,高喊两声:"巴尔拉姆也在这里啦!巴尔拉姆也来过这里啦!"

我钻回车里,以免我控制不住自己去做了什么傻事后被捕。

他们两兄弟出来的时候天都快黑了。一个胖子送他们出来,在车外聊了一会儿,然后握手道别。

阿肖克先生上车的时候脸色铁青,好像十分愠怒。猫鼬让我直接开车回家,"不要再出任何差错了,明白吗?"

"明白,先生。"

他们两个人一言不发,让我很是不解。如果是我刚去过总统府,我一定会摇下车窗,探头出去,大声告诉全世界的人!

"看看那边。"

---

[1] 古德卜塔是德里最具代表性的伊斯兰建筑,印度的历史遗迹,也是标志着印度独立的胜利纪念塔。

"什么东西?"

"那座雕像。"

我透过车窗看去,是一座巨型青铜群雕。这座雕像非常出名,您一定在德里看过。最前面的是圣雄甘地,拿着一根手杖;他的身后是他的人民,跟随着他冲出黑暗,走向光明。

猫鼬眯起眼睛瞟着那雕像。

"怎么了?我原来又不是没见过这座雕像。"

"我们刚刚给一位部长送完礼,现在又开车路过甘地的雕像。真是他妈的笑话!不是吗?"

"这好像是你老婆说话的风格,"猫鼬说,"我不喜欢骂人,我们没这个习惯。"

但是阿肖克先生涨红了脸,他不能再沉默下去了。

"这真是他妈的笑话!我们的政治制度,真是他妈的笑话!这句话我想说就说。"

"印度的事情就是这么复杂,阿肖克。这和美国不一样。先别急着下结论吧。"

去古尔冈的路上车堵得厉害。每隔五分钟,长长的车龙就会有一阵悸动,我们的车便会向前挪动三十公分;可我们心里刚刚泛起一丝希望,就看到前面的汽车尾灯再次闪烁起来,我们又堵上了。大家都在拼命地按喇叭。整条路上喇叭声此起彼伏,各有各的声调,汇成了堵车交响乐,听上去就像小牛犊被人从母牛旁边带走时发出的哀鸣。空气中充斥着汽车排出的尾气。一缕缕蓝色废气在汽车大灯前摇曳、闪烁,越聚越浓,越聚越凝重,既无法升到空中又无法散去,只能缓慢地、亮闪闪地向水平方向扩散,像雾一样弥漫在我们周围。一根一根的火柴擦着了——开电动人力车的那些家伙点上了香烟,给这被汽车尾气严重污染的空气又加了点香烟烟雾污染。

一辆牛车停在我们前面，车上载着一堆汽车机油空桶，用绳子绑在牛车上，大概有五米高。他那可怜的水牛啊！呼吸着这样的空气，还拉着这样的重负！

我旁边的电动人力车司机突然剧烈地咳嗽起来，他转过头一连吐了三口痰。他的痰沫溅到了本田思迪车上。我瞪了他一眼，对着他晃了晃拳头。他点头哈腰地双手合十向我道歉。

"简直是吐痰音乐会！"阿肖克先生看着那个电动人力车司机说。

我心想，要是你也在外面呼吸着那种含酸的空气，你也会像他那样吐痰的。

车龙又移动了一点，这次我们向前开了一米，然后尾灯闪烁，一切又陷入了停顿。

"北京已经有了十几条环线，我们却只有一条。难怪我们总是堵车。做什么事都没有一点规划。我们怎样才能赶上中国人呢？"

（家宝先生，随便问一句，北京有十多条环线吗？哇喔！）

昏暗的街灯亮了，照在了马路两边的人行道上。借着这微弱的橘黄色灯光，我看到了一大群身材瘦小、浑身脏兮兮的人。他们有的蹲在地上，等着公共汽车将他们带向别处；有的无处可去，便取出垫子，铺在地上睡下了。这些可怜的混蛋也是从黑暗之地到德里来寻找光明的，可他们还是生活在黑暗之中。看上去大约有几百人就在车龙的两边，交通堵塞好像对他们完全没有任何影响。他们有没有意识到马路上出现了堵车现象？我们好像生活在两个世界——黑蛋里面与黑蛋外面。我知道我来对地方了。但是，如果我的父亲还活着的话，也许他此刻也坐在人行道上，边熬着稀粥，边准备在路灯下过夜。想到这里，我忍不住向外看去，想从路边的乞丐身上看出父亲的影子。虽然我在开着车，我的心却飞到了车外。

颠簸煎熬了一个小时后，我们终于回到了白金汉塔楼 B 座。但是我的罪还没有受完。

猫鼬一走出汽车，就拍了拍自己的口袋，脸上一副困惑的表情，然后说："我丢了一卢比。"

他冲我打了一个响指。

"趴下来，找找车厢里有没有。"

我趴下来，就像一条狗一样在垫子中间嗅来嗅去，为的是要找到这一卢比。

"你什么意思？不在这里？你觉得在城里就可以随便偷钱了吗？把我那一卢比还给我。"

"我们刚刚拿了一百万卢比贿赂当官的，穆克什。现在又何必为了一卢比来逼这个家伙呢？我们去喝杯苏格兰威士忌吧。"

"你就是这样把仆人惯坏的。今天偷针，明天就偷金。别把美国的那一套搬过来！"

总理先生，直到今天我也不知道那个一卢比的硬币到底是怎么回事。最后，我从自己的口袋里掏了一卢比丢在地上，然后捡起来，交给了猫鼬。

"找到了，先生。对不起，找了这么久才给您找到。"

他那张黝黑的脸庞上现出了孩子气的笑容。他掂了掂手里的硬币，咂了咂嘴，好像碰到了今天最让他高兴的事。

我和两兄弟一起坐电梯到了他们的寓所，看看还有没有什么事要做。

平姬夫人正坐在沙发上看电视，看到我们进来，她说："我已经吃过了。"接着，她关上电视机，走到另外一个房间去了。猫鼬也说他不想吃晚饭，所以阿肖克先生只得一个人坐在餐桌前面吃饭。他要我从冰箱里拿点蔬菜出来热一热，我就到厨房忙活去了。

开冰箱的时候我偷偷地回头一瞥，看到他眼圈红红的，眼泪几乎都要流下来了。

作为一个司机，你永远也不可能窥见主人生活的全貌。你只能捕捉到飞逝的片段、间或的一瞥，或是只言片语，然后正当主人们要说到重要事情上时，你总会突然遇到意外情况。

比如说有一个开白色吉普的蠢货从左侧超车[1]时差一点撞到你的车上，你急忙猛打方向盘，并对他怒目而视，（在心里）咒骂他。等你重新有机会偷听时，后座上的谈话内容早已变了……你永远不知道刚才那句话是怎么结束的。

我察觉到事情有些不对，却不知道会糟糕到这种程度，直到那天早上阿肖克先生对我说："巴尔拉姆，今天送穆克什先生去火车站。"

"好的，先生。"我踌躇了一下，真想问一句，就他一个人吗？

是不是他再也不回来了？平姬夫人总是和他处不好，对他说话总是尖酸刻薄，还动不动把门甩得砰砰响，早就盼望着能把他赶回去了。难道这一次她真的如愿以偿了？

下午六点钟，我在大门口等着他们两兄弟上了车，开往火车站。平姬夫人并没有一起去。

我把猫鼬的行李搬上火车，又跑到一个小摊上给他买了一个烤饼，他坐火车的时候最喜欢吃这玩意儿。我把夹在烤饼里面的土豆拿出来，扔到铁轨上，因为他吃了土豆后容易放屁，而他挺讨厌放屁的。一个仆人应该了解主人的肠胃，应该彻头彻尾地了解——从嘴巴到肛门都要了解。

猫鼬对我说："等等，我要交代你两句。"

我在车厢的一个角落里蹲了下来。

"巴尔拉姆，你现在可不是在黑暗之地了。"

---

[1] 按照印度的交通规则，应该靠左侧行驶，右侧超车。

"是，先生。"

"德里有德里的规矩。"

"是，先生。"

"你知道城里随处可见的甘地雕像和尼赫鲁雕像吗？警察在雕像的眼睛里都安了摄像头，专门监控路上的汽车。你做什么他们都能看得到，明白吗？"

"是，先生。"

然后他皱着眉头，仿佛在琢磨还应该说些什么。"你一个人开车的时候不要开空调。"

"是，先生。"

"你一个人开车的时候不要放音乐。"

"是，先生。"

"每天出车回来你要报一下里程表的数目，好让我们知道你没有自己偷偷用车。"

"是，先生。"

猫鼬转向阿肖克先生，碰了一下他的胳膊。"留点意，阿肖克弟弟。我走了你要自己检查这个司机。"

但是阿肖克先生正在专心地玩他的手机。他放下手机，说："这个司机挺老实的。他是拉克斯曼加尔人嘛。我去那儿的时候见到过他的家人。"说完，他又低头摆弄他的手机去了。

"别这么说。别拿我的话不当回事。"猫鼬说。

但阿肖克先生根本没有听他哥哥在说什么——他不停地按着手机按键："等一下，等一下。我正和纽约的一个朋友说话呢。"

我们司机有个行话，说有些人属于"一档"。阿肖克先生就是个典型的"一档"人。他喜欢开始做一件事，但往往虎头蛇尾、不了了之。

我看着阿肖克先生，几乎同时在他身上有了两个重要的发现。

这两个发现都让我好奇不已。首先，居然只要按按手机键盘，就能和一个在纽约的人"说话"！现代高科技真是神乎其神啊！

其次，再过几分钟，等火车一声长鸣开往丹巴德之后，这个高大魁梧、肩宽体阔、相貌英俊、在海外受过良好教育的人就会成为我唯一的主人，可他其实是这样的脆弱无助、孤立无援、胸无城府，而且丝毫没有流淌在地主血液里的那些本能来保护他。

要是在拉克斯曼加尔，你这种人就叫做待宰羔羊。

"你怎么笑得像头驴子似的？"猫鼬对我喝道。我差一点趴下来向他道歉。

那天晚上八点，阿肖克先生让一个仆人捎信给我，要我准备半个小时后出车，他和平姬夫人要出去一下。

大约两小时四十五分钟后，他们两个终于下来了。

我敢说，猫鼬刚一走，平姬夫人的裙子就又短了许多。

她坐在汽车后座上，我只要一看后视镜，就能看到她酥胸半露。

这让我非常难受。一方面，我的鸟嘴会勃起来，对于像我这样的健康男人而言，这是再正常不过的事。另一方面，您也知道，主人和主母在你的眼里就像你的父母，你怎么能对主母有如此不敬的念头呢？

我只好尽量不看后视镜，万一发生了车祸都是我的过错。

总理先生，也许您在路上遇到堵车的时候会停车摇下车窗，这时您就会感觉到旁边一辆卡车的排气管在急促地排出一阵阵热气。您要小心，总理先生，您的前面就有一台不断喷出热气的柴油发动机。

我。

每次看到她穿这件黑色低胸装，我的鸟嘴都会大起来。我恨她穿这件衣服，我更恨我自己的下半身不听话。

到了月底，我上楼去了趟公寓。阿肖克先生一个人坐在相框下面的沙发上。

"先生？"

"唔，什么事，巴尔拉姆？"

"已经一个月了。"

"怎么了？"

"先生，那个，我的工资。"

"哦，三千卢比，对吧？"他拿出钱包，从里面飞快地抽出三张放在了桌上。我看到他的钱包鼓鼓囊囊的，塞满了钞票。我捡起钱，鞠了一躬。他哥哥肯定告诉了他什么，因为他开口问道："你要上交一部分钱给家里的，不是吗？"

"全部上交，先生。我只留下伙食费，剩下的都交上去。"

"不错，巴尔拉姆，这样很好。家人是很重要的。"

那天晚上十点钟，我从白金汉塔楼 B 座走出来，拐了个弯，走到了市场里面。市场里只有一个店子还开着门，店子外面挂着一个大牌子，上面用印地语写着两排大字：

"行动"英国烈酒店
出售印度产的洋酒

店里照常是打仗一般的景象，天天晚上如此：买酒的人吵吵嚷嚷，推来搡去，每个人胳膊都伸得长长的，扯着嗓门要酒。一片嘈杂声中，柜台里的服务生根本听不清顾客想要什么，结果一再拿错酒，引来更为响亮的吵闹声和更加激烈的推搡。我推开人群，走到柜台前面，"砰"的一拳砸在柜台上，吼着："威士忌！最便宜的！快点！不然有人就得挨揍了！我发誓！"

买这瓶酒花了我十五分钟的时间。我把酒塞在了裤腿里面——

因为我实在没地方藏了——然后回到了白金汉塔楼 B 座。

"巴尔拉姆,你倒挺悠闲的。"

"对不起,夫人。"

"你脸色不太好,巴尔拉姆。是不是病了?"

"是的,夫人。我有点头痛,昨天晚上没睡好。"

"去煮点茶吧。我希望你的厨艺能比你的驾驶技术好一点。"

"是,夫人。"

"我听说你是姓哈尔维的,你们家族都是做这个的。你能做点口味特别的姜茶吗?"

"可以,夫人。"

"那就做吧。"

我不知道平姬夫人到底想喝什么样的茶,但至少她的胸部没露出来,谢天谢地。

我把茶壶洗好,然后开始煮茶。水刚煮开,厨房里突然充满了阵阵香气,原来是她正站在门口看着。

昨天晚上的威士忌让我的脑袋现在还有点晕。我今天早上一直嚼着大茴香,以掩饰嘴里的酒味。但我还是担心会露馅,所以洗姜块的时候我就故意把头转过去背对着平姬。

"你在干什么?"她吼道。

"洗姜,夫人。"

"那就用你的右手洗[1],你的左手在干什么?"

"您说什么,夫人?"

我低头看了一下。

"别再用你的左手抓你的裤裆了!"

"别生气,夫人。我不抓了。"

---

[1] 印度人认为,左手是专门用来接触不洁之物的,而拿食物、和人握手只能用右手,否则就会被认为是极大的不尊重。

但是这并没有用。她还是嚷个不停：

"你太脏了！看看，看看你那个牙！看看你那个衣服！牙齿上全是红色的槟榔渣子，衣服上也有滴下来的红点子！太恶心了！滚出去！把厨房给我收拾好，然后滚出去！"

我把姜块放回冰箱，把炉火关了，然后走下楼去。

我走到公共穿衣镜前，张开了嘴巴照镜子。果然是槟榔吃得太多了，我的牙齿已经变成了暗红色。我仔细漱了漱口，但是我的嘴唇还是红色的。

她没说错。我认识的人都喜欢嚼槟榔，包括我的父亲和基尚。我自己嚼食槟榔也已经很多年了。槟榔染红了我的牙齿，腐蚀了我的牙龈。

第二天晚上，阿肖克先生和平姬夫人出来的时候一直在吵架，从门口一直吵到车上，直到我开车驶上主干道他们还在生气。

"去购物重心吗，先生？"他们刚一安静下来我就问道。

平姬夫人"哧"的一声笑了起来。

我正盼望着她能有个笑脸，但没想到阿肖克先生也笑了起来。

"是购物中心，不是购物重心。"他说，"你再说一遍。"

我还是说成了"重心"，他们就不停地要我重复，我重复一遍他们就歇斯底里地笑个不停。最后两个人又手拉着手重归于好了。我蒙受的耻辱多少还是带来了一点好的结果——至少我对这一点感到挺高兴的。

他俩下了车，砰的一声带上车门，走进了商场。商场的门卫见他们走近时赶紧向他们敬礼，玻璃门自动打开，他们消失在了门里面。

我没有下车，我想坐在车里面可能比较容易集中精力。我闭上眼睛默想。

衷心？

不是。

肿心？

重心？

"乡下老鼠！下车到这边来吧！"

几个司机蹲在购物中心停车场旁边，围成了一圈。其中一个家伙手里挥舞着一本杂志，大声地叫我。

原来是那个嘴唇变色的司机。我笑吟吟地向他走过去。

"乡下老鼠，还有什么关于城市生活的问题吗？"周围发出一阵哄笑。

他把手搭在我身上，悄悄地问："你考虑过我上次说的事了吗，宝贝？你主人需要点什么吗？大麻？女人？小男孩？还是高尔夫球？美国高尔夫球，质量上乘，免关税的！"

"现在不要给他推销这些东西。"另外一个司机插话道。他蹲坐在地上，手里摇着一串主人的车钥匙，好像小孩子在玩玩具一样，"他刚从农村来，还算淳朴。先让他在城里学坏了再说吧。"说完，他一把抢走了那本杂志，大声地读了起来。聊天的司机们突然都不说话了，都围在他身边听他读故事。他抢走的杂志当然就是《谋杀周刊》。

"事情发生在一个雨夜。维沙尔躺在床上，满嘴酒气，双眼死死地盯着窗外。隔壁的女人已经回家了，她打算搬走她的……"

有白癜风的那个司机喊起来："哎！今天也有这档子事来着——"

拿着杂志的司机对他的搅局非常恼火，于是读得更起劲了。然而众人的目光却都转移到了购物中心那边。

总理先生，那边发生了什么事呢？这种事在购物中心刚刚出现的时候发生过很多起，报纸还以"新印度的购物中心没有穷人的一席之地吗？"为标题报道过很多次。

购物中心的玻璃大门已经打开,但是想进去的人却进不去,商场的门卫拦住了他。门卫用棍子指着他的脚,摇了摇头。这个人穿的是凉鞋,我们这些开车的也都是穿的凉鞋。而只有穿皮鞋的人才能进购物中心。

一般在这种情况下,十个人中有九个会扭头走掉。但这位穿凉鞋的人突然发作了:"我难道不是人吗?"

他吼得太激动了,以至于唾沫横飞,膝盖也微微打颤。一个司机吹了声口哨。打扫购物中心广场的清洁工也停下手中的扫把,注视着他们。

有那么一刻,那个人看上去像是要动手揍那个门卫,但最后他还是转身走了。

"这家伙真有种,"一个司机说,"要是我们都像他那样,印度就是我们的天下了。那些家伙们只能给我们擦鞋子。"

然后司机们又围成了一圈,接着听故事。

我看到,钥匙还在钥匙圈上轻快地转着;我看到,袅袅的薄雾升于烟头之上,红色的槟榔汁斜着吐了一地。

做司机最不好的一点就是等老板的时候可支配的时间太多了。要打发时间,你可以和别人闲扯,挠挠你的裤裆;读读充斥着谋杀和强奸的杂志。你还可以养成司机特有的习惯——真的很像某种瑜伽动作——把一根手指塞在鼻子里,心无杂念地静坐上几个钟头,这叫做"沉闷司机的瑜伽"。你还可以躲到车里偷偷地喝点印度小酒——沉闷无聊让很多老实的司机变成了酒鬼。

不过,如果司机喜欢思考,他会把自由支配的时间看成一个机会,那么这份工作最差的缺点立马就变成了最好的优点。

那天晚上,在开车回公寓的时候,我往后视镜瞄了一眼,阿肖克先生穿的是一件 T 恤衫。

我肯定不会在商店里买那种 T 恤衫,因为他那件 T 恤衫除了中间有一个小图案外,一片雪白。我想买一件色彩鲜艳一点的,上面能多印几个字母或者图案什么的。我觉得这样才划算。

于是某个晚上,等阿肖克先生和平姬夫人上楼之后,我去了趟附近的小集市。黄色的路灯没有灯罩,在刺眼的灯光下,小贩们蹲在路边兜售各种东西,他们面前的篮子里摆着玻璃手链、铁手镯、小玩具、头巾、圆珠笔、钥匙链之类的小商品。我找到了那个卖T恤衫的人。

他一开始拿出来的T恤衫我都不怎么满意,后来他拿出了一件几乎纯白的T恤衫,中间还印着一个英语单词。接着我就去找卖黑皮鞋的人去了。

那天晚上我买了我的第一支牙膏。我是在卖槟榔的那个人那儿买的,我是他的老客户了,以前总是在他那儿买槟榔。我知道他还捎带着卖牙膏,两种货物对牙齿的作用正好相互抵消。

女神牌牙粉
内含活性炭与丁香成分,洁齿亮牙
仅售一卢比五十派萨

在我用手指刷牙的时候,我特意注意了一下我的左手在什么位置。结果我一看,我的左手就像一只悄悄爬上墙壁的蜥蜴,已经下意识地放在了腹股沟的位置上,就要开始挠痒痒了。

我等待着。等它一动,我就马上用右手把它给逮住。

我掐住拇指和食指之间的厚皮,因为那地方最痛。我狠狠地掐了整整一分钟,松开后,手背上已经掐出了一道血印子。

瞧好了。

这就是对你的惩罚,看你以后还敢不敢再抓裤裆!

我嘴里的牙膏已经被我搓成了奶白色的泡沫,开始从嘴边滴下来。我连忙把牙膏吐了出来。

刷了又吐，刷了又吐。

刷了又吐，刷了又吐。

为什么以前我父亲不告诉我不能抓挠裤裆？为什么他不教我用这种奶白色的浓沫刷牙？为什么他把我养大却又让我过着牲口般的生活？为什么穷人要住在那么肮脏、那么丑陋的地方？

刷了又吐，刷了又吐。

刷了又吐，刷了又吐。

要是一个人也能这么轻松地把自己的过去吐掉该多好啊！

第二天送平姬夫人去购物中心的时候，我穿上了新鞋子。开车的时候，我可以感觉到鞋子里的棉衬布包裹着我的脚，非常舒服。平姬夫人下车后，我又等了十分钟，然后开始在车内换衣服。

我穿着全新的白色T恤衫走到了购物中心的门口，但是我一看到门卫，还是转头又回到了本田车旁。我钻进车里，对着那个小食人魔狠狠地打了三拳。我伸手摸了摸迦梨女神长长的红舌头，祈祷好运。

这次我选择了走后门。

尽管我穿了鞋子，还穿着一件全新的T恤衫，而且上面几乎是纯白色的，只有一个很小的英文单词，但我相信，前门那个门卫肯定会拦住我说："你不能进来。"我确信最后我会被别人逮住赶出来，还会挨几个大嘴巴子，被当众羞辱一番。

就算我已经走在商场里面了，我还总觉得肯定会有人喊："嘿！那个家伙是个私家司机！他跑到这里面来干什么？"商场每一层都有穿着灰色制服的保安，我觉得他们好像都在盯着我。这是我第一次感受逃亡般的生活。

我第一次真切感受到了商场里的一切：空气中弥漫着香水的味

道，到处都是金碧辉煌，空调里吹出来凉爽的风，穿着T恤衫和牛仔裤的人用怪异的目光打量着我；我看到好似纯金制成的电梯上上下下；我还看到了商店的玻璃幕墙，每面墙上都挂着欧洲俊男靓女的巨幅照片。要是其他司机也能看到这种景象该多好啊！

出来的时候我又故伎重演，不过门卫还是没搭理我。我回到停车场，坐到车上，换回了我平常穿的花花绿绿的汗衫，把富人穿的素色T恤衫塞成一团，藏在了脚边。

我跑到司机们常聚会的地方，他们没一个注意到我刚才进出商场那一幕。他们被别的事吸引住了。那个喜欢摇钥匙的司机，手里拿着一部手机。他硬逼着我看看他的新手机。

"你用这个给你老婆打电话吗？"

"用这个不能给任何人打电话，你这个蠢货——这个电话只能接不能打！"

"不能给家里人打电话，那你要这个手机有什么用？"

"这个手机有专门的用途，主人可以随时打电话告诉我到哪里去接他。不管我在哪儿，只要揣着这个玩意儿就行了。"

他把手机要回去，仔细地擦了擦，放回了口袋。那天晚上之前，他在司机中的地位一直都是很低的，因为他主人的车是一辆铃木马鲁蒂。今天他终于如愿以偿地扬眉吐气了一把。司机们都争相传看他的手机，就像一群猴子好奇地盯着什么闪闪发光的东西一样。空气中突然飘来一股氨水的味道，原来是一个司机在离我们不远的地方撒尿。

白癜风嘴唇在一个角落里注视着我：

"乡下老鼠，你好像有什么话要说。"

我摇了摇头。

交通状况一天比一天糟糕，每天晚上的汽车似乎都比前一天晚上多。交通一天比一天拥挤,平姬夫人的心情也随之越来越差。一天晚上,我们的车像蜗牛一样挪动在去古尔冈的路上,她终于爆发了。她先是尖叫了一声。

"阿肖克,为什么我们不回去呢?你看看这种交通状况,真他妈见鬼了!每天都是这样!"

"你又来了。求求你别说了。"

"为什么不能说?你答应过我的,阿肖克。你说过我们在德里只待三个月,处理完几个文件就回去的。现在我觉得你是专门为处理所得税的事来的。你为什么总是骗我呢?"

阿肖克先生没有错,不管他们两个人闹得怎么厉害,我总是坚信这一点,就算是闹到法庭上我也会站在阿肖克先生这一边。他是一个好丈夫,总是想方设法让他老婆开心。比方说平姬过生日的时候,他把我打扮成了一个印度王公,让我包着红色的穆斯林头巾,戴上酷酷的墨镜,并让我穿着这身装束给他们端菜上茶。我送的菜可不是什么家常菜肴,我也不知道到底是什么玩意儿,在纸盒子里装着,散发出阵阵恶臭,却让有钱人个个为它疯狂。

我穿着那套行头,端着纸盒子走到平姬面前鞠了一躬。平姬看到我这副模样,笑得眼泪都出来了还停不住。我按照阿肖克先生的吩咐,把食物端到他们前面,然后站到嘎豆和爆豆的玉照下,双手合十,等着主人的召唤。

"阿肖克,"她说,"听着点啊。巴尔拉姆,我们吃的这个东西叫什么?"

我知道这又是一个圈套,但我有什么办法呢?我只能含糊地回答了一句。他们两个听了哈哈大笑。

"再说一遍,巴尔拉姆。"

他们又笑了起来。

"不是匹渣,是匹萨。别再说错啦。"

"等等,你也没说准。中间还有个'特'呢。应该是匹特萨。"

"别纠正我的英语了,阿肖克。中间没有'特',不信你看看包装盒。"

我屏住呼吸,站在那儿等他们吃完,因为那玩意儿的味道实在太难闻了。

"他把匹萨切成了这个鬼样子,真不明白他怎么还是出身于厨子种姓的。"

"谁让你把厨子开除了?请不要再解雇这个司机了,他是个老实人。"

他们吃完之后,我把盘子里剩下的东西都扔了,然后去洗盘子。透过厨房的窗子,我看到古尔冈大街上的商场里此时正是灯火通明。路的另一头又新开了一家购物中心,门前车水马龙。

我放下百叶窗,遮住外面的一切,然后接着洗碗。

"匹渣。"

"匹斯渣。"

"斯匹渣。"

"匹吃渣。"

我用手擦了擦水池,关上了灯。

他们两个已经到卧室里去了。我听到里面有些动静,就蹑手蹑脚地走到卧室门前,把耳朵贴到门上。

我听到了两个人的叫骂声,接着是一声尖叫,还有男女肉体碰撞的声音。

你该出手了,你这恶狼般的地主家里生出的小羊羔。我锁上房门,坐电梯下了楼。

半小时后,我刚要睡着的时候,一个仆人跑过来把我叫了起来。铃响了!我穿上裤子,跑到公共水池前面,把手洗了好几遍,然后开车到大门口去等他们下来。

"到市里去。"

"是，先生。到市里哪个地方呢？"

"你想去哪里呢，平姬？"

她没有开口。

"到康诺特广场去吧，巴尔拉姆。"

两个人在车上都没讲什么话。我还穿着那件印度王公的衣服。阿肖克先生惴惴不安地看了平姬夫人好几次。

"你说得对，平姬，"阿肖克先生嘶哑着嗓子说，"我不是挑你的刺。但是我要告诉你，这里就一样不好，就是所谓的议会民主，真是他妈的操蛋。要不然，我们就会像中国一样——"

"阿肖克，我有点头痛，求求你别说了。"

"我们今天去找点乐子吧。那里每周五都有狂欢。我想你会喜欢的。"

康诺特广场到了，他让我把车停在了门前的霓虹灯大招牌前。

"在这里等着我们，巴尔拉姆。我们二十分钟之后回来。"

他们走了一个小时之后我还坐在汽车里，看着康诺特广场的霓虹灯发呆。

我已经打了那个绒毛魔鬼十几拳。我看着迦梨女神的磁性贴像，看着她手中握着的骷髅头花环，无所事事地对着她伸出了我的舌头。我打了个哈欠。

早已是半夜了，天冷得厉害。

我非常想打开音乐听听，消磨消磨时间，但这是猫鼬绝对禁止的事情。

我打开了车门，空气中有一股刺鼻的味道。原来是那些司机生了一堆火在取暖，他们围坐在火堆旁边，往里面一点一点地加着塑料片。

德里的有钱人过冬，家里都是用电取暖、用煤气取暖或者是用壁炉烧木材取暖。流浪汉和仆人们，比如说守夜人和司机，不得不在大冬天呆在户外，他们要取暖的话就靠自己生火，捡到什么就烧什么。最好的燃料莫过于玻璃纸，就是常用来包装水果、蔬菜、书本的那种纸。燃烧的玻璃纸在火中扭动着，熔化成透明的燃料。唯一的不足之处就是玻璃纸燃烧的时候冒出的白烟，闻着让人反胃。

白癜风嘴唇正在那儿往火堆里加玻璃纸，还腾出一只手来招呼我。

"乡下老鼠，不要一个人坐在那里啦！会胡思乱想的！"

温暖对此时的我来说是一种巨大的诱惑。

但是不行。如果我走到他那边，我会感到嘴巴发痒，一定会问他要槟榔吃的。

"看看那个势利眼！他还穿得像个王公似的呢！"

"到我们这儿来吧，白金汉的王公！"

空气里已经弥漫了燃烧的塑料味道，我转身向着康诺特广场走去，远离了温暖、远离了诱惑。

站在德里放眼望去，好像到处都在大兴土木。商业中心和写字楼正在安装漂亮的玻璃橱窗；路边树起了一排排巨大的T形混凝土梁，就像是一排铁砧似的，很快这上面就会横跨起一座座大桥或者立交桥；地面上挖出了一个个大坑，这是在为有钱人建公寓。还有这里，就在康诺特广场的中心地带，尽管已是深更半夜，建筑工人们还在亮如白昼的聚光灯下干着活。地面上已经挖出了一个大坑，机器在里面轰鸣着。

我听说过这个工程，是在德里的地下修建一条铁路。他们挖的那个坑比我在丹巴德见到的任何一个矿坑都要大。一个衣冠楚楚的人也在旁边注视着这个大坑。他穿着衬衫，打着领带，裤子上面的褶子很挺括。一般来说，像他这样装束的人是绝对不屑和我讲话的。但是那天，也许是我穿的王公式样的长袍让他有点拿不准吧。

"再过五年这座城市将会和迪拜差不多,你觉得呢?"

"五年?"我不屑地说,"只要两年!"

"看看那个黄色的起重机,简直像个怪物似的。"

它的确是一个怪物,坐在坑边上,用钢铁大嘴大口大口地吞进去成堆的泥土再吐出来。在怪物巨嘴下的工人们看上去比老鼠大不了多少,就像是听命于它的小动物一样在它旁边打转。在这么冷的冬夜,他们却依然汗流浃背,湿透的衬衣贴在他们油光发亮的黑皮肤上。

我回到汽车旁时,外面已经冷到了滴水成冰的地步。其他司机都走光了,而我的主人还没有出现的迹象。我闭上眼睛,想着今天晚餐我吃了什么。

一碗热腾腾的咖喱饭,还有一大块带汁的鸡腿肉。肉汁里还漂着红红的辣椒油。

真是美味。

他们砰砰地敲着车窗,把我叫醒了。我赶忙爬起来给他们打开车门。两个人显然很高兴,大声地说笑着。我闻到他们身上有一股英国酒的味道,管他是什么牌子的酒,我还没有在店里尝过。

您听我说,他们两个一路上像发情的动物一样:他的手在她的大腿上来回地抚摸,而她也咯咯地笑个不停。我多看了一秒钟,正好被他逮了个正着。

我觉得自己就像是一个从卧室门缝里偷看自己父母的小孩一样。我的心头开始冒汗,甚至有点希望他能抓住我的领口,把我扔到地上,再用穿着皮靴的脚狠狠地踩我几下,就像他父亲在拉克斯曼加尔揍渔夫时那样。

但是我告诉过您这个人和他父亲不一样,他完全能够成为一个比他父亲更好的人。我的目光好像触到了他的内心,他用手肘轻轻地推了一下平姬夫人,说:"这里还有外人呢。"

她立刻来了脾气，把头扭向一旁。整整五分钟，两个人都没有讲话。她嘴里喷着酒气，突然向我探过身来。

"把方向盘交给我。"

"别，平姬，别，你喝醉了。还是让他——"

"真是他妈的笑话！印度到处都是酒醉驾车的司机。为什么我不能开？"

"噢，我恨透了！"他颓然地坐在座位上，"巴尔拉姆，记住千万不要结婚。"

"是不是红绿灯啊？巴尔拉姆，谁让你停的车？接着开！"

"是红灯，平姬。让他停着吧。巴尔拉姆，不要违规。我命令你！"

"我命令你接着开，巴尔拉姆！开！"

我彻底被弄晕了，只好采用折中的法子——我把车往白线前开了一米多，然后把车停住了。

"看到没有？"阿肖克先生说，"这小子还真是机灵。"

"是的，阿肖克。真他妈的是个天才。"

红灯旁的计时牌显示还有三十秒交通灯才会转成绿灯。正当我全神贯注地盯着计时牌的时候，佛祖突然出现在了我的右手边。原来是一个小叫花子拿着一尊石膏佛祖塑像走到汽车旁边来兜售。这没什么好奇怪的，在德里每个晚上都有不少乞丐在路边兜售书籍、塑像或者一盒盒的草莓。但是那天也不知怎么的，可能是因为我心情太糟糕，我就多看了佛像两眼。

这不过是一偏头的工夫，但是她还是察觉到了。

"巴尔拉姆挺喜欢那个塑像。"她说。

阿肖克先生吃吃地笑了起来。

"没错，他是个艺术鉴赏大师。"

黑蛋打开了一个裂缝——她把车窗摇了下来，喊那个小叫花子：

"拿过来瞧瞧。"

也不知那小叫花子是男孩还是女孩——你永远无法判断他们的性别——总之那小叫花子把佛像塞进了本田车里。

"你想买这个塑像吗,司机?"

"不想,夫人。对不起。"

"巴尔拉姆·哈尔维,一个做糖点的,又是一个司机,还是一个艺术鉴赏大师。哈哈。"

"对不起,夫人。"

我越是道歉,他们两个笑得越是起劲。最后,绿灯亮了,总算是解了我的围,我赶忙一踩油门,逃离了那可怜的佛像。

平姬靠过来捏了捏我的肩膀。"巴尔拉姆,停车。"我从后视镜中看了看阿肖克先生,想知道他是什么意思,但他什么也没说。

我停下车。

"巴尔拉姆,下车。你今天晚上就和你的佛祖一起过吧。王爷和佛祖,今晚在一起。"

她坐到驾驶座上,发动了汽车,而喝得烂醉的阿肖克先生一边吃吃地笑着,一边向我挥手告别。他要不是喝得烂醉如泥,肯定不会让她那样对我的——我绝对相信这一点。别人总是在利用他。要是只有我们两个在车里,是绝对不会发生任何不愉快的事情的。

马路中间有个安全岛,里面种了几棵树。我就坐在了一棵树下。

马路上一片死寂,好一会儿才有两辆车一前一后地经过。车的前灯照在树叶上,好像荡起了一阵涟漪,就像我们在湖边看到的树枝一样。德里本来应该有多少美景可供欣赏啊!可惜我们不能自由地想去哪儿就去哪儿,想干什么就干什么。

一辆车径直向我驶来,前灯一闪一闪的,还响着喇叭。是丰田思迪车调了个头开回来了(小心,这可是违规调头啊)。车正对着我冲了过来,好像要把我直接撞飞似的。我抬起头,看到开车的正是平姬，她正得意地咧着嘴大笑，高兴地叫喊着。阿肖克先生坐在她身旁，脸上也挂着微笑。

他额头上有没有一条皱纹对我的命运有丝毫的担忧？他有没有伸出手去牢牢地抓住方向盘，化解我被撞的危险？

我多么希望我看到了。

伴着一阵刺耳的刹车声，汽车在离我不到二十公分的地方停住了。我缩成了一团：这个娘们，我可怜的车胎这下受苦了。

平姬夫人打开车门，笑着从车里蹦了出来。

"是不是以为我真的会把你丢在这里，王爷先生？"

"没有，夫人。"

"你没有生气吧？"

"绝对没有，夫人，"为了让我的话听起来更加可信，我连忙又加了一句，"主人就像是我的再生父母，我怎么能生父母的气呢？"

我坐在了后排。他们又在路中间调了个头，然后挂到最高挡位，一路狂飙，闯过了一个又一个红灯。两个人尖叫着，你捏捏我，我捏捏你，咯咯地笑个不停。我实在没什么可做的，只好老老实实地坐在后排看他们的表演。突然，有一个小黑影跳到了路中间，我们的车撞到了它并碾了过去。

车轮已经嘎吱嘎吱地完全从上面压了过去，她停车的时候我们也没听到任何声音，甚至都没有听到呜咽声或者汪汪的吠叫声。我马上明白被我们撞上的那东西遭遇了什么样的结局。

她已经酩酊大醉，根本没有反应过来及时刹车。车继续向前狂奔了两三百米才停稳。她把手撑在方向盘上，嘴巴已经合不拢了。

"一条狗吧？"阿肖克先生问我，"是条狗，对吧？"

我点点头。路灯很暗，那个东西黑乎乎的一堆，远远地落在后面，根本看不清楚到底是什么。周围没有别的车，连个人影都没有。

好像电影里的慢动作似的，她缓缓地把手从方向盘上移开，捂住了耳朵。

"那不是狗!那是个——"

我和阿肖克先生一句话都没多说,便开始默契地行动起来。他一把抱住平姬,用手捂住她的嘴,把她从驾驶座上拖开;而我则急匆匆地从后门冲下车,回到了驾驶座上。"砰砰"两声,我们两个赶紧关上了车门。我打着火,换到最高挡,飞快地向着古尔冈的方向奔去。

起初她安静下来了,但是快回到公寓区的时候,她嚷了起来:"我们得回去。"

"平姬,你疯了?巴尔拉姆很快就开到家了。没事了。"

"我们撞到了东西,阿肖克,"她的声音低得几乎听不见,"我们要送它去医院。"

"不行。"

她张开嘴,阿肖克先生知道她马上又会尖叫起来,赶紧用手捂紧了她的嘴巴。他把纸盒里的纸巾一把扯出来,塞进了平姬的嘴里。她挣扎着想要吐出口中的纸巾,阿肖克先生又急忙扯过她脖子上的围巾,紧紧地系在了她的嘴巴上,然后用力把她的头按在了怀里。

到了公寓楼后,他强行把平姬拖上了电梯,围巾仍然捂着她的嘴。

我提了一桶水,开始洗车。我把车身从头到尾仔细地擦洗了一遍,把粘在轮子上的血迹和皮肉一点一点地擦掉。

阿肖克先生下来的时候,我正在第四次洗刷轮胎。

"怎么样?"

我把粘在车轮上的一块带血的绿布条拿给他看。

"这种布是便宜货,先生。这块绿布,"我用手指捻着手里的布条,"通常是给小孩做衣服用的。"

"你觉得那个小孩是不是已经——"他说不出来那个字。

"那孩子根本没有出声,先生,一点动静都没有,身子也没有动一下。"

"天哪,巴尔拉姆,我们现在该怎么办,该怎么办哪?"他拍着大腿,"这些小孩凌晨一点在德里的大街上乱跑干什么,没有人管他们吗?"

说到这里,他忽然眼睛一亮。

"噢,原来她是那些人家的小孩。"

"住在高架桥和立交桥下面的人,先生。我也是这样想的。"

"这样的话,会不会有人找她——"

"我觉得不会,先生。你知道那些来自黑暗之地的人,他们都有八个、九个,甚至十个小孩,有时候他们都弄不清孩子的名字。就算她的父母也在德里,就算他们知道她今晚在哪里,他们也不会去报警的。"

他把手搭在了我的肩膀上,就像刚才在车上搂着平姬那样的亲密。

然后他用一根手指压住自己的嘴唇。

我点点头,"尽管放心,先生。您去好好地睡一觉吧,今天晚上您和平姬夫人受惊了。"

我脱掉王爷外套,上床睡觉了。尽管我已经累得精疲力竭,但是我的嘴角还是挂着心满意足的微笑。因为我在主人最需要的时候,尽了我应尽的责任。

第二天早上,我像往常一样起来擦车:擦完了那些女神磁铁贴像,再擦擦毛绒魔鬼,然后点燃一炷香,让车内弥漫着沁人心脾的圣洁之气。我又仔细地擦洗了一遍车轮,以防上面还留有晚上没有擦干净的血迹。

然后我就回到屋里等着。傍晚时分,有个司机捎信说要我到大厅去,不用开车。猫鼬正在那里等着我。我不知道这个家伙怎么来得这么快,也许他是租了一台车连夜赶到德里来的吧。他满脸堆笑地拍了拍我的肩膀,便带我上楼去了。

他坐在桌子上,对我说:"坐,坐,巴尔拉姆,别客气。你是这个家的一员嘛!"

我的内心顿时充满了骄傲。我蹲在地板上,高兴得像只快活的狗,等着他再说一遍。他点燃了一根香烟。我以前从来没见过他抽过烟。他眯着眼睛打量着我。

"这几天你要老老实实地待在白金汉塔楼B座,哪里也不能去,连A座也不能去。这很重要,明白吗?而且这件事你一个字也不能说出去。"

"明白,先生。"

他抽着烟盯着我瞧了一会儿,然后又开口说道:"你是这个家的一员,巴尔拉姆。"

"是,先生。"

"好了,你下楼去仆人区等着吧。"

"是,先生。"

一个钟头后,我又被叫到了楼上。

猫鼬仍然坐在餐桌旁,他的旁边还坐着一个人。只见这个人穿着黑色大衣,一边看着一张打印的纸,一边默默地念着。他那被槟榔汁染红的嘴唇飞快地抖动着。阿肖克先生在自己的房间里打电话,虽然房门关着,我还是能听到他的声音。平姬夫人的房门也关着。看来现在是猫鼬在这里当家了。

"坐,巴尔拉姆。怎么舒服怎么坐。"

"是,先生。"

我还是不怎么舒服地蹲在了地上。

"要不要来一颗槟榔,巴尔拉姆?"猫鼬问道。

"不吃,先生。"

他笑了笑,"别不好意思,巴尔拉姆。你嚼槟榔的,对吧?"他转过去对那个穿大衣的人说,"给他一颗槟榔嚼嚼。"

穿黑色大衣的人伸手从口袋里摸出了一块青槟榔给我。我伸出手去接。他把槟榔丢在了我的手里,根本没有碰我的手。

"放在嘴里嚼吧,巴尔拉姆。这是给你的。"

"是,先生。真好吃。有嚼头。谢谢您。"

"我们慢慢来,把事情讲清楚,好吧?"穿大衣的人说。他一开口,嘴里的槟榔汁都快滴下来了。

"好吧。"

"法官已经打点过了。只要你的人不出问题,我们就可以高枕无忧了。"

"我的人没问题,不要担心。他是这个家的一员。他很听话。"

"那就好,那就好。"

穿黑色大衣的人盯着我,递过一张纸来。

"你识字吗,伙计?"

"识字,先生。"我接过那张纸,看到上边写着:

声　明

致有关人士:

　　本人巴尔拉姆·哈尔维,维克拉姆·哈尔维之子,系格雅地区拉克斯曼加尔村人氏,特此作出以下声明。该声明系本人在自由自愿的情况下做出的。声明如下:

　　本人于今年一月二十三日晚驾车行驶时,不慎撞到不明物体。因本人慌乱,未能仔细辨认所撞物体是人抑或其他物体。惊惶失措之下,本人没有履行该尽的义务,没有将伤者送往最近的医院急救,而是驾车驶离了现场。事故发生时,车内没有其他乘客,只有本人一人驾车。因此,我愿意一人承担事故责任。

本人在此以万能之神的名字发誓,本人发表该声明未受到任何人的胁迫,也没有任何人对本人授意。

按手印处:

(巴尔拉姆·哈尔维)

以下系本声明的见证人:

库苏姆·哈尔维,格雅地区拉克斯曼加尔村村民

查曼达斯·瓦尔玛,德里高级法院律师

猫鼬笑着用诚挚的语调告诉我:"我已经把这件事告诉你家里人了。你奶奶叫什么来着?"

"……"

"叫什么?我没听清。"

"……姆。"

"对对,叫库苏姆。我开车去了趟拉克斯曼加尔,路可真难走,不是吗?我把这一切都亲口告诉她了。她可真是了不起。"

他摩挲着自己的前臂,咧开大嘴笑了,因此我知道他没骗我。

"她说你能这样做她感到很自豪,也答应为这份供认状做证人。你看,这是她的手印,巴尔拉姆,就在你要签名的地方的下面。"

"他要不识字的话,也可以按手印,"穿黑色大衣的人说,"就是这样。"他伸出拇指在空中做了个按手印的动作。

"他识字。他奶奶告诉我他是他们家第一个会读书认字的人。她说你向来明白事理,巴尔拉姆。"

我眼睛盯着那张纸,假装要将它再看一遍,但我的手却不由自主地抖了起来。

总理先生，德里每天都会有司机碰到这样的事。家宝先生，也许您不会相信，您是不是觉得这都是我编出来的？

要是您来德里的话，找个老实可靠的中产阶级人士，把这个故事告诉他。您就说您从一个司机那里听到了这个耸人听闻、令人难以置信的故事，司机得为他主人开车撞死人的事顶罪。然后您就紧紧盯着那位老实可靠的中产阶级人士，您就会看到他大惊失色，看到他在使劲咽口水，看到他将目光转向窗外，看到他立刻改变话题。

德里监狱的铁窗后关满了代人受过的司机，他们都揽下了那些老实可靠的中产阶级主人的罪名。我们虽然走出了农村，但我们的主人还是在掌管着我们的一切，掌管着我们的身体、灵魂和屁股。

是的，没错，我们生活在世界上最伟大的民主国家。

真是他妈的笑话！

司机的家人们不会抗议吗？不，不仅不会，他们还会到处吹嘘。看，我们家的巴尔拉姆替他的主人揽下了罪名，被关到蒂哈尔监狱去了。他忠实得像条看家狗。这是多么合格的仆人啊！

法官？这么明显是被强迫作出的供状难道他们看不出来吗？但他们也是一个圈子里的人。他们收了贿赂，就乐得对案子里面明显的漏洞睁一只眼闭一只眼。生活照常继续。

除了那个司机。

总理先生，今天我就先写到这里吧。虽然还不到凌晨三点钟，但我还是要停笔了，先生。因为只要想起这件事，我就气不打一处来，真想现在就出去逮住一两个有钱人，割断他们的喉咙。

第五晚

家宝先生：

阁下：

您抵达印度后肯定会有人告诉您，从互联网到水煮蛋到宇宙飞船，这一切都是我们印度人发明的，只可惜后来全被英国人偷走了。

胡扯。这个国家在其长达一万年的历史上发明出来的最伟大的东西就是鸡笼。

您只要去旧德里，去伽玛清真寺的后面，看看集市上鸡被关在那里的状况就明白了。几百只灰白色的母鸡和色彩鲜艳的公鸡被紧紧地塞在一个个铁丝笼里，像肚子里的寄生虫一样挤在一起，你啄我我啄你，在彼此身上拉屎，相互争抢着喘气的空间。鸡笼散发着恶臭——是那种长着羽毛的、惊恐万状的肉体散发出的恶臭。鸡笼上方的木板桌上坐着一个年纪轻轻的屠夫，一面微笑着一面向顾客展示刚刚剁开的鸡肉和鸡的内脏，上面油乎乎的，还覆盖着一层暗红色的血迹。鸡笼中的公鸡嗅到了上面传来的血腥味，看到了自己兄弟的五脏六腑散落在四周。它们知道接下来就会轮到它们，可它们毫不反抗，也不竭力逃出鸡笼。

同样的命运也落在这个国家的人身上。

您只需在傍晚的时候观察一下德里的道路。用不了多久，您就能看到一个人骑着人力车过来。只见他使劲地踩着踏板，身后的车上绑着一张大床或者一张餐桌。这是一个送货员，每天负责将家具送到人们的家中。一张床的价格高达五千卢比，甚至是六千卢比；如果再加上椅子和茶几，车上的东西价值一万至一万五千卢比。一个男人骑着三轮车来到你家,把这张床、餐桌和椅子给你运来,这个可怜的家伙每个月只能挣到五百卢比。他替你把所有家具卸下来,你用现金给他付账——厚厚的一沓钞票,有砖头那么厚。他把这些钱装进口袋或者衬衣里,或者干脆塞进内裤里,然后一路骑车回到老板那里,一个子儿都不碰,将钱如数交给老板!他经手的钱相当于他一年甚至两年的薪水,可他一个卢比也不会私吞。

德里的大街上每天都能见到某个私家车司机开着一辆车,车上别无他人,只是后排座位上有一只黑色手提箱,里面装着一百万或者两百万卢比。这司机可能一辈子都没有见过这么多钱。如果他拿上这笔钱,他可以去美国、澳大利亚或者任何地方,在那里开始新的生活。他可以出入那些他梦寐以求却只能从外面观看的五星级饭店。他可以带上家人去果阿[1]或者去英国。尽管如此,他还是将这只黑色手提箱送往他主人要他送的地方,将它放在主人指定的地方,绝对不会碰里面的一个卢比。为什么?

因为印度人果真像我们的总理送给您的手册中所宣传的那样,是世界上最诚实可信的民族?

不。这是因为百分之九十九点九的印度人都被困在了鸡笼里,就像家禽市场上那些可怜的鸡一样。

如果是一些小钱,这种鸡笼理论恐怕就得另当别论了。千万不要用一个卢比或者两个卢比的硬币来考验你的司机,他很可能会将这点钱据为己有。可如果你将一百万美元放在一个仆人面前,他一个子儿都不会碰。您不妨试一试:将一只装有一百万美元的黑袋子丢在孟买的一辆出租车上,出租车司机一定会在天黑前报警,把钱送到警察局。这一点我可以保证。(至于警察是否会把钱还给您就是另一码事了,阁下!)在这个国家,主人可以放心地将钻石交给自己

---

[1] 果阿:印度西海岸城市,度假胜地。

的仆人！这千真万确。瑟拉特是全世界最大的钻石切割和抛光中心，每天傍晚从这里驶出的火车上都能见到许多钻石商的仆人，他们拎着一个个手提箱，里面装满了已经切割好的钻石，要送给孟买的某某某。这些仆人为什么不对装满钻石的手提箱下手呢？他们又不是甘地，他们只是你我这样的普通人。可他们被困在了鸡笼里。仆人的忠诚是整个印度经济的基础。

了不起的印度鸡笼。

人类历史上从来没有过少数几个人对那么多的人亏欠那么多的现象，家宝先生。这个国家为数不多的少数人已经驯化了剩余的百分之九十九的人——尽管这些人无论在哪个方面都和他们一样有力气、有才华、有智慧——并且让后者永远与奴性为伴。这种奴性甚至发展到了这样一个地步，如果你将解放的钥匙放在他的手中，他会咒骂着将这把钥匙扔还给你。

您得来这里亲眼看看才会相信。每天，数百万人天一亮就起来，挤上人满为患、肮脏不堪的公共汽车，在主人们的豪宅前下车，然后擦地板、洗盘子、在花园里除草、给主人的孩子喂饭、给主人按摩脚——就是为了得到那少得可怜的薪水。家宝先生，我永远不会羡慕美国或英国那些富人，因为那里没有仆人。那里的富人们甚至连什么是美好的生活都想象不出来。

总理先生，像您这种有思想的人肯定会问两个问题。

这鸡笼为什么能管用？它是怎样如此有效地将数百万男男女女困在里面的？

第二，人能不能冲出这个鸡笼？比方说，万一某天某位司机带上雇主的钱远走高飞了呢？他的生活会怎么样呢？

阁下，我来为您回答这两个问题。

第一个问题的答案在于我们这个民族的骄傲与荣耀，在于我们用之不竭的爱和牺牲精神——这些话题在我们总理赠送给阁下的宣传手册《印度大家庭》中无疑会占据大量篇幅。这就是我们被困在鸡笼中、被束缚在鸡笼中的原因。

第二个问题的答案是：一个人若想冲出这鸡笼，就必须做好足够的准备，准备看到自己的家庭彻底毁灭——他的家人会被主人追捕、殴打、活活烧死。因此，除了某个天性扭曲的变态狂外，任何正常人都不会这么干。

事实上，只有一只白虎才会这么干。阁下，您正在听到的是一个社会企业家的故事。

我接着讲我的故事。

新德里国家动物园中关着白虎的笼子旁有一块告示牌，上面写着：想象一下你被关在笼子里的滋味。

我看到那块告示牌时，心中在想，我可以想象得到——我可以轻而易举地想象到。

整整一天，我一直待在楼下自己昏暗的房间里。我屈起双腿，膝盖顶在胸前，坐在蚊帐里，害怕得根本不敢离开房间。没有人来叫我开车，也没有人下楼来看我。

我这一辈子算是完了。我将为一起与我毫无关系的杀人案去坐牢。尽管我惊恐万状，可我的脑海里却一刻也没有闪现过出逃的念头，一刻也没有闪现过"我要把真相告诉法官"的念头。我被困在了鸡笼里。

监狱里会是什么样？我满脑子只想着这一个问题。我该采用哪些策略才能不被里面那些浑身是毛、脏不拉叽的彪形大汉欺负？

我想起了《谋杀周刊》上刊登过的一篇小说，一个男人被关进监狱后谎称自己有艾滋病，免得被人鸡奸。那本杂志在哪里——要是这会儿在我手边就好了，我可以把他说过的话和做过的动作如法炮制一遍！可如果我说自己有艾滋病，他们会不会认定我是专门干鸡奸这一行的，然后加倍地鸡奸我？

我在劫难逃。我坐在蚊帐里，透过蚊帐上的网眼呆呆地望着墙壁上的手印——不知是哪一个抹灰泥的人在房间的墙壁上留下了那些手印。

"乡下老鼠！"

白癜风嘴唇出现在了我的房间门口。

"你老板正像疯了一样在按铃。"

我把头靠在枕头上。

他走进屋，将他那张黑脸和那对粉红色的嘴唇贴在蚊帐上。"乡下老鼠，你生病了吗？是伤寒？霍乱？登革热？"

我摇摇头。"我没事。"

"那就好。"

他咧开那双不健康的嘴唇，冲我笑了笑，然后走了出去。

我就像一个走向绞刑架的人——上楼，走进公寓大厦，然后再坐电梯到十三楼。

开门的是猫鼬，但这次他的脸上没有一丝笑意，让我根本无法猜透他给我安排了什么。

"你可是不慌不忙啊。父亲来了，他有话对你说。"

我立刻心跳加速。鹳鸟来这里了！他会救我的！他可不像他的两个儿子那样没用。他属于那种老派的主人，知道自己该保护仆人。

鹳鸟坐在沙发上，两条苍白的大腿伸在前面！他一看到我，脸上就露出了灿烂的笑容，我心想：他在笑，因为他已经救下了我！可是这老地主根本没有在想我。哦，不，他想的事情远比我的性命要重要得多。他指了指那两个非常重要的东西。

"啊，巴尔拉姆，坐了这么长时间的火车，我的脚真需要好好按摩一下。"

我在卫生间打开热水龙头时，手在不停地颤抖。热水冲到水桶底部，溅起的水花落满了我的双腿。我低头瞥了一眼，看到我的双腿在不停地打颤，几乎要发出咯咯的响声。一道尿液正从大腿上流下来。

一分钟后，我脸上挂着灿烂的微笑，走回到鹳鸟坐着的地方，将那桶热水放在他身旁。

"老爷，请把脚放进来。"

"哦。"他哼了一声，然后闭上了眼睛。他微微张开嘴唇，开始舒服地哼哼唧唧起来。我听到他的呻吟声后，手上的劲也越来越大，我的身子开始随着我按摩的动作前后晃动，我的头蹭到了他的膝盖上。

猫鼬和阿肖克先生坐在电视机前，正全神贯注地一起玩电游。

卧室的门突然开了，平姬夫人走了出来。她没有化妆，那张脸显得很难看——眼睛下出现了黑眼圈，额头上出现了皱纹。她一看到我就激动起来。

"你们有谁告诉这司机了吗？"

鹳鸟没有吭声。阿肖克先生和猫鼬继续玩着电游。

"谁也没有告诉他吗？真是他妈的笑话！本来要去坐牢的是他！"

阿肖克先生说："我觉得我们应该告诉他。"他看了他哥哥一眼，但猫鼬的眼睛仍然紧紧盯着电视屏幕。

猫鼬说："好吧。"

阿肖克先生转过头来望着我。

"我们在警察局有个关系，他说到目前为止还没有人报案，所以我们不需要你帮忙了，巴尔拉姆。"

我如释重负，双手猛地动了一下，碰洒了一些桶里的热水。就在我手忙脚乱地把水桶扶正的时候，鹳鸟睁开眼睛，伸手在我头上拍了一巴掌，然后重新闭上了眼睛。

平姬夫人看着这一切，脸色突变。她冲进自己的房间，砰的一声重重地关上了房门。(家宝先生,有谁会想到在这家人中,只有这位穿短裙的夫人还有一点良心呢?)

鹳鸟目送她回房间,然后说道:"这个女人,她准是疯了,居然想找到那孩子的家人,给他们赔偿——真是疯了。好像我们都是杀人犯似的。"他严厉地看着阿肖克先生,"儿子,你得好好管管你这老婆,按我们村子里的规矩好好管教管教她。"

说完,他轻轻拍拍我的头,"水已经凉了。"

在接下来的三天里,我每天早晨都要给他按摩脚。有天早晨,他有点胃痛,于是猫鼬让我开车送他去市中心的麦克斯医院。这是德里最著名的私人医院之一。我站在医院外,望着猫鼬和他老爹走进那漂亮的玻璃大楼。医生们穿着白大褂,口袋里装着听诊器,在医院里进进出出。我从外面偷偷瞥了一眼,那医院的大厅简直像五星级饭店一样干净。

去医院看病后的第二天,我开车将鹳鸟和猫鼬送到了火车站,给他们买了路上吃的小吃,等着火车离开,然后我把车开回来,将它擦洗干净。我去附近一个猴神庙祈祷感恩了一番后便回到了自己的房间,筋疲力尽地一头倒在了蚊帐里。

我醒来的时候,有人站在我的房间里,正一开一关地拨弄着电灯开关。

是平姬夫人。

"赶快准备好,开车送我出去。"

"是,夫人。"我揉着眼睛说,"现在几点了?"

她用一根手指压住嘴唇。

我穿上衬衣,然后把车开了出来,驶到公寓大厦前。她手里拎着一个包。

"去哪里?"我问。现在是凌晨两点。

她把目的地告诉了我,我问:"先生不一起去吗?"

"你只管开车就行了。"

我没有再问任何问题,把她一路送到了飞机场。

她在机场下车后,将一个棕色信封塞进我的车窗,然后用力一关车门,走了。

总理阁下,我雇主的婚姻就这样结束了。

别的司机有很多小花招,可以延长他们主人的婚姻。有个司机告诉我,每当主人夫妇争吵激烈时,他就会把车开快一点,让他们早点到家;每当主人夫妇进入浪漫状态中时,他就会把车开慢一点。如果他们冲着对方大喊大嚷,他就会问他们要去什么地方;如果他们在接吻,他就会把音乐声开大一点。由于我主人的婚姻是在我担任司机期间破裂的,因此我觉得我多少有些责任。

第二天早晨,阿肖克先生传我上楼去公寓。我刚敲门,他就一把抓住我的衬衣领口,将我拉进了屋。

"你为什么不告诉我?"他更加用力地抓住我的领口,我都快要喘不上气来了,"你为什么不立刻叫醒我?"

"先生……她说……她说……她说……"

他拽着我,把我推到公寓的阳台边上。他身上的地主本性到底还是没有完全泯灭。

"你为什么要开车送她去那里,你这狗娘养的?"

我转过头,看到我身后就是古尔冈区那些闪亮的塔楼和购物中心。

"你是想毁了我们家族的名誉,对吗?"

他更加用力地推我,我背顶着阳台,头和胸口现在已经探到了阳台边缘外。他只要再稍稍用一点力,我很可能就会摔下去。我抬起腿,朝他胸口踢了一脚。他打了个趔趄,后退几步,撞到了屋子与阳台之间的玻璃推拉门上。我顺着阳台边缘滑到地上,他坐在那里,背靠着玻璃门。我们俩都在大口大口地喘着气。

"您不能怪我，先生！"我大声喊道，"我从来没有听说过有哪个女人会永远离开她丈夫！我是说，没错，电视上有这种事，可现实生活里没有！我只是按她的吩咐做事。"

一只乌鸦飞来，落在了阳台上，呱呱地叫着。我们俩一起转过头去望着它。

这时，他的疯狂过去了。他双手捂住脸，开始抽泣。

我下楼跑进自己的房间，一头钻进蚊帐，坐到了床上。我一直数到十，确信他没有跟来后才把手伸到床底下，取出那只棕色信封，将它再次打开。

里面装满了一百卢比的票子。

总共有四十七张。

有人正向我的房间走来，我赶紧把信封塞到床下。四个司机走了进来。

"乡下老鼠，给我们说说吧。"

他们把我围在了中间。

"说什么？"

"门卫已经给我们透露了消息，所以现在没有什么秘密了。你半夜开车把那女人送到了什么地方，然后独自回来了。她把老公甩了？"

"我不知道你们在说什么。"

"我们知道他们一直在吵架，乡下老鼠。你半夜开车送她去了某个地方。是机场吗？她走了，是不是？肯定是离婚了——这年头每个有钱人都在跟老婆离婚。这些有钱人哪……"他摇摇头，不屑地撅起了嘴唇，然后又张开嘴，露出他那被槟榔腐蚀的红红的犬齿，"不管是对神、对婚姻还是对家庭，一点敬意都没有——点都没有。"

"她只是出去透透气，然后我就开车带她回来了。门卫肯定眼睛瞎了。"

"到死都对主人忠心耿耿。像你这样的仆人现在已经找不到了。"

我一上午都在等待着传唤铃声的响起，但始终没有等到。我下午上到了十三楼，按了门铃后等待着。他开了门，眼睛红红的。

"什么事？"

"没什么，先生。我是来……做午饭的。"

"没必要。"我以为他会为差一点要了我的命而向我道歉，结果他对那件事根本提都没有提。

"先生，您一定得吃点东西。不吃东西可对身体不好……求您了，先生。"

他叹了口气，让我进了屋。

既然她已经走了，我知道该轮到我对他尽妻子的责任了。我得保证让他吃好，睡好，不变瘦。我做了午饭，我伺候他，我洗盘子，然后下楼去等铃声。我八点钟再次坐电梯来到楼上，把耳朵贴在门上仔细听着。

里面没有任何动静。

我按了门铃，没有人应答。我知道他不会外出，毕竟我是司机。如果没有我，他能去哪里呢？

门没有锁，我走了进去。

他躺在那两只博美小狗的巨幅照片下，面前的红木桌上有个瓶子。他两眼紧闭。

我闻了闻那只瓶子，是威士忌，里面快空了。我把酒瓶凑到嘴边，将里面剩下的一点酒灌进了自己的肚子。

"先生。"我说，但他没有醒。我推了他一下，给了他一记耳光。他舔了舔嘴唇，咂了咂嘴。他正慢慢醒来，但我还是又给了他一记耳光。

（这可是仆人的老传统。趁主人睡着的时候打他们耳光，趁主人不在的时候踩他们的枕头,对着主人摆弄的花花草草撒尿,或者对主人的宠物狗又打又踢。这算是淳朴仆人的一点乐趣吧。)

我将他拖进卧室,拉过毯子给他盖好,关了灯后下楼。今晚不用再出车了,于是我去了"行动"英国烈酒店。我的鼻子里仍然充斥着阿肖克先生的威士忌酒味。

第二天晚上的情况相同。

第三天晚上他又醉了,但没有睡觉。

"给我开车,"他说,"你想去哪儿就去哪儿。去购物中心,去饭店,随便去哪里。"

我开车带着他,绕着古尔冈区那些灯火辉煌的购物中心和饭店转了一圈又一圈,而他无精打采地坐在汽车后座上。这次总算没有打电话。

当主人的生活一团糟时,仆人的生活也好不到哪里去。我想,也许他现在厌倦德里了。我会回丹巴德吗?我该怎么办?我的胃开始翻腾。我觉得我快要拉肚子了,而且就拉在车里,拉在座位上,拉在变速箱上。

"停车。"他说。

他打开车门,手捂着肚子,身子一弯,吐在了地上。我用手替他擦了擦嘴,扶着他在路旁坐下。一辆辆汽车从我们身旁呼啸而过。我轻轻拍着他的后背。

"您喝得太多了,先生。"

"人为什么要喝酒,巴尔拉姆?"

"我不知道,先生。"

"当然,你们种姓的人不喝酒……我来告诉你吧,巴尔拉姆。人喝酒是因为他们厌倦了生活。我原来以为在今天的世界上种姓和宗教已经不再重要。我父亲说,'不,别和她结婚,她属于另一个……'我……"

阿肖克先生将头转向一侧,我揉着他的后背,以为他还会吐,但他刚才那阵痉挛已经过去了。

"巴尔拉姆,我有时真想知道……真想知道活着的意义是什么。我真的想知道……"

活着的意义是什么?我的心怦怦直跳。你活着的意义在于,如果你死了,还有谁每个月付我三千五百卢比呢?

"您一定得信神,先生。您一定得继续活下去。我奶奶说只要信神,奇迹就会发生。"

"是的,是的,我们一定要相信。"他泣不成声地说。

"从前有一个人突然不再信神,您知道后来发生什么事了吗?"

"什么事?"

"他的水牛当场就死了。"

"我明白了。"他放声大笑起来,"我明白了。"

"真的,先生,这是真的。这个人第二天说,'神啊,真是对不起,我现在相信你。'你猜接下来发生了什么事?"

"他的水牛活过来了?"

"正是!"

他又放声大笑起来。我又给他讲了一个故事,他笑得更厉害了。

有谁见过像我们这样的主仆关系吗?他是那么无助,那么茫然,我的心只好软下来。我曾经恨他把平姬夫人肇事逃逸的事硬安到我的头上,可我对他的怒气在那一晚消失得无影无踪。那是平姬夫人的过错,跟阿肖克先生无关。我完全原谅了他。

我给他讲起了我们村子里的那些至理名言——一半是我记得奶奶曾经说过的,另一半则是我当场编造出来的——他听得直点头。那一幕会使你想起《福者之歌》[1]中的那一段:我们的黑天神——历

---

[1] 《福者之歌》:印度教经典《摩阿婆罗多》的一部分,以对话形式阐明印度教教义。

史上另一个著名的驾车人——停下他正驾驭的战车,就生与死的问题给车上的乘客阐明了深奥的道理。我就像黑天神那样,不停地讲道理,不停地说笑话,甚至还唱了一首歌——全都是为了让阿肖克先生感觉好一点。

他一阵恶心,又吐了起来。我边揉着他的后背边想,娃娃,你是个可怜的大娃娃。

我伸手擦掉他嘴唇上的呕吐物,低声安慰着他。看到他遭受这样的痛苦,我心里真不是滋味,可我也确实说不清我对他的真心关怀与我自己利益之间的界限究竟在哪里。没有一个仆人能说得清自己内心的动机究竟是什么。

我们究竟是表面上关爱我们的主人却在背后痛恨他们,还是在表面痛恨他们却在背后关爱他们?

我们被困在了鸡笼中,而这鸡笼将我们变成了一个个连我们自己都难以理解的谜。

我第二天去了古尔冈的一座路边寺庙,把一个卢比放在庙里供奉的两个神祇的屁股前,祈求神祇让平姬夫人和阿肖克先生重归于好,祈求神祇让他们一起在德里快乐健康、白头偕老。

这样的日子持续了一个星期,然后猫鼬从丹巴德来了,我和阿肖克先生一起去火车站接他。

他一到德里,我的生活就发生了彻底的变化,我和阿肖克先生之间的亲密感立刻荡然无存。

我重新变成了司机,重新变成了窃听者。

"我昨晚和她通了电话,她不回印度了。她父母对她作出这样的决定很高兴,因此这件事只有一个结果。"

"别担心,阿肖克。这没什么。别再给她打电话了。我回丹巴德后就着手处理这件事。要是她吵着向你要钱,你只消稍稍暗示一下肇事逃逸的事，明白了吗？"

"我担心的不是钱，穆克什——"

"我知道，我知道。"

猫鼬将手搁在阿肖克先生的肩膀上——就像基尚曾那么多次将他的手搁在我的肩膀上一样。

我们的车正经过一个贫民区，德里有许多这种临时搭建起来的棚户区，里面住着在某个建筑工地上干活的工人。猫鼬说了句什么，但阿肖克先生没有在听他说话——他的目光正盯着窗外。

我顺着他的目光望去，看到了那些棚子里相互紧挨在一起的贫民区居民的侧影，你可以看出那是一个个家庭——丈夫、妻子和孩子——全都挤在棚子里的火炉旁，头顶上是一盏昏黄的灯。他们是那样亲密无间，亲密得让旁观者受不了。我能够理解阿肖克先生的感受。

他抬起手——我等待着他将手搁在我肩膀上——可他却搂住了猫鼬的肩膀。

"我跟你说实话，我在美国的时候认为家庭是个负担。当你和父亲因为平姬不是印度教徒而阻止我和她结婚时，我对你们大发雷霆，我也不否认这一点。可如果没有家庭，一个男人就一无所有，彻底的一无所有。整整五个晚上，除了眼前这个司机外，我一无所有。我的身边现在终于有个实实在在的人了：是你。"

我和他们一起来到楼上，猫鼬要我给他们做点吃的，于是我便做了豆汤和飞饼，外加一盘秋葵。我伺候他们，然后洗炊具和盘子。

吃饭的时候，猫鼬说："阿肖克，如果你心情不好，怎么不试一试瑜伽和冥想呢？有位瑜伽大师在电视上教瑜伽，相当不错——他每天早晨在节目里都是这样的。"他闭上眼睛，吸一口气，慢慢呼出，嘴里还哼着，"唵……"

我从厨房走了出来，在裤子两侧擦着双手。猫鼬说："等等。"

他咧嘴笑着,从口袋里掏出来一张纸,在我面前晃荡着,像是给我的奖品。

"这是你奶奶给你的信。她叫什么来着?"他开始用他那粗粗的黑手指拆信。

"库苏姆,先生。"

"真是个了不起的女人。"他说,上下摩挲着他的前臂。

我说:"先生,不敢劳您大驾。我识字。"

他把信拆开,大声念了起来。

阿肖克先生开口了,说的是英语,但我猜出了他话里的意思:"难道他没有权利看自己的信吗?"

他哥哥也用英语回答了他。我没有听懂,但我猜他那话的意思是,"他不会介意这种事的,因为他没有隐私的概念。乡下人没有单独房间,所以他们晚上全都睡在一起,做爱也一样。相信我,他不会介意的。"

他转过身,背对着光,开始大声念起来:

> 亲爱的孙子,这封信是请学校里的老师克利须那先生代写的。他还记得你,记得你的绰号是白虎。这里的日子越来越艰难,老天爷一直没有下雨。你能不能为你的家人向你的主人要点钱?记得把钱寄回家来。

猫鼬把信放下。

"这些仆人整天就想着要钱,钱钱钱。他们虽然是你的仆人,却不停地从你身上吸血,不是吗?"

他继续念信。

> 我对你哥哥基尚说:"时候到了。"他很听话——他结婚

了。至于你,我不会命令你。你跟其他孩子不同。你城府太深,像你母亲。你从小就让人琢磨不透,无论是在早晨、傍晚还是晚上,你都会站在那个池塘边,张着嘴巴紧紧盯着黑堡。所以我不会命令你结婚,但我会用婚后生活的乐趣来打动你。结婚对我们大家都有好处。村里每次有人结婚,老天爷就会多下一点雨。水牛会长得更壮实,产下更多的牛奶。大家都知道这一点。我们都为你能在城里生活而感到骄傲,可你不能再老想着你一个人。你也得想想我们。你一定得来看看我们,尝尝我做的咖喱鸡。爱你的奶奶,库苏姆。

猫鼬正准备把信给我,但阿肖克先生从他手里把信拿了过去,又看了一遍。

"这些乡下人有时候挺会表达自己的,也非常感人。"他说着把信扔到桌上,让我去拿。

第二天早晨,我开车送猫鼬去火车站,又给他买了他最喜欢吃的烤饼。我把烤饼里夹着的土豆取出来,扔到铁轨上,然后再递给他。接着,我下车在站台上等待着。他坐在座位上,狼吞虎咽地吃着烤饼;火车下面的铁轨上,一只老鼠在啃着扔掉的土豆。

我开车回到公寓大楼,然后坐电梯到了十三楼。房门开着。

"先生!"我一看到他在客厅里干什么就喊了起来,"先生,您这是疯了!"

他把双脚浸泡在一只塑料桶中,正自己给自己做着按摩。

"您应该告诉我,我会替您按摩的!"我边说边要伸手去摸他的脚。

他尖叫起来:"不要!"

我说:"要,先生,您一定要——如果我让您亲自动手的话,那就是我没有把您伺候好!"我强行把手伸进桶里的脏水中,开始按摩他的脚。

"不!"

阿肖克先生猛地踢了一下塑料桶,里面的水洒了一地。

"你们这些人究竟会愚蠢到什么份上?"他指着大门,"滚出去!每天给我五分钟属于我自己的时间,你能做到吗?"

那天傍晚,我又得开车送他去购物中心。他下车后我就待在车里,没有和其他司机搅和在一起。

即使是在天黑后,古尔冈的建筑工地上仍然热火朝天——高塔上投下炫目的灯光,坑中扬起一团团尘土,脚手架正拔地而起,那些在睡梦中被叫醒的人和驮畜睡眼惺忪却无法入睡,只能不停地来回搬着混凝土碎块和砖头。

工地上有一个男人正牵着一头驴,驴身上系着鲜红的鞍具,一边挂着一个金属槽,里面装满了混凝土碎石。这头驴的身后还有两头颜色相同的小驴,背上同样挂着两个金属槽,里面同样装满了碎石。两头小驴前进的速度稍慢,领头的驴子常常停下来回头望着它们,让人觉得它是小驴的母亲。

我立刻明白自己为什么心烦意乱了。

我不想听库苏姆对我发号施令。她是在讹我。我知道她为什么要让猫鼬将那封信带给我。如果我拒绝她的要求,她就会告发我——告诉阿肖克先生我没有给家里寄钱。

阁下,我已经很久没有让我那鸟嘴痛快过了,聚集在我心中的压力越来越大。那姑娘的年龄一定很小——十七岁或者十八岁——您知道那种年龄的姑娘尝起来是什么滋味,像西瓜。只要将你那鸟嘴插进一个处女的体内,身心方面的任何疾病都会不治而愈。人人都知道这一点。当然,库苏姆还可以狠狠地敲诈一笔,向那姑娘家索要一笔嫁妆——24K 的黄金,从银行里取出来的那些崭新的票子。

我至少也可以给自己留下一点。所有这些都在诱惑我去结婚。

可是在另一方面。

您瞧，我现在就像那头驴。一旦我有了孩子，我只能教它们变成像我一样的驴子，为有钱人搬运碎石。

我将手放到方向盘上，手指死死地握着方向盘。

尽管阿肖克先生没有叫我，可我一看到他的脚就立刻冲过去要给他按摩！为什么我觉得我必须走近那双脚，必须触摸那双脚，必须按摩那双脚，必须让那双脚感到舒服——为什么？因为当仆人的欲望在我身上根深蒂固，它们像钉子一样一根根地钉进了我的头颅，像污水和有毒的工业废水被注入恒河一样注入了我的血液里。

我的眼前浮现出了一只苍白僵硬的脚从火里伸出来的那一幕。

"不。"我说。

我抬起双脚，在座位上盘腿摆出莲花坐姿，一遍遍地念着"唵"。我不知道我那天在汽车里像佛陀一样闭上眼睛盘腿坐了多久，但咯咯咯的笑声和指甲刮划玻璃的响声把我拉回到了现实中。我睁开眼睛，看到其他司机全都围在了我的周围，其中一人正用指甲刮划窗户玻璃。有人看到我锁好汽车后，待在车里盘腿打坐。他们全都目瞪口呆地望着我，仿佛我是动物园里的什么动物。

我慌忙结束盘腿而坐的姿势，脸上堆起灿烂的笑容。我下了车，迎接我的是亲昵的捶打和刺耳的哄笑，我温顺地接受了这一切，同时低声说道："我只是想试一试瑜伽。电视上不是整天都在播吗？"

这就是鸡笼的能耐。仆人们必须阻止其他仆人变成发明家、实验家或企业家。

是的，这就是可悲的真相，总理先生。

关在鸡笼里面的人也在千方百计地维持着鸡笼的存在。

总理先生，请原谅。电话响了，我马上就回来。

唉,我得暂时中断这个故事了。虽然现在只是凌晨一点三十二分,可我们今天只能说到这里。有意外发生了,先生——而且是紧急情况。我会回来的,相信我。

第六日早晨

　　总理阁下，请原谅我中断了这么久。现在是早晨六点二十分，我这一去就是五个小时。不幸的是，刚才发生了一个意外事故，威胁到了我所在的这家外包公司的声誉。

　　事故相当严重，先生。有名男子在这场事故中丧生。（不，请别误解。他的死与我毫无关系！我以后再向您解释。）

　　请稍等一下，让我把电扇打开——我还在浑身冒汗，先生——让我坐在地上，望着电扇将枝形吊灯的光线切碎。

　　我今天主要讲一讲我令人伤心的堕落过程，讲一讲我是如何从一个可爱、天真的乡下傻瓜蜕变成一个放荡、腐化、邪恶的城市家伙的。

　　我身上之所以会发生这些变化，是因为阿肖克先生的身上首先发生了这些变化。他从美国回来时天真无邪，但是德里的生活使他堕落了——而一旦本田思迪的主人堕落了，它的司机怎么还能保持天真无邪呢？

　　我以为自己很了解阿肖克先生，但那只是任何一个仆人对主人的假想。

　　他哥哥刚走，他就变了。他开始穿上一件黑衬衣，领口的扣子不扣，而且还换了香水。

　　"去购物中心吗，先生？"

　　"是的。"

　　"哪一家购物中心？是夫人常去的那一家吗？"

　　但是阿肖克先生不上钩。他只是按着手机按键，咕哝了一句："去撒哈拉购物中心，巴尔拉姆。"

"那就是夫人喜欢去的购物中心,先生。"

"别老是把夫人挂在嘴边上。"

我坐在购物中心外面,想知道他在里面干什么。购物中心的顶层有红色灯光在闪烁,我猜那是间舞厅。购物中心的外面站着一排排姑娘和小伙子,等待着上楼去那红灯闪烁的地方。一看到这些城市姑娘的衣着,我就害怕得浑身发抖。

阿肖克先生在里面没有待多久,就独自出来了。我松了口气。

"回白金汉公寓吗,先生?"

"不着急。送我去喜来登饭店。"

我驾车向市中心驶去。我注意到德里那天晚上与往日不一样。

难道我以前从来没有见过有那么多浓妆艳抹的女人站在路旁吗?难道我以前从来没有见过有那么多男人在马路中间停下来,与那些女人讨价还价吗?

我闭上眼睛,摇摇头。你今晚这是怎么啦?

就在这时,突然发生的一件事打消了我的疑惑,但也让我和阿肖克先生感到非常尴尬。我在红灯前停了车,一个姑娘开始横穿马路。她穿了一件紧身T恤衫,胸脯一上一下地抖动着,就像一只装了三公斤茄子的袋子。我瞥了一眼后视镜,看到阿肖克先生的目光也在一上一下地游动着。

我暗想,啊哈!终于逮住你了,你这混蛋!

他眼睛一亮,因为他也看到了我的眼神,所以他的脑子里也有同样的想法:啊哈!终于逮住你了,你这混蛋!

我们彼此逮个正着。

(家宝先生,汽车里面的这个长方形小镜子——有没有人注意到它是多么令人尴尬?时不时地,当主人和司机在后视镜里四目相遇时,那就像更衣间的门突然被打开,主仆二人彼此发现对方一丝不挂。)

我脸一红。幸运的是，绿灯亮了，我赶紧向前开车。

我发誓当天晚上不再朝后视镜看一眼。我现在明白为什么德里城与往日不同了——也明白了为什么继续向前开车时我的鸟嘴会变得越来越硬。

因为他欲火中烧，而在这密封的车里，主人和司机那天晚上在身体上已经合二为一。

我把车终于开进了莫林雅喜来登饭店的大门，也终于结束了这段令人痛苦的旅程。此时，我如释重负。

德里现在到处都是豪华饭店。虽然北京在环线和下水管道方面胜我们一筹，但要说富丽堂皇，德里绝对是世界第一。这里有喜来登饭店、帝国饭店、泰姬皇宫、泰姬宫、奥勃罗伊饭店、洲际酒店，等等。我现在对班加罗尔的五星级饭店了如指掌，曾经花费过几千卢比在里面的餐厅享用烤鸡肉串、羊肉串和牛肉串，而且在这些饭店的酒吧里勾引过来自各个国家的妓女，可德里的五星级饭店在我的眼里始终是个谜。这些饭店我都进去过，但没有一次是从正门进去的。那里不允许我这样的人进去，玻璃正门旁总会有一个胖胖的门卫，胡须上打过蜡，头上围着马戏团里见到的那种滑稽可笑的红色包头布，自以为是地认为美国游客个个都想和他一起拍照因此他也成了一个重要人物。他只要看到有司机靠近饭店，就会瞪起双眼，像小学老师那样摇晃一根手指。

这就是司机的命运。其他仆人个个都认为自己有权对我们发号施令。

至于主人们进去后他们的汽车应该停在什么地方，五星级饭店都有严格的规定。他们有时让你把车停在地下停车场，有时让你停在饭店后面，有时又让你停在饭店前面的大树旁。然后你就坐在那里等着，等上一个小时、两个小时、三个小时、四个小时。你无所事事，不停地打着呵欠，直到门口头上缠着包头布的那个门卫冲着麦克风含糊不清地说:"某某司机,你可以把车开到玻璃大门口来了。你的主人正在等你。"

司机们会在饭店的停车场附近等待,像往常一样转动钥匙圈,嚼槟榔,散布流言蜚语,释放阿摩尼亚,或者像一群猴子那样蹲在那里闲聊。

白癜风嘴唇独自坐在一旁,正全神贯注地看着手中的杂志。本期的封面为一张照片,一个女人躺在床上,衣服凌乱,她的恋人站在她身旁,手中的刀子高举在她的头上。

《谋杀周刊》
定价 4.5 卢比
独家奉献真人真事:
"他对主人的妻子心怀不轨"
爱情——强暴——复仇

"乡下老鼠,有没有考虑过我对你说的话?"他问我,一边继续翻阅着杂志。

"就是帮你主人买一些他喜欢的东西。大麻、女人或者高尔夫球?来自美国领事馆的原装高尔夫球?"

"他不是那种人。"

他那粉红色的嘴唇一歪,变成了微笑。"想知道一个秘密吗?我主人喜欢电影明星。他把她们带到将普拉区的一家饭店,就是上面有个闪亮的 T 字大招牌的那家饭店,然后在那里操她们。"

他列举了他主人"操"过的三位孟买著名女演员的名字。

"而他怎么看都像个正人君子。只有我知道——你听我说,所有主人都一个德行。你总有一天会相信我的话。现在和我一起来看这篇故事吧。"

我们默默地看着杂志上的故事。我看完第三篇谋杀故事后,去旁边的树丛撒尿。他跟我一起走了过去。

我们冲着同一棵树的树干撒尿,尿液相距只有十公分。

"我要问你一个问题。"

"又是关于城里姑娘的?"

"不是。司机老了之后怎么办?"

"什么?"

"我是说几年后我会怎么样?我能赚到足够的钱去买一座房子,然后自己做点生意吗?"

"嗯,"他说,"司机最多只能干到五十或者五十五岁,然后他的视力下降,被主人赶出来,明白了吗?你大概还能再干三十年,乡下老鼠。如果你从今天就开始攒钱,到时候你大概能在某个贫民区买座小房子。如果你比较聪明,能赚点外快,那么你有钱送儿子去一个好学校念书。他可以学英语,可以上大学。这是最理想的情况。在贫民区有座房子,有孩子念大学。"

"最理想的情况?"

"反过来说,你也可能因为喝了不洁的水而得了伤寒,或者老板无缘无故地将你开除,或者你遭遇车祸——糟糕的情况多得是。"

我还没有尿完,可他已经将一只手搁在了我身上。"有件事我非得问问你,乡下老鼠。你没有生病吧?"

我侧过头去望着他。"我好好的。你怎么问这种问题?"

"我很抱歉,但我不得不告诉你,有几个司机在公开议论这件事。你总是独自坐在主人的车里,一个人自言自语……你知道你需要什么吗?你需要一个女人。你有没有去过购物中心后面的贫民区?那里的女人长相也不坏,待人热情,身体丰满。我们有些人每周去那里一次。你也可以跟我们一起去。"

"巴尔拉姆司机,你在哪里?"

喊叫声是从饭店大门处的麦克风传出的。那个缠着包头布的家伙正冲着麦克风呼喊，而且用的是那种最自命不凡、最严厉的口气："巴尔拉姆司机立刻到大门口报到，不得延误。你主人在等你。"

我拉上裤子拉链就跑，顺手将湿漉漉的手指在裤子背后擦了擦。

我把车开到大门口时，阿肖克先生刚好从饭店里走出来，双手扶着一位姑娘。

这是一个眼角上翘的黄皮肤姑娘。是个外国人。是个尼泊尔人。与他的种姓和家庭背景根本不相配。她闻了闻我刚刚擦过的座位，然后就一屁股坐了上去。

阿肖克先生将手搁在姑娘袒露的肩膀上。我将眼睛从后视镜移向了别处。

家宝先生，我从来不赞成在汽车里胡作非为。

可是我能够闻到他们的香水混合在一起的气味——我很清楚我身后正在发生着什么。

我以为他会叫我送他回去，可是不——这场狂欢还远远没有结束。他要我去萨基特影城。

萨基特影城其实是座巨大的电影院，里面同时放映十到十二部电影，每部电影的票价超过一百五十卢比——没错，是一百五十卢比！实际开销还远不止这些：里面还有许多地方可以喝啤酒，可以跳舞，可以勾引姑娘。这地方算是印度的小美国。

最后一家灯火辉煌的商店再过去便是第二座影城。德里的每一家超市其实都由两个市场构成，除了真正的市场外，它还有一个小一点、脏一点的市场，隐藏在某条小巷里。

这就是仆人们去的市场。我穿过马路，来到了仆人们去的这第二家影城——这里有一排散发着臭味的餐馆、茶摊以及一个个油煎面包的大油锅。那些在电影院上班的人以及那些打扫电影院的人来这里吃东西。这里也是乞丐们的栖身之地。

我买了一杯茶和一份炸土豆泥丸,坐到一棵榕树下,吃了起来。

"兄弟,给我三个卢比吧。"一个看似骨瘦如柴、万分凄惨的老太太将手伸到了我的面前。

"我不是有钱人,大妈,去对面向那些人要吧。"

"兄弟——"

"让我吃点东西好不好?别来烦我!"

她走了。一个磨刀匠走了过来,就在这棵树旁支起了他的摊子。他一手拿着两把刀,坐到了机器前——是那种用脚踩动的磨刀石——用脚踩了起来。火星开始呼呼地飞溅,离我只有十多公分远。

"老兄,你非得在这里干活吗?难道你没有看见有人正在吃东西吗?"

他停下脚,眨了眨眼,重新将刀刃贴在呼呼作响的磨刀石上,仿佛根本没有听到我对他说的话。

我将油炸土豆泥丸扔到他的脚跟前:

"你们这些人怎么这么蠢?"

向人讨钱的老太太跟着我穿过大街,来到了对面的影城。她撩起纱丽,深吸一口气,开始她那老一套把戏:"大姐,给我三卢比吧,我一天没吃东西了……"

市场中央摆了一大堆旧书,码放成一个巨大的正方形,很像婚礼上用来放圣火的曼荼罗[1]。这个用书籍铺成的小广场中央有一堆杂志,一个身材矮小的男人盘腿坐在上面,仿佛他是负责这个用书籍构成的曼荼罗的祭司。那些书像一块巨大的磁铁,吸引我向那里走去,可坐在杂志上的那个人一看到我就喊道:"这些都是英文书。"

"那又怎么样?"

"你看得懂英文吗?"他冲我吼道。

---

[1] 曼荼罗,意为坛场,佛教徒在诵经或修法时安置佛、菩萨像的地方。

"你看得懂吗？"我也不甘示弱。

瞧，这句话正中要害。在这之前，他一直用仆人对仆人的口气和我说话，现在改成了人对人的说话口气。他不再吭声，而是从头到脚打量着我。

"我也看不懂。"他笑了起来，仿佛在赞许我的勇气。

"那你不懂英文还怎么卖这些书啊？"

"我看封面就知道那是什么书。"他说，"我知道这本是《哈利·波特》。"他边说边指给我看，"我知道这本是詹姆士·哈德利·蔡斯[1]的书。这本是卡里尔·纪伯伦，这本是阿道尔夫·希特勒，这本是德斯蒙德·巴格里[2]，还有《性爱的欢乐》。出版社有一次改了希特勒的封面，看上去很像《哈利·波特》，害得我整整一星期生意糟糕透了。"

"我只是想在书籍旁边站一会儿。我也有过一本书，在我小时候。"

"你请便吧。"

于是，我就站在了摆成正方形的那堆书旁。只要站在书旁，哪怕是外文书，你都能感到一股电流在呼呼地向你迎面扑来，总理阁下。这种事自然发生，就像你在身穿紧身牛仔裤的姑娘身旁时会勃起一样。

只是在这里勃起的是你的脑子。

四千七百卢比，就装在我床下面的那个棕色信封里。

数目很古怪，是不是？这个谜一直没有解开。我来想想看。也许她最初是想给我五千，可她像每个有钱人那样小气——还记得猫鼬让我跪下去找那一卢比硬币的事吗？——后来又扣掉了三百。

你这傻瓜，有钱人才不会这么想呢。难道你还没有学会？

---

[1] 蔡斯（1906—1985），英国侦探小说家，原名雷内·雷蒙德，代表作有小说《神秘的女友》等。
[2] 巴格里（1923—1983），英国侦探小说家，作品有《自由陷阱》等。

她最初一定是取了一万卢比,然后将它分成两半,一半留给她自己。她后来从给我的钱中取出了一百卢比,又取出了一百卢比,再取出一百卢比。他们这些人就是这样小气。

因此,这表明他们真的欠你一万卢比。可如果她觉得她欠你一万卢比,那么她真正欠你的应该是多少——十倍?

"不,是一百倍。"

小个子男人放下手中的报纸,从书籍围成的曼荼罗中转过身来望着我,大声问道:"你说什么?"

"没什么。"

他又大声问道:"嗨,你是干哪一行的?"

我做了一个紧握方向盘的手势,然后将这想象中的方向盘转了一百八十度。

"啊,我早该想到了。司机一个个都很聪明,他们听到过许多有趣的事。是不是?"

"别的司机或许听到过,我只要一上车就会对一切充耳不闻。"

"是啊,是啊。告诉我,你肯定懂英文,肯定还记得他们说过的一些话。"

"我说过,我在车里充耳不闻,怎么还会记得他们说过的话呢?"

"报纸上这个词是什么意思?阴—私?"

我告诉了他,他感激地冲我笑了笑。"我们刚开始学英语字母,我们家就让我辍学了。"

这么说,他也是一个半吊子,和我属于同一个种姓。

"嗨,"他又大声喊叫道,"想看看这个吗?"他举起一本杂志,封面有个美国女郎——是那种有钱人家的男孩喜欢买的杂志,"这可是好东西。"

我翻了翻那本杂志。他没有说错,的确是好东西。

"这本杂志卖多少钱?"

"六十卢比。你敢相信吗?一本旧杂志要六十卢比。大汗市场有个家伙在卖英国杂志,每一本要价五百八十卢比。你敢相信吗?"

我抬头望天,吹了声口哨。"真是惊人,他们居然那么有钱。"我大声说,却又像是在说给自己听,"而他们居然不把我们当人对待。"

好像我的话让他感到很不安,因为他不停地放下又举起手中的报纸。然后,他来到曼荼罗的边上,用报纸遮住半个脸,低声说了句什么。

我将手窝在耳朵后,想听得更清楚一点。"你再说一遍。"

他看了看四周,然后略微提高了一点说话的声音。"目前这种情况,不会永远持续下去的。"

"为什么不会?"我向曼荼罗走过去。

"你有没有听说过纳萨尔派反政府武装?"他低声问道,"他们有枪,有军队,正日益壮大。"

"真的吗?"

"你只要看报纸就知道了。"

他摊开手掌。

我们就这样聊了一会儿——但我们的友谊像所有仆人间的友谊一样只能无奈地结束了,因为我们的主人在咆哮着呼唤我们。一帮有钱人家的孩子想看一本美国黄色杂志。阿肖克先生摇摇晃晃地走出了一家酒吧,浑身散发着酒味,那个尼泊尔姑娘跟在他身旁。

他们两在回家的路上都扯足了嗓子说话,然后便是抚摸调情、亲吻。我的天哪,他现在还是另一个女人的合法丈夫呢!我怒不可遏,连闯了四个红灯,差一点撞上一辆装满了煤油罐的牛车,不过他们根本没有注意到。

"晚安,巴尔拉姆。"阿肖克先生下车时喊了一声。他与那姑娘手牵着手。

"晚安,巴尔拉姆!"她也喊了一声。

他们跑进公寓,轮流按着电梯按钮。

我回到自己的房间后,赶紧在床底下摸了摸。他给我的印度王公装束还在那里,连包头布和墨镜也在。

我换上印度王公的行头,戴上墨镜,把车开出了公寓大楼。我也不知道自己要去哪儿——只是绕着购物中心转圈。我只要一看到漂亮姑娘,就对她和她朋友按喇叭。

我播放他的音乐,我把他的空调开到最大。

我回到大楼,把车开进地下车库,折起墨镜放进口袋,然后脱去身上的行头。

我冲着本田思迪的后座吐痰,然后再擦干净。

第二天早晨,他既没有下楼也没有传唤我去他房间。我坐电梯上了楼,站在门旁,我昨晚的所作所为让我心中多少有点负疚感。我不知道自己是否应该向他坦白。我几次伸手想按门铃,但最后还是叹了口气,放弃了。

过了一会儿,屋里传出了隐隐约约的声响。我将耳朵贴到门上,仔细听着。

"可是我已经变了。"

"不要老是没完没了地道歉。"

"我结婚四年加在一起也没有昨天晚上开心。"

"你去纽约的时候,我以为再也见不到你了。可我现在见到你了,我已经很满足了。"

我转身离开了屋门,拍了一下自己的额头。我的负疚感越来越沉重。她是他的旧情人,你这笨蛋——不是随便勾引来的!

这就对了——他绝对不会去找妓女。我早就知道他是个好人,比我高出一等。

我揪了一下左手掌，算是对自己的惩罚。

然后，我重新将耳朵贴到门上。

里面的电话响了。起先没有任何动静，然后他说道："这是爆豆，这是嘎豆。你还记得它们，是不是？它们老是叫给我听。给，你拿着电话，你听……"

"是坏消息吗？"几分钟后，里面又传出了她的声音，"你好像不高兴。"

"我得去见一位内阁部长。我真不愿意干这种事。那些人个个都不是好东西。我从事的行业……很不好。我真希望自己是在干别的行业，某个干净一点的行业，比方说外包。我每天都这样想。"

"那你干吗不做点别的事呢？这就像当初他们说你不能娶我一样，你当时也没敢对他们说一个不字。"

"事情没那么简单，乌玛。他们毕竟是我父亲和我哥哥。"

"我不知道你是否真的变了，阿肖克。刚接到丹巴德来的一个电话，你立刻就变成了原来的你。"

"听我说，我们别再吵了。我现在就叫司机开车送你回去。"

"哦，不。我可不要你的司机开车送我回去。我知道他那种人，那种乡巴佬。他们只要一看到没有结婚的女人就认定她是妓女。他大概以为我是尼泊尔人，因为我眼睛的长相。你知道他心里会怎么想。我还是自己回去吧。"

"这个家伙没问题。他算是我们家里人。"

"阿肖克，你不应该这样随便相信人。德里的司机个个都很烂。他们卖毒品，拉皮条，天知道他们还干什么。"

"我这个司机从来不干这种事。他虽然笨得要命，却很诚实。让他开车送你回去吧。"

"不，阿肖克。我坐出租车回去，晚上再给你打电话，好吗？"

我意识到她正向门口走来,我赶紧转身,蹑手蹑脚地走了。

他一整天都没有叫我,傍晚时分他直接下楼来叫我开车。他让我把车开到一家又一家银行前。我坐在驾驶座上,用眼角的余光望着他。他从自动取款机上取钱——前后去了四家银行的自动取款机。然后他说:"巴尔拉姆,我们去城里。你还记得阿肖卡路上那座大房子吗?我们和穆克什一起去过。"

"我记得,先生。他们有两条德国大狼犬,先生。"

"正是。你的记忆力很好,巴尔拉姆。"

我从后视镜中看到,阿肖克先生在我开车的时候不停地按着手机上的按键,大概是在告诉部长家的仆人他带着钱过来了。我现在终于明白了我主人的工作性质,明白了他让我载着他在德里东奔西跑的原委。

"巴尔拉姆,我二十分钟后就回来。"我们抵达部长家时,阿肖克先生对我说。他提着那个红色袋子下了车,砰的一声关上了车门。

部长家的红色围墙旁有个金属亭子,里面坐着一个荷枪实弹的警卫,正警惕地注视着我。那两条德国狼犬在院子里不停地转悠,时不时地吠叫一声。

正是日落时分。城市里的鸟儿开始排成一行,返回鸟巢。总理先生,如今的德里已经成了一座大城市,但城里仍然有许多绿地——大公园、森林保护区、大片荒地——时常会有一些东西突然从这些绿地中跑出来。就在我望着部长家的红色围墙时,一只孔雀飞到了警卫的岗亭上,停留在了那里。有那么一刻,孔雀的深蓝色颈项和它的长尾巴在落日的余晖中变成了金黄色。但转眼之间,那只孔雀便飞得无影无踪。

不一会儿,天全黑了。

狼犬开始吠叫。大门开了,阿肖克先生和一个胖子从部长家走了出来,还是那天从总统府出来的同一个胖子。我猜测他一定是部长的助理。他们站在汽车前继续聊着。

胖子在与阿肖克先生握手,而阿肖克先生显然急着想离开,可是天哪,政治家可不是那么容易被打发掉的,就连政治家的手下也一样。我下了车,假装检查轮胎,慢慢移到了可以偷听他们谈话的范围内。

"别担心,阿肖克。我一定会让部长明天给你父亲打电话的。"

"谢谢您。我们全家人对您的帮助感激不尽。"

"你现在要干什么去?"

"不干什么,去古尔冈,回家。"

"像你这样的年轻人这么早就回家去?我们去玩玩吧。"

"您不是还要忙选举的事吗?"

"选举?全都安排好了,一定会大获全胜。部长今天上午说的。我的朋友,印度的选举完全可以操控。这不像美国。"

胖子不顾阿肖克先生的反对,强行上了车。我们刚驶到马路上,胖子就说道:"阿肖克,给我一杯威士忌。"

"在车上喝?可我车上没有酒。"

胖子感到很意外。"阿肖克,德里每个人都在车内备有威士忌,难道你不知道吗?"

他让我把车开回部长家,然后他进屋,出来时手里拿了一个酒瓶和两只酒杯。他用力关上车门,吐了口气,说:"这辆车现在算是装备齐全了。"

阿肖克先生拿起瓶子,准备给胖子倒一杯,但胖子恼怒地咂了咂嘴。"不是你,你这傻瓜,是司机。应该由他来倒酒。"

我立刻转过身来,摇身变成酒保。

"你这司机很有才,"胖子说,"有些司机把酒倒得到处都是。"

"你永远想不到他属于完全禁酒的种姓。"

我塞紧瓶塞,将酒瓶放在变速箱旁。我听到身后传来了玻璃杯相碰的叮当声,以及两个声音在说:"干杯!"

"开车吧,司机。"部长手下说,"送我们去喜来登饭店。阿肖克,那里的地下层有家相当不错的餐馆,非常安静。我们可以在那里好好玩玩。"

我发动引擎,将本田思迪这颗黑蛋驶到了新德里的大街上。

"男人的车就是男人的宫殿。我真不敢相信你居然从未做过这种事。"

"呃,你在美国肯定不会这样吧?"

"这就是待在德里的好处,我亲爱的孩子!"胖子拍了拍阿肖克先生的大腿。

他喝了一口酒,说:"阿肖克,你的状况如何?"

"我目前算是做煤炭贸易吧。大家都以为只有科技业在蓬勃发展,可是煤炭——媒体根本不关心煤炭业,是不是?中国人的用煤量很吓人,到处煤炭都在涨价,哪里都会冒出个百万富翁来。"

"那是的,那是的,"胖子说,他闻了闻杯子,"可我们德里人说'状况'时,并不是指这个,亲爱的孩子!"

部长的助理笑了。"我是在问谁伺候你——的下面?"他指了指阿肖克先生身体的某个部位,一个他根本无权指的地方。

"我分居了,正在办离婚手续。"

"我很抱歉听你这么说。"胖子说,"婚姻是个好体系。这个国家的一切都在破裂,家庭、婚姻———切的一切。"

他喝了点酒,接着说道:"告诉我,阿肖克,你认为这个国家会爆发内战吗?"

"你怎么会问这个问题?"

"我四天前去了加济阿巴德的一个法庭。那里的律师们对法官的一个判决不满意,拒绝接受法官的判决。那些律师疯了,竟然把法官拖下来就打,而且就在他的法庭上。媒体没有报道这起事件,但这是我亲眼所见。如果人们开始殴打法官，而且是在这些法官审理案子的法庭上，那我们国家的未来会是什么样？"

有什么冰凉的东西碰到了我的脖子上。胖子正用手中的酒杯摩擦我。

"再给我倒杯酒，司机。"

"好的，先生。"

总理阁下，您有没有见过这种绝活？一个人用一只手控制方向盘，用另一只手拿起威士忌酒瓶，伸到身后，把酒倒进酒杯，即使是在汽车行进过程中也没有洒出一滴酒来！这就是一个印度司机必须掌握的技术。除了必须具备出众的反应力、夜视能力和极度的耐心外，他还必须是超一流的酒保！

"您还要一点吗，先生？"

我瞥了一眼部长的手下，望着他下巴下那层层叠加的、透着腐败的肥肉——然后飞快地看了一眼前面的道路，免得撞上什么东西。

"现在给你主人倒一杯。"

"不，我的酒量有限，真的。这就够了。"

"别说傻话，阿肖克。你一定得喝。伙计，给你主人倒一杯。"

于是我只好转过身，再一次表演一手控制方向盘、一手拿着威士忌酒瓶倒酒的绝活。

胖子喝完第二杯酒后沉默了片刻，用手抹了抹嘴唇。

"你在美国的时候，肯定有过许多女人吧？我是说——美国当地的女人。"

"没有。"

"没有？你这是什么意思？"

"我对我妻子平姬一直很忠诚。"

"天哪。你居然那么忠诚。亏你想得出来。循规蹈矩地结婚。难怪你的婚姻会以离婚结束呢。你从来没有和白种女人好过吗？"

"我已经告诉你了。"

"天哪。为什么该出国的印度人不出国,而不该出国的人偏偏总是能出国?我说,你现在想要一个吗?一个欧洲姑娘?"

"现在?"

"就是现在。"他说,"一个俄罗斯姑娘,长得很像那个美国女演员。"他说了一个明星的名字,"想试试吗?"

"是个妓女?"

那胖子笑了。"是个朋友,一个奇妙的朋友。想试试吗?"

"不,多谢了。我已经有朋友了。我刚刚遇到我多年前的一个——"

胖子掏出手机,按了几个按键,手机发出的亮光在他脸上投下了一道蓝色光环。

"她这会儿正在家。我们过去看看她吧。我向你保证,她可是个绝代佳人,很像那位美国女演员。你身上有没有三万卢比?"

"没有。听我说,我真的已经有朋友了。我不——"

"没问题。我先替你付钱,你以后再把钱还给我,就放在你下次送给部长的信封里。"他把手放在阿肖克先生的手上,向他使了个眼色,然后探过身来告诉我往哪儿开。我死死盯着后视镜里的阿肖克先生。

妓女?只有我这种人才会要妓女,先生。你真的想要吗?

我真希望我能大声告诉他这一点——可我算得了什么呢?我只是个开车的。

我按那胖子的吩咐向前开车。阿肖克先生一声不吭,只是坐在那里喝着威士忌,就像小孩在喝汽水一样。也许他以为这只是个玩笑,也许他非常怕这胖子,根本不敢说个"不"字。

但是我至死都要维护他的名誉。是他们让他堕落的。

胖子让我把车开到大凯什拉的一个地方——这里又是德里上等

人的一个居住区。每次需要拐弯时,胖子就会用冰凉的酒杯碰一下我的脖子。他就这样一路把我带到了那地方。那地方大得像座小宫殿,门前有一根根白色大理石柱。不过,扔在墙外的那些垃圾告诉我,里面住着有钱人。

胖子开始打电话,而且在打电话的时候一直让车门开着。五分钟后,他用力关上车门。我开始打喷嚏,因为汽车后座上弥漫着一种怪异的香水味。

"小子,别打喷嚏了,赶紧开车送我们去将普拉区。"

"对不起,先生。"

胖子笑了笑,转身对刚刚上车的姑娘说:"请用印地语和我朋友阿肖克打个招呼。"

我朝后视镜瞥了一眼,第一次看到那姑娘。

不错,她的确很像我在什么地方见过的某位女演员,只是我不知道那女演员叫什么。我后来到了班加罗尔,学会了使用互联网之后——我告诉您,我只学了两次就学会了!——我才在谷歌上查到她的照片和名字。

金·贝辛格[1]。

胖子提到的就是这个名字,而且千真万确——和胖子一起上车的那个姑娘与金·贝辛格长得一模一样!她又高又漂亮,而她身上最引人注目的就是她那一头秀发——金色的头发光滑明亮,就像洗发水广告中所看到的那样!

"你好吗,阿肖克?"她的印地语非常标准。她伸手握住了阿肖克先生的手。

部长助理笑了起来。"瞧,印度已经进步了,不是吗?连她都会说印地语了。"

---

[1] 金·贝辛格(1953—),美国女演员,一九九八年因出演《洛城机密》荣获奥斯卡最佳女配角奖。

他拍了一下她的大腿。"亲爱的,你的印地语大有长进。"

阿肖克先生身子往后一仰,隔着姑娘问那胖子:"她是俄罗斯人吗?"

"阿肖克,你别问我,你问她呀。别害羞。她是朋友。"

"乌克兰,"她的印地语这次带了口音,"我是来印度留学的乌克兰学生。"

我想:我一定得记住这个地方——乌克兰。将来我一定要去那里!

"阿肖克,"胖子说,"别傻坐着,摸摸她的头发,这可是货真价实的。别害怕,她是朋友。"他又微微笑了笑,"你瞧,不会伤你吧,阿肖克?亲爱的,用印地语对阿肖克先生说点什么。他还是有一点怕你。"

"你长得很帅,"她说,"不要怕我。"

"司机,"胖子探过身,又用他那冰凉的酒杯碰了我一下,"我们快到将普拉区了吧?"

"是的,先生。"

"清真寺路上有一家饭店,顶上有一个巨大的T字霓虹灯招牌。把我们送到那里去。"

不到十分钟,我就把他们送到了那里。你肯定不会错过那家饭店,因为它顶上的T字大招牌像黑暗中的明灯一样在闪烁。

胖子挽着金发女人走到饭店接待处,经理立刻热情地和他打招呼。阿肖克先生走在他们身后,不停地左顾右盼,就像一个知道自己不该干坏事却仍然准备干坏事的小孩一样。

半个小时过去了。我在饭店外,双手始终没有离开方向盘。我揍了那小食人怪玩具一拳,然后开始啃咬方向盘。

我不停地希望他会跑出来,挥舞着手臂高喊,巴尔拉姆,我差一点就犯了错误!快救救我——我们立刻开车离开这里。

一小时后，阿肖克先生从饭店里走了出来，独自一人，好像生了病一样。

"巴尔拉姆，会议结束了，"他坐进车里后将头往后一仰，"我们回家。"

我没有立刻发动汽车，我的手指仍然放在点火开关钥匙上。

"巴尔拉姆，我已经说了，我们回家！"

"是，先生。"

我们回到古尔冈后，他摇摇晃晃地向电梯走去。我没有下车，而是等了五分钟后把车重新开回到将普拉区，直接驶到顶上有T字招牌的饭店旁。

我将车停在一个角落里，眼睛紧紧盯着饭店大门。我希望她出来。

一个人力车夫踩着他的车来到了我的车旁。他个子不高，骨瘦如柴，胡子拉碴，一副疲惫不堪的样子。他用一块破布擦了擦脸和大腿，然后就躺在地上呼呼大睡起来。他的人力车座位上贴着一张白色的不干胶广告：

您是否遇到了东西太重的问题？
请电话联系都市健身馆的杰米·辛格：
9811799289

健身馆的吉祥物——一位肌肉异常发达的美国白人——正在广告语的上方冲着我微笑。人力车夫的鼾声在四周回荡着。

饭店里肯定有人看到了我。不一会儿，大门开了，一个警察走了出来，朝我这边看了看，然后下台阶朝我走来。

我发动汽车，把车开回了古尔冈。

我天黑后也在班加罗尔开过车，但我从来没有在那里体验过我在德里的那种感觉——如果我开车时有什么东西在我体内燃烧，这座城市就会知道，她就会燃烧同样的东西。

那天晚上，我的心里充满了怨恨。这座城市知道我心里充满了怨恨——在昏暗的街灯投下的橙色灯光下，她的心里也充满了怨恨。

给我说说内战的事，我对德里说。

我会的，她说。

道路中央的安全岛上有一个倒扣着的大花盆，旁边坐着三个男子，个个张着嘴巴。一个年纪较大的男子留着络腮胡子，头上缠着白色包头布，正竖起一根手指在和他们说话。一辆辆汽车从他身旁驶过，汽车前灯照得人睁不开眼睛，噪音更是淹没了他的话语。他就像城市中心的一个预言家，可除了他的三个门徒外没有人注意他。这三个门徒会变成他的将军，而那倒下的花盆则是某种象征。

给我说说街头的流血事件，我对德里说。

我会的，她说。

我看到夜晚的街灯周围有人在讨论，有人在交谈，有人在阅读；或独自一人，或三五成群。借着德里昏暗的灯光，我那天晚上看到了几百人，在树下、圣坛下、十字路口、椅子上，眯起眼睛看报、看经书、看杂志、看共产党的宣传手册。他们在读什么？他们在谈论什么？

还会是什么呢？

世界末日呗。

如果街头发生流血事件——我问德里——你能不能保证脖子下有一圈圈肥肉的那个家伙第一个送命？

路旁坐着一个乞丐，衣不遮体，浑身是污垢，凌乱的头发像一条条盘曲的长蛇。他望着我的眼睛：

我保证。

白金汉塔楼 B 座外面的围墙上插了许多彩色玻璃，以防盗贼翻墙而入。每当汽车大灯照在上面,那些玻璃片就会发光,围墙就会变成一个五彩斑斓、以玻璃片做脊梁的怪物。

我驱车进来时,门卫睁大了眼睛望着我。我看到他的眼睛里有卢比在闪耀。

这是他第二次看到我独自出去又独自回来。

我在停车场下了车,小心关上车门。我打开汽车后门,钻进车内,用手在真皮座位上摸索着。我的手从真皮座位的一头到另一头来回摸索了三遍,终于找到了我在寻找的东西。

我将它举起来对着亮光。

一根金发!

它至今还在我的办公桌里。

第六晚

有钱人的梦和穷人的梦永远不会相交,是不是?

听我说,穷人们梦想一辈子都能吃饱肚子,梦想着自己看上去能像个有钱人。那么有钱人梦想什么呢?

减肥,看上去像个穷人。

每当夕阳西下,白金汉塔楼 B 座周围的空地就会变成一个运动场。大腹便便的胖男人和体重更大的胖女人腋下湿了一大圈,正在进行傍晚时分的"散步"。

您听我说,德里的有钱人深更半夜还在举行派对,再加上他们整天不是吃就是喝,身体发胖便是很自然的事。于是,他们靠散步来减肥。

人们通常都在什么地方散步?当然是在户外——在河边、在公园里、在森林旁。

可是,德里的有钱人在展示他们在城市规划方面的非凡才华的同时,也将古尔冈的这一带修建成了一个没有公园、没有草坪、没有操场的地方——这里只有建筑,只有购物中心,只有饭店,只有更多的建筑。塔楼外面倒是有一条人行道,可那是给穷人睡觉用的。因此如果你想"散步",只能围着塔楼周围的水泥院子走一走。

每当肥胖的主人们围着院子一圈圈"散步"时,他们就会让那些消瘦的仆人们——大多是司机——站在圆圈的不同地点,手里还得拿着瓶装矿泉水和干净毛巾。他们围着塔楼每走完一圈,就会在自己的仆人身旁停下来,一把抓过瓶子——咕噜——一把抓过毛巾——擦一擦——然后再走第二圈。

白癜风嘴唇站在院子一角,手里拿着一瓶水和沾满他主人汗水的毛巾。他每隔几分钟就会转过身来,冲着我眨眨眼。他的老板,也就是那位钢铁大亨,两星期前头上还是光秃秃的,现在却有了一头可以向人炫耀的浓密黑发。这可是他专程远赴英国而且花了大价钱做的假发。这顶假发这几天也成了我们这些人议论的主要话题——别的司机愿意出十卢比,要白癜风嘴唇玩一些老花招——比方说来个急刹车或者高速驶过一个路坑——至少把他主人的假发弄掉一次。

司机们每天晚上都会爆料,抖露主人们的秘密,然后再对其进行细细评论。不过,如果有谁想拿离婚说事,那他先得过我这一关。我绝不允许任何人侵犯阿肖克先生的隐私。

我正站在离白癜风嘴唇一米多远的地方,手里拿着主人的瓶装矿泉水,肩膀上搭着他那条沾满汗水的毛巾。

阿肖克先生正要走完一圈——我可以闻到他的汗味在向我扑来。这已经是他走的第三圈了。他接过瓶子,一口气喝个精光,用毛巾擦了擦脸,然后将它重新搭在我肩膀上。

"今天就到这里吧,巴尔拉姆。把毛巾和瓶子拿上来,好吗?"

"好的,先生。"我说,目送着他走进公寓大楼。他每星期走一两次,但这显然无法抵消他天天晚上沉溺于酒色的后果——我看到他的白色T恤衫下出现了一个湿漉漉的大肚子。他这些天真是令人厌恶。

我向白癜风嘴唇使了个眼色,然后向地下停车场走去。

十分钟后,我闻到了钢铁大亨的汗味,听到了脚步声。白癜风嘴唇走了下来。我把他叫到本田思迪车旁——现在只有这一个地方能让我有百分之百的安全感。

"什么事,乡下老鼠?还想要一本杂志?"

"不,是想要别的东西。"

我蹲下来,靠着本田车的一个车轮。我用指甲刮着轮胎上的纹路。他也蹲了下来。

我让他看了看那根金发——我一直把它系在手腕上,仿佛那是一个纪念品盒[1]。他握着我的手腕,凑到他的鼻子前,用手指摸了摸那根头发,闻一闻,然后放下我的手腕。

"没问题,"他朝我一眨眼,"我早就告诉过你,你主人会感到孤独的。"

"你不要提他!"我一把抓住他的脖子,他挣脱了。

"你疯了?你差一点掐死我!"

我继续用指甲刮着轮胎上的纹路。"要多少钱?"

"高级的还是低级的?是不是要处女?看情况而定。"

"我不在乎,但她必须是个金发女人——就像香波广告上那女人一样。"

"最便宜的也要一万或者一万二。"

"那太贵了。他最多只会付四千七。"

"六千五,乡下老鼠。至少这个价。我们必须尊重白皮肤人。"

"好吧。"

"他什么时候想要,乡下老鼠?"

"我会告诉你的,很快吧。还有一件事——我还要向你请教一件事。"

我将脸贴在轮胎上,猛地吸了一口橡胶的气味。给自己添加一点勇气。

"司机有多少种办法可以欺骗主人?"

家宝先生,我知道那些用玻璃纸包着的企业管理书籍都会有那么一些小小的"额外话题"。故事讲到这个份上,我也不妨将现代

---

1 纪念品盒,用以珍藏亲人头发或小照片等的金制或银制小盒子,通常悬挂在项链上。

企业家成长发展的叙述放一放，先来一段"额外话题"，免得您感到无聊。

*

具有创业精神的司机如何挣到额外收入？

1. 趁主人不在的时候用漏斗和虹吸管把车里的汽油吸出来，然后把汽油卖了。

2. 主人让他修车时，他可以找一家黑心修理厂。修理厂可以虚报修理费用，然后给司机回扣。下列这些具有创业精神的修理厂可以帮助那些具有创业精神的司机：

    吉祥车行，位于拉德塞莱，靠近库特布

    R.V. 修理店，位于大凯什拉二区

    尼洛法修车店，位于古尔冈 DLF 一区

3. 他应该研究主人的习惯，然后想一想："我主人是不是比较粗心？如果他确实比较粗心，我该如何利用这一点从中获利？"比方说，如果主人将英国产的威士忌空酒瓶落在车里，他可以将酒瓶卖给那些造假酒的人。"尊尼获加"黑方的酒瓶卖得最好。

4. 随着经验和信心的增加，他可以尝试一些更大胆的事。他可以把主人的车变成无照出租车。从古尔冈到德里这段路最适合干这种事，许多热恋男子会来这里的客服中心，看他们在里面上班的女朋友。一旦有创业精神的司机确信主人不会注意汽车在不在，而且主人的朋友这段时间也不大可能出现在路上，他可以利用自己的闲暇时间来回穿梭，接送那些愿意付钱的乘客。

*

晚上我就躺在蚊帐里，开着灯，望着那些黑色的蟑螂在蚊帐顶上爬来爬去，它们的触角在不停地颤动，就像我的神经。我躺在床上，焦躁得都不愿意伸手将它们掐死。一只蟑螂飞下来，正好落在我的头上。

他们逼你在那上面签字的时候，你就应该向他们要钱。这笔钱足够让你睡二十个白皮肤姑娘。蟑螂飞走了，又一只飞过来，落在同一个地方。

二十个？

一百个。两百个。三百个，一千个，一万个金发妓女。就连这都不够，还差得远呢。

此后两个星期里，我干的那些事连我自己都羞于承认。我欺骗我的主人。我用虹吸管偷他的汽油；我把车开到黑心修车店，让他们修一些根本不必修理的东西；而且有三次在回白金汉 B 座时顺路带了个乘客，收一点钱。

最奇怪的是，我每次看着欺骗他得到的那些钱的时候，我感到的不是内疚，而是什么？

愤怒。

我从他那里偷得越多，就越清楚地意识到他从我这里偷走了多少。

如果套用我在前面向您描述印度政治时所用的比喻，我可以说我终于长出了肚子。

某个星期六下午，阿肖克先生说他那天不会再用车。我猛喝了两大杯威士忌，鼓起勇气，向仆人居住区走去。白癜风嘴唇正好坐在一张电影女明星的海报下——他主人每次"操了"一位女演员，他就会将这位女演员的海报贴在墙上——和其他司机一起打牌。

"随你怎么说,反正我知道这些小丑在这次选举中连任的可能性很小。"

他抬头看到了我。

"嗨,瞧瞧谁来了,是瑜伽大师大驾光临。欢迎欢迎,尊敬的先生。"

他们全都笑了,我也笑了起来。

"乡下老鼠,我们正在聊选举的事。要知道,这里可不是黑暗之地,选举无法暗箱操作。你这次准备投票吗?"

我勾了勾手指,要他过来。

他摇摇头。"等一会儿,乡下老鼠,我正聊得开心呢,而且是聊选举的事。"

我晃了晃那个棕色信封,他立刻放下了手中的纸牌。

我非要他跟我一起去停车场。本田思迪在地上投下了阴影,他就在那阴影中数了数钱。

"好的,乡下老鼠,钱齐了。你主人呢?是你开车送他去那里吗?"

"我就是我的主人。"

他起先没有明白过来,但随即惊讶得目瞪口呆。他冲过来,一把抱住我。"乡下老鼠!"他又拥抱了我一下,"我的好兄弟!"

他也来自黑暗之地——看到和你一样的人当中有人对生活有追求,你会感到非常骄傲。

他用他的丰田 Qualis[1]——当然是他主人的丰田 Qualis——送我去饭店,并且告诉我他老板不在时,他的车也充当"业余出租车"。

这家饭店位于南扩建区二区,这里也是德里最好的购物区之一。白癜风嘴唇锁好他的丰田 Qualis,冲我笑了笑,给我一丝鼓励,然

---

1 日本丰田公司在印度合资生产的一种 8—10 人座吉普和多用途车,名字取自英文 quality(质量)。

后和我一起走向饭店前台。那里有一个男人，穿着白衬衣，打着黑色蝴蝶领结，手指正顺着一本长长的账簿逐项察看着。白癜风嘴唇在他耳旁低声嘀咕着什么，他望着我，手指仍然停留在账簿上。

这位经理摇摇头。"一个金发女人——陪他？"

他用双手撑着柜台，探身将我上上下下打量了一番。

"就他？"

白癜风嘴唇笑了。"你听我说，德里的有钱人已经玩遍了所有金发女人，天晓得他们接下来还要玩什么样的女人。从月亮上来的绿头发女人？现在轮到劳动阶层排队玩白种女人了。我可告诉你，这家伙就是你这一行的未来——好好接待他。"

经理似乎一时也拿不定主意，然后他啪的一声合上账簿，向我摊开手掌。"另外给我五百卢比。"他咧嘴笑着说，"这是劳动阶层的服务费。"

"我没有！"

"要么给我五百卢比，要么想也别想这事。"

我掏出最后三百卢比，他接过钱，整了整领结，然后上楼去了。白癜风嘴唇拍拍我的肩膀，说："祝你好运，乡下老鼠——替我们所有人出口气！"

我跑到了楼上。

114A 号房。经理站在门口，耳朵贴在门上。他低声呼喊道："安娜斯塔西娅？"

他敲了敲门，再次将耳朵贴在房门上，说："安娜斯塔西娅，你在吗？"

他推开门。里面有一盏枝形吊灯、一扇窗户、一张绿床——床上坐着一个金发姑娘。

我叹了口气，因为这姑娘一点也不像金·贝辛格，而且长相不及她的一半。我这时突然想到——我以前从来没有想到过这一点——有钱人总是得到生活中最好的东西,我们得到的只是他们玩剩下的。

经理将双手举到我的面前。他打开手掌又合上,然后又做了一遍。

二十分钟。

然后他握拳做了个敲门的动作,又用闪亮的黑皮靴做了个踢腿的动作。

"明白了?"

那是二十分钟后会发生在我身上的事。

"明白了。"

他用力关上房门。屋里的金发女人仍然没有看我一眼。

我刚鼓足勇气坐到她身旁,外面又传来了重重的敲门声。

"等你听到这样的敲门声——就结束了。明白了?"是经理的声音。

"知道了!"

我凑近床上那女人。她既没有抵触也没有表示亲昵。我摸着她的鬈发,轻轻扯了一下,让她把脸转过来对着我。她显得很疲倦,像是累坏了,眼睛周围有淤伤,好像有人打过她。

她冲我一笑——我对那种笑容太熟悉了:那是仆人给主人的笑容。

"你叫什么?"她用印地语问。

这个也会说印地语!那个国家肯定有专供姑娘们就读的印地语学校。我可以发誓!

"穆纳。"

她笑了。"没有人叫这个名字,那只是'男孩'的意思。"

"你说得没错,可这的确就是我的名字。"我说,"我们家没有给我起别的名字。"

她放声大笑起来。那是一种音调很高、银铃般的笑声，她的满头金发随着她的笑声上下晃动。我的心怦怦直跳，她的香水直往我的脑袋里钻。

"告诉你吧，我小时候家里人也给我起了个名字，在我们的语言里那个名字的意思是'女孩'。我们家也是这样待我的！"

"哇。"我说着便盘腿坐到了床上。

我们聊了起来。她告诉我她最讨厌这家饭店的蚊子和经理，我点点头。我们聊了一会儿，她说："你长得不难看，也比较讨人喜欢。"然后她用一根手指撩拨着我的头发。

这时，我猛地从床上跳了下来。我说："姐姐，你为什么在这里？如果你想离开这家饭店，为什么不走呢？别担心那个经理，有我在这里保护你呢！我就是你的亲弟弟，巴尔拉姆·哈尔维！"

我当然是这么说的——不过是在他们将来要拍摄的以我的生活为原型的印度电影中。

"七千可爱的卢比，只换来二十分钟！该开始了！"

这才是我实际说的原话。

我爬到她身上，用一只手将她的双臂压在脑袋后。该我把鸟嘴插进去了。我用另一只手抚摸着她的金发。

就在这时，我突然尖叫起来。就算你把一只蜥蜴放在我的面前，我的尖叫声恐怕也不过如此。

"怎么啦，穆纳？"她问。

我从床上跳下来，给了她一记耳光。

我的天哪，这些外国人喊叫起来真是吓人。

门立刻开了，经理走了进来，就像他一直待在门外偷听，耳朵贴在门上，咧嘴傻笑。

我揪着那姑娘的头发，冲他大声吼道："这不是真的金发。"

发根是黑色的！这金色是染上去的！

他耸耸肩。"才七千卢比,你还想怎么着?真正的金发需要四五万。"

我向他扑去,抓住他的下巴,将他的脑袋猛地撞向房门。"把我的钱还给我!"

那女人在我身后发出一声尖叫。我回头望了一眼——那其实是犯了一个大错误。我真应该当场就解决掉那位经理。

十分钟后,我鼻青脸肿地从饭店大门滚了出来,大门随即砰的一声在我身后关上了。

白癜风嘴唇没有等我,我只好坐公共汽车回家,一路上不停地揉着头。七千卢比——我真想大哭一场!你知道那么多钱能够买多少水牛吗?——我可以感觉到奶奶的手指在揪我的耳朵。

在路上遭遇了长达一小时的堵车后,我终于回到了白金汉塔楼。我在公用水池前清洗了头上的伤口,然后连着吐了十几口痰。让那一切见鬼去吧——我挠了挠腹股沟那里。我需要来这么一下。我无精打采地向自己的房间走去,一脚踢开房门,然后惊呆了。

蚊帐里有一个人,我看到一个人盘腿而坐的侧影。

"别担心,巴尔拉姆。我知道你干什么去了。"

一个男人的声音。管他呢,至少不是奶奶——这是我的第一个念头。

阿肖克先生撩起蚊帐一角,望着我,脸上挂着狡诈的笑容。

"我完全知道你干什么去了。"

"先生?"

"我呼唤你的名字,但是你没有回应,于是我下来看看。不过我完全知道你干什么去了……那位司机,那位粉红色嘴唇的司机,他都告诉我了。"

我的心怦怦直跳。我低头望着地面。

"他说你去寺庙了,为我的健康向神灵们祈祷。"

"是的,先生。"我如释重负,汗水顺着我的脸颊往下流,"他没说错,先生。"

"进蚊帐来。"他柔声说。我进了蚊帐,坐在他身旁。他望着在我们头顶上爬行的那些蟑螂。

"巴尔拉姆,你就住在这种地方。我一直不知道。真是对不起。"

"没关系,先生。我已经习惯了。"

"巴尔拉姆,我给你一些钱,你明天就换一个好一点的地方去住,好吗?"

他抓住我的手,把我的手掌翻过来。"巴尔拉姆,你手掌上这些红斑是怎么回事?是你自己揪的吗?"

"不是,先生……是一种皮肤病,我耳朵后面也有,瞧,这些粉红色的斑点。"

他靠近我,身上的香水味充斥着我的鼻孔。他用一根手指轻轻拨过我的耳朵,仔细看着。

"天哪。我从来没有注意过。我每天都坐在你身后,却从来没有——"

"许多人都有这种病,先生。许多穷人都有。"

"真是的,我一直没有注意过。这病能治吗?"

"不能,先生。穷人的疾病永远无法治愈。我父亲得了肺结核,后来也是因为肺结核死的。"

"巴尔拉姆,现在都已经是二十一世纪了,什么病都可以治。你去医院把这病治好,把账单给我,我替你付钱。"

"谢谢您,先生,"我说,"先生……要我送您去城里什么地方吗?"

他张开嘴,欲言又止。几次下来后,他说道:"巴尔拉姆,我的生活方式全错了。我知道,可我就是没有勇气去改变它。我只是没有……胆量。"

"别多想了,先生。我们上楼去吧,我求您了。这里不是您这种高贵的人待的地方。"

"巴尔拉姆,我总是让别人利用我。我这辈子从来没有干过我想干的事。我……"

他垂下头,整个人显得疲惫不堪。

"您得吃点东西了,先生,"我说,"您看上去很累。"

他笑了,是那种对谁都相信的婴儿式的灿烂笑容。

"巴尔拉姆,你总是想着我。是的,我是想吃点东西,可我不想再去什么大饭店,巴尔拉姆。我已经厌倦那些饭店了。带我去你吃东西的地方吧,巴尔拉姆。"

"您说什么?"

"我已经厌倦我吃的那些东西了,巴尔拉姆。我厌倦我现在的生活。我们这些有钱人已经迷失了方向,巴尔拉姆。我要做一个像你这样简单的人,巴尔拉姆。"

"好的,先生。"

我们走到外面,我领着他穿过马路,走进一家茶铺。

"巴尔拉姆,你来点菜,就点一些普通人吃的饭菜。"

我点了秋葵、花菜、萝卜、菠菜和木豆,足够填饱穷人一大家子或者一个有钱人的肚子。

他吃着,打着饱嗝,然后又吃了一点。

"这太好吃了,而且只要二十五个卢比!你们居然吃得这么好!"

他吃饱后,我又给他要了一份酸奶。他刚喝了一口就笑了。"我喜欢吃你们吃的饭菜!"

我也笑了,心想:我也喜欢吃你们吃的饭菜。

"离婚证书很快就会办好。律师是这么说的。"

"好的。"

"我们是否应该开始再找一个了?"

"再找一个律师?"

"不,再找一个姑娘。"

"还太早,穆克什。她走了才三个月。"

我开车把阿肖克先生送到了火车站。猫鼬又从丹巴德来德里了。此刻我正开车送他们回公寓。

"那好,就慢慢来吧。不过你必须再婚。如果你离婚后一直不结婚的话,大家不会尊重你,也不会尊重我们。我们的社会就是这样。你听我说。你上次不听我们的,硬要娶一个种姓和宗教信仰与我们都不同的姑娘,而且还拒绝向她父母要嫁妆。这次由我们来挑选姑娘。"

我没有听到阿肖克先生有任何反应,但我敢说他一定在咬牙。

"我看得出来,你在生闷气。"猫鼬说,"我们以后再谈这件事。现在嘛,带上这个。"他交给他弟弟一只红色旅行袋,是他从丹巴德带来的。

阿肖克先生咔的一声打开包,朝里面瞥了一眼。猫鼬立刻啪的一声把旅行袋关上了。

"你疯了?千万不能在车里把它打开。这是给穆基尚的,就是那个胖子,部长助理。你认识他,是不是?"

"我当然认识他。"阿肖克先生耸耸肩,"难道我们还没有把那些混蛋喂饱吗?"

"那位部长还在开口。马上就要选举了。每次只要有选举,我们就得给现钱,通常是两边都给,但这次政府肯定会获胜,反对派已经乱成了一团糟。因此,我们必须买通政府这一边,这对我们有好处。第一次我陪你一起去,但这次要给的钱数目太大,你可能还要去第二次、第三次。此外还有几个官员也需要去打点。明白了?"

"好像我在德里就干这一件事。从银行里取钱,去贿赂别人。难道我回印度就是为了这个?"

"说话别这么带刺儿。记住,每次都要把这包要回来。这可是意大利包,没必要再给他们任何额外礼物。明白了吗?哦,混蛋,又他妈的堵车了。"

"巴尔拉姆,再放一下那张史汀的唱片。堵车的时候听它再合适不过。"

"这司机知道史汀是谁吗?"

"那当然,他知道那是我最喜欢的CD。巴尔拉姆,把那张史汀的CD给我们看看。你瞧——他知道史汀!"

我将CD放进播放机中。

十分钟过去了,但车流动也没有动一下。我们等啊等,我将史汀换成了恩雅,又将恩雅换成了埃米纳姆。小贩们来到了车边,拿着一筐筐的橘子、一盒盒的草莓,或者报纸和英文小说。乞丐也纷纷涌来,其中一个乞丐背着另一个乞丐,沿着一辆辆车乞讨。他背上的乞丐膝盖以下不见了踪影。他们从一辆车走到另一辆车旁,没有小腿的乞丐不停地呻吟、哀号,另一个乞丐则拍打着或者用指甲刮着车窗。

我想也没有想就将我们这个蛋开了一条缝。

我摇下车窗,递出一个卢比——没有小腿的乞丐接过钱,向我致谢。我摇上车窗,重新将这个蛋封好。

后座上的交谈声戛然而止。

"谁他妈的让你这么做的?"

"对不起,先生。"我说。

"你究竟为什么要给那要饭的一个卢比?真无礼!把那音乐关了。"

那天傍晚，兄弟俩不停地责骂我。虽然他们平时交谈时用的是印地语夹杂英语，但这次说印地语时不再夹杂英语——完全是为了我的缘故。

"难道我们每次去寺庙没有捐钱吗？"大的混蛋说，"我们每年都给癌症研究所捐款。小学生们每次来兜售那种卡片时我都买。"

"我那天在和会计聊天时他说，'先生，您的银行账户里已经没有钱了，都用完了。'你知道这个国家的税有多高吗？"小的混蛋说，"我们要是给钱的话，我们自己吃什么？"

我这时突然意识到，这两兄弟其实并没有什么两样，都是他们父亲的种。

在剩下的路途中，猫鼬一直刻意地盯着后视镜，那副样子仿佛嗅出了什么不对劲的东西。

我们回到白金汉 B 座后，猫鼬说："巴尔拉姆，上楼来。"

"是，先生。"

我们并肩站在电梯里。他打开公寓大门后指着地上说："别客气。"

我蹲在嘎豆和爆豆的照片下，双手放在膝盖之间。他坐到椅子上，一只手托着脸，死死地盯着我。

他眉头紧锁。我可以看出一个念头正在他的脑子里产生。

他从椅子上站起来，走到我蹲着的地方，跪下一条腿，使劲地闻着空气。

"你嘴里有茴香的味道。"

"是的，先生。"

"有人嚼茴香来掩盖嘴里的酒气。你是不是喝酒了？"

"没有，先生。我的种姓绝对禁酒。"

他不停地闻着，离我越来越近。

我深吸一口气，在肚子里憋上一会儿，然后一打嗝，强行将这口气逼出来，直喷到他的脸上。

"这太恶心了，巴尔拉姆。"他脸上一副惊恐的样子。他站起身，后退了两步。

"对不起，先生。"

"滚出去！"

我带着一身冷汗走了出来。

第二天，我开车送猫鼬和阿肖克先生去某位部长还是大官位于新德里的家。他们拎着那只红旅行袋下了车。我后来又送他们去了一家饭店吃午饭——我告诉饭店里的人：吃的东西里不要加土豆——然后开车送猫鼬去火车站。

我忍受着他惯用的那一套威胁和警告——不准用空调，不准听音乐，不准浪费汽油，等等等等。我站在月台上，望着他把点心吃完。火车开走后，我高兴得在站台上又是跳舞又是拍手。两个无家可归的街童一直望着我，他们放声大笑，也跟着我一起拍手。其中一个街童唱起了最新的印度电影中的一首歌，我们一起在站台上跳起了舞。

第二天早晨，我正好在公寓里。阿肖克先生在拨弄着那只红色旅行袋，准备出门。这时，电话突然响了。

我说："我把那只包拎下去吧，先生。我在车里等你。"

他迟疑了一下，然后将包递给我。"我马上就下来。"

我关上公寓大门，走到电梯旁，按了按键，等待着。包很沉，我那只拎包的手时不时就得换一个位置。

电梯已经上到了四楼。

我转身看了一眼十三楼外的景色——即使是大白天，古尔冈的那些购物中心里依然灯火辉煌。上星期刚有一家新购物中心开张，另一家正在建设中。这座城市正在迅速发展。

电梯上得很快，快要到十一楼了。

我转身就跑。

我一脚踢开紧急逃生楼梯间的门,在黑暗中匆匆向下跑了两段楼梯,然后打开了那只红色旅行袋。

整个楼梯间立刻充满了炫目的光线——只有金钱才能发出这样的亮光。

二十五分钟后,阿肖克先生来到了楼下。他边走边按手机按键,那只红色旅行袋在他的座位上等着他。他关门的时候,我举起一张闪亮的银色唱片。

"先生,要我替您放史汀的唱片吗?"

我驾驶着汽车向前行驶,竭力不去看那只红色旅行袋。这对我来说简直就是一种折磨,就像当初平姬夫人穿着短裙坐在那里时一样。

遇到红灯停车时,我看了一眼后视镜。我看到了我浓密的胡须和我的下巴。我碰了一下后视镜,镜子里的影像立刻发生了变化。我现在看到了两道漂亮的长眉毛,弯弯地挂在刚毅、隆起的额头肌肉两边,肌肉下的那双黑眼睛炯炯有神。那是猫盯着它的猎物的眼神。

巴尔拉姆,接着偷看这只红色旅行袋——这不算是偷,是不是?

我摇摇头。

巴尔拉姆,就算你真的把它偷走,那也不能算是偷。

怎么会呢?我望着后视镜里的那个生灵。

你们听我说——阿肖克先生在把钱送给德里的那些政客,而他们就会因此免除他本该上交的税。这些税最终应该属于谁?当然属于这个国家的普通百姓——属于你们!

"什么事,巴尔拉姆?你刚才是不是说了什么?"

我碰了一下后视镜,里面又出现了我的胡须。镜子里面的那双眼睛不见了,取而代之的是我自己的脸,脸上的眼睛正瞪着我。

"先生，我前面那家伙横冲直撞。我只是嘀咕了一声。"

"别急，巴尔拉姆。你是个好司机，别让那些坏司机影响你。"

这座城市知道我的秘密。那天早晨，烟雾笼罩着总统府，你在路上根本看不到它的踪影，那种感觉像是德里那一天没有了政府一样。遮掩了总理、所有部长和官僚的这场浓密的污染云对我说：

你干什么他们都不会看到。我可以保证这一点。

我开车经过国会大厦，红色围墙上有一个岗哨，里面一个荷枪实弹的警卫正注视着我——他一看到我就放下了手中的枪。

我干吗要阻拦你？如果我能的话，我也会那样做的。

晚上，有个女人走在路上，手里拎着一个玻璃纸做的袋子，车的前灯照进那只袋子，将它变成了透明色。我看到袋子里有四个深色大水果——每一个水果都在说：你已经干了。你在心里已经拿了那些钱。车灯一晃而过，玻璃纸袋重新变成了黑色，里面的四个水果随之消失。

就连这马路——德里平坦又光洁的马路、全印度最好的马路——也知道我的秘密。

一天，正当我在等红灯时，我旁边那辆车的司机摇下车窗，朝外面吐了一口口水，他在嚼槟榔，一团鲜红的痰液飞溅到正午滚烫的马路上，像一个有生命的东西一样腐烂、扩散，发出嘶嘶的响声。一秒钟后，他又吐了一口——马路上现在有了第二口痰。我望着那两口不断扩散的红痰——然后：

左边那口痰似乎在说	右边那口痰似乎在说
你父亲希望你做个诚实的人。	你父亲希望你能成为一个人。
阿肖克先生没有像某些人对待你父亲那样打你或者朝你身上吐痰。	阿肖克先生在他妻子开车撞死那个孩子后居然让你去顶罪。

阿肖克先生给你的薪水不算少,每个月有四千卢比。你甚至没有主动开口,他就给你加了薪水。

别忘了水牛是怎么对待他那仆人一家的。你一逃走,阿肖克先生就会要他父亲用同样的方式对待你的家人。

这点薪水微不足道。你住在城里,存了多少钱?一分钱都没有。

一想到阿肖克先生居然会威胁你的家人,你就怒不可遏!

我将目光转向别处,不再去看那两口痰。我望着后视镜中央映照出的那只红色旅行袋,那就像这辆本田思迪裸露在外的心脏。

阿肖克先生那天在帝国饭店下车时对我说:"巴尔拉姆,我二十分钟后就回来。"

我没有停车,而是将车开到了火车站。火车站位于帕哈甘吉,离帝国饭店不远。

车站的地上躺着许多人,狗在垃圾旁闻来闻去,空气中散发着霉味。将来就会是这样,我心想。

黑板上写着所有列车的目的地。

贝拿勒斯
查谟
阿姆利则
孟买
兰契

如果我拎着那只红色旅行袋来到这里,我的目的地会是哪里?

闪亮的轮子和明亮的灯光开始在黑暗中闪烁,仿佛要回答我这个问题。

如果您有机会去印度任何一个火车站参观的话，您站在那里等待火车时会看到一排外观怪异的机器，上面有红色灯泡、万花筒似的轮子以及旋转的黄色圆圈。这些便是一卢比玩一次的算命兼称体重的机器，印度火车站的每个站台上都能见到它们的踪影。

这些机器是这样玩的：你将行李放在机器旁，站到机器上，然后将一枚一卢比硬币塞进投币孔。

机器立刻忙碌起来，里面的杠杆开始活动，不同的部件发出叮叮当当的响声，各种灯光发疯似的闪烁。然后，你便会听到一声巨响，它会吐出一小张绿色或黄色的硬纸片。机器慢慢趋于平静，灯光随之熄灭。那张硬纸片上写着你的命运，以及你的体重有多少公斤。

这些机器的主要玩主为两种人：有钱人家的孩子，以及穷人阶级的成人——他们一辈子都是长不大的孩子。

我站在那里，凝视着那些机器，脑子里一片空空荡荡。六台机器正冲着我不停地闪烁：绿色和黄色的灯泡，以及万花筒般不停旋转的金色和黑色。

我站到一台机器上，牺牲了一卢比——机器将那枚硬币吞了进去，发出一阵响声，亮起更多灯盏，然后吐出了一张硬纸片。

鲁纳磅秤公司
新德里，110 055
您的体重
59

"遵纪守法是众神的第一条戒律。"

我将那预示我命运的硬纸片扔到地上，然后放声大笑起来。

就连在这里,在火车站称体重的机器上,他们还在蒙蔽我们。火车站是一个人走向自由的门槛,可就在他上车奔向新的生活时,这些闪烁的算命机器还在充当着鸡笼的最后一个警铃。

鸡笼的警报器正在响起——轮子在转动,红灯在闪烁!一只公鸡逃出了鸡笼!一只手伸了过来——那只手抓住我的脖子,把我塞回了鸡笼。

我捡起那张硬纸片,将它又读了一遍。

我的心头开始冒汗。我一屁股坐在了地上。

你好好想想,巴尔拉姆。你好好想想水牛是如何对待他那仆人一家的。

我听到头顶上有翅膀拍动的响声。车站周围那些屋顶的横梁上落满了鸽子,其中两只从横梁上飞了下来,开始在我的头顶上盘旋,就像电影中的慢动作一样。我看到两对红色的爪子收起后缩在它们的胸前。

我看到离我不远的地方躺着一个女人,紧身衬衣内是丰满漂亮的乳房。她在打鼾。我可以看到她的乳沟里塞着一张一卢比的钞票,钞票的颜色和上面的字迹透过她那鲜绿色的衬衣清晰可辨。她没有行李,她在这世界上的全部家当就是那一卢比。一个卢比。可是你再看看她——幸福地打着鼾,无忧无虑。

为什么我的一切就不能这么简单呢?

一声低沉的咆哮吓得我立刻转过头去。一只黑狗在我身后转着圈,它的左屁股上有一块粉红色的皮肤在发亮——那是一个开放性伤口,这只狗不停地扭动着身子,想咬那伤口,但它的牙齿恰恰够不着。这只狗痛得都快发疯了——它流着口水,企图咬到那伤口,结果只是疯狂地转着毫无意义却又完全相同的圆圈。

我望着那个睡梦中的女人——望着她上下起伏的乳房。我身后的咆哮声仍在继续。

那个星期天，我向阿肖克先生请假，骗他说我要去寺庙，其实是去城里。我坐公共汽车去了库特布，再从那里坐出租吉普车去了G.B.路。

总理先生，这就是德里著名的"红灯区"（英语是这么说的）。

在这里待上一个小时，我就能清除掉脑子里的所有邪念。如果精液留在你的身体下半部，它会导致身体上半部的体液产生邪恶的活动。我们黑暗之地的人都知道这一事实。

虽然才是傍晚五点，天还没有黑，那里的女人却已经在等我了。她们也在等待所有男人的到来，一整天都在等待。

我已经来过这些街道——我在前面已经向您坦白过——但这次的情况不一样。我听到她们——那些女人——在我头顶上叽叽喳喳，隔着妓院窗户上的铁栅栏嘲笑我、奚落我——但我这次实在无法抬头看她们。

有家妓院俗艳的蓝色大门外有一个木制摊位，旁边坐着一个卖槟榔的，正用刀子把香料抹在他从一碗水里面拿出来的湿叶子上，这是做槟榔的第一步。他的槟榔摊下面的小空间里还坐着一个人，正用一个容器热着牛奶，容器下的燃气炉嘶嘶地喷着蓝色火苗。

"你这是怎么啦？你去看女人呀。"

拉皮条的一把抓住我的手腕。这家伙个子不高，大鼻子上长满了红色的疣。

"你像那种有钱叫外国妞的主。要一个尼泊尔小妞吧。她们美不美？你抬头看看她们呀，伙计！"

他抓住我的下巴，硬逼着我抬头望去。或许他以为我是个害羞的处男，第一次来这里探险。

上面那扇铁窗后的尼泊尔姑娘确实很好看：肤色很浅，长着一双让印度男人疯狂的中国式眼睛。我扭头挣脱了皮条客的手。

"随便叫一个！全部都叫！你不够男人吗，伙计？"

要是换了平常，他的这句话准会驱使我冲进妓院，大呼小叫起来。

但是，有时候人身上最动物的东西可能也正是他最好的东西。我的腰部以下没有任何动静。她们就像笼中的鹦鹉。那就像一个动物在操另一个动物。

"嚼个槟榔吧，它可以帮你勃起来！"卖槟榔的家伙在摊位旁大声吆喝着。他举起一片湿润的新鲜槟榔叶，挥动一下，让上面的水珠飞到我的脸上。

"喝杯热牛奶吧，这也很管用！"在下面煮牛奶的小个子干瘪男人也吆喝起来。

我望着那牛奶。它在不停地翻腾着，顺着不锈钢锅慢慢地溢出来。小个子干瘪男人笑了——他用汤匙搅动着牛奶——牛奶泛起的泡沫越来越厚，发出刺耳的嘶嘶声。

我冲向那卖槟榔的，将他从高处推下来，把他的叶子丢得满地都是，还把他的水踢翻。然后，我朝那侏儒的脸上踢了一脚。四周响起了尖叫声。那些拉皮条的向我冲来，我拼命地乱推乱踢，逃离了那条街道。

我现在得说一说旧德里的这条 G.B. 路。总理先生，您还记得吗，我说过德里不是一个国家而是两个国家的首都——两个印度的首都。来自光明之地和来自黑暗之地的人全都涌向德里。阿肖克先生居住的古尔冈是这座城市光明、现代的一面，而旧德里是它的另一面。这里到处都是现代社会早已忘记的东西——人力车、古老的石砌大楼、穆斯林。不过，到了星期天，这里还会多一样东西。如果你不停地推开时时刻刻聚集在这里的人群，经过那些用锈迹斑斑的铁棍替他人掏耳朵的男人，经过那些兜售装在绿色瓶子中的小鱼的男人，再经过廉价鞋市场和廉价衬衣市场，你就会来到闻名遐迩的达利亚甘吉旧书市场。

先生,您可能听说过这个市场,因为它可谓世界奇迹之一。从德里城门一直到红色城堡前的市场,沿途的人行道上堆满了成千上万本肮脏、破旧、乌黑的书籍,内容更是五花八门——科技、医药、性爱、哲学、教育和外国介绍。有些书破旧得你一碰就碎,有些书里有蠹虫在吃着大餐,有些书像是从水里或者火堆里抢救出来的。人行道上的大多数商店此刻都已打烊,但餐馆还在营业,油炸食物的香气和霉烂纸张的气味混杂在一起。餐馆排风扇中生锈的叶片在慢慢转动着,活像巨蛾的翅膀。

我走到那些书籍旁,猛吸了一口气。与妓院的污秽之气比较起来,这简直像氧气。

一大群买书人正与卖书人在激烈地讨价还价,我假装也是买书人,快步走到那些书籍旁,拿起一本来翻看着,直到卖书人大声嚷了起来:"你是想买那本书还是想把它免费看完?"

"这本书不好。"我会这样回答,然后放下书去下一个书摊,拿起一本书来继续慢慢地翻看。我不花一个卢比,就这样免费翻看着那些书,整整一晚都在一个接一个地掠夺那些卖书人!

有些书是用乌尔都语[1]写的。这是穆斯林用的语言——上面尽是一些歪歪扭扭的线条和黑点。就在我翻看着这样一本书的时候,卖书人说道:"你看得懂乌尔都语吗?"

这是一个穆斯林老头,漆黑的脸上布满了汗珠,宛如雨后的秋海棠叶子,还有花白的长胡子。

我说:"你看得懂吗?"

他打开书,清了清嗓子,大声念道:"'你多年来一直在寻找那钥匙。'听得懂吗?"他望着我,漆黑的额头上到处是皱纹。

---

[1] 乌尔都语,流行于印度和巴基斯坦的一种语言,现为巴基斯坦官方语言之一,印度穆斯林官方语言。

"我听得懂,穆斯林大叔。"

"闭嘴,你这骗子。你给我好好听着。"

他又清了清嗓子。

"'你多年来一直在寻找那钥匙 / 可那道门却始终敞开着!'"

他合上书。"这叫做诗。快滚吧。"

"求求你了,穆斯林大叔,"我哀求道,"我只是个人力车夫的儿子,来自黑暗之地。给我讲讲那些诗歌吧。那首诗是谁写的?"

他摇摇头,但我不停地拍他的马屁,说他的胡子多么漂亮,说他的皮肤有多白(哈),说他的鼻子和前额显示他肯定不是养猪户出身,而是从麦加一路坐魔毯飞来的货真价实的穆斯林——他满意地哼了一声。他又给我念了一首诗,然后又是一首,并且向我解释诗歌的真正历史。他说诗歌是一种秘密,一种只有聪明人才会掌握的魔法。总理先生,如果我说世界历史就是富人和穷人之间长达一万年的智力战争史,那么我肯定不是第一个说这句话的人。无论是富人还是穷人,都在想方设法地欺骗对方,有史以来一直如此。穷人虽然会赢几场战役(在花盆里撒尿,踢主人的宠物狗,等等),但在这一万年里真正赢得这场战争的当然还是富人。因此,一些有智慧的人出于对穷人的同情,某一天会在诗歌里留下一些符号和象征。这些符号和象征从表面上看似乎在形容玫瑰和美女等等,可一旦理解正确,里面其实隐藏着玄机,能让世界上最贫穷的人也认定这场一万年之久的智力较量其实是他获胜。这些充满智慧的诗人当中最伟大的四位是鲁米、伊克巴尔、米尔扎·迦利布,还有一位的名字我听说过却忘记了。

(这第四个诗人是谁?我怎么也想不起来,都快要想疯了。如果您知道的话,请给我发一个邮件。)

"穆斯林大叔,我还要问您一个问题。"

"你把我当成谁了?你的小学老师?别再拿问题来烦我。"

"我向您保证,这是最后一个问题。请问,穆斯林大叔,诗歌能不能让一个人消失得无影无踪?"

"你是什么意思——像通过巫术那样消失?"他望着我。"是的,可以。有些书专门介绍这个,你想买一本吗?"

"不,不是那样消失。我是说他能不能……能不能……"

卖书人眯起了眼睛,宽大的黑额头上汗珠越聚越大。

我冲他一笑。"穆斯林大叔,就当我什么也没有问。"

我提醒自己不能再和这个老人聊天了,他已经知道得太多了。

我眯着眼睛看书,看到后来眼睛像针扎一样疼痛。我应该掉头回德里城门去坐公共汽车。我的嘴里有书的臭味——就像我从空气中吸入了太多已经化为颗粒的旧书。如果你和旧书在一起待的时间太长,你的心中就会产生一些怪异的念头。

不过,我没有掉头去坐公共汽车,而是继续向旧德里的中心走去。我不知道自己要去哪里。我刚一走出大街,就发现四周一片寂静。我看到一些人坐在吊床上抽烟,另一些人躺在地上睡觉。老鹰在房屋上空盘旋。突然,一阵大风夹杂着水牛的气味向我迎面扑来。

每个人都知道旧德里某个地方有一个屠宰区,但没有多少人亲眼见过它。这是旧德里的奇迹之一——一排没有屋顶的牛棚,每个牛棚里都站着肥大的水牛,一个个将屁股对着你,尾巴像汽车雨刮器一样拍打着苍蝇,蹄子踩在金字塔般大堆大堆的粪便中。我站在那里,呼吸着它们的躯体发出的气味——我已经很久没有闻到水牛的气味了!这种气味将聚集在我肺里的可怕的城市空气驱赶得一干二净。

我听到木制车轮发出的辘辘声,看到一头水牛正顺着这条路走来,身后拉着一辆大牛车。牛车上并没有人拿着鞭子坐在那里,但那头水牛知道自己该去哪里。它正顺着这条路走来。它从我身旁经过时,我站到一旁,看到牛车上都是死去的水牛的脸。没错,我说的是脸——但我应该说头颅,因为那上面连皮也被剥掉了,只剩下鼻子尖上的一点黑皮肤。鼻毛从鼻孔里伸出来,像已经死去的水牛仍在维护自己的最后一点尊严。脸的其他部分不见了踪影,就连眼睛也被挖掉了。

然而,虽然没有主人,这头活着的水牛仍然继续向前走着,拖着满车的亡灵,去它知道自己该去的地方。

我跟着那可怜的水牛走了一会儿,眼睛死死地盯着那些被剥了皮的死水牛的脸。阁下,这时发生了一件最怪异的事。我发誓拉着牛车的那头水牛向我转过脸来说——那声音很像我父亲:

"你哥哥基尚给活活打死了。你这下高兴了吧?"

那就像睡觉快要醒来前在做一个噩梦。你知道那是一个梦,可你还无法醒来。

"你婶婶鲁图被强奸,然后又被活活打死。你高兴了吧?你奶奶库苏姆被人踢死。你高兴了吧?"

水牛怒视着我。

"真可耻!"它说,然后向前迈出一大步,牛车渐渐驶去。那一刻,牛车上装着的那些被剥了皮的脸在我眼睛里就像我家人的一张张脸。

第二天早晨,阿肖克先生微笑着下楼来了,手里拎着那只红色旅行包。他用力关上了车门。

我望着那食人魔绒毛玩具,使劲咽着口水。

"先生……"

"什么事,巴尔拉姆?"

"先生,有件事我一直想告诉您。"我将手指从汽车的点火开关钥匙上拿开。我发誓,我准备当场向他坦白一切……只要他说出恰当的话……只要他的手以恰当的方式落在我的肩膀上。

可他根本没有看我。他只是在忙着拨弄手机，忙着按键。

按，按，按。

在你前面三四十公分的地方坐着一个疯子，满脑袋都在想着杀人和偷窃的事，而你居然不知道，居然一点都没有意识到。你们这些人究竟盲目到了什么程度？你们坐在那些玻璃大厦内，天天晚上与上万公里外的美国人通着电话，可你们根本不知道给你们开车的这个人出了什么问题！

什么事，巴尔拉姆？

是这样的，先生——我想砸碎您的脑袋！

他探身向前——嘴唇凑到了我的耳朵旁——我准备缴械投降。

"我明白，巴尔拉姆。"

我闭上眼睛，差一点说不出话来。

"您明白，先生？"

"你想结婚了。"

"……"

"巴尔拉姆，你需要钱，是不是？"

"不，先生，我不需要钱。"

"等等，巴尔拉姆，等我把钱包掏出来。你是这个家庭的一员，而且一直表现不错。你从来没有开口多要钱——我知道其他司机不停地向他们的主人要加班费和保险费，可你从来不提一个字。你是老派做法，我喜欢这样。巴尔拉姆，结婚费用我们会负责的。给，巴尔拉姆，这是……这是……"

我看到他抽出一张一千卢比的钞票，把它塞回去，又抽出一张五百卢比的钞票，又把它塞了回去，最后抽出一张一百卢比的钞票。

然后把它递给了我。

"巴尔拉姆，我估计你是准备回拉克斯曼加尔去结婚吧？"

"……"

"也许我会和你一起去的，"他说，"我真的很喜欢那地方。我这次要上那城堡。巴尔拉姆，我们是多久前在那里的？六个月前？"

"不止六个月，先生。"我掰着手指数了数，"八个月前。"

他也数了数。"嗬，你真没说错。"

我将那一百卢比折好，装进胸前的口袋里。

"谢谢您，先生。"我说，然后发动了汽车。

我第二天一大早就走出白金汉塔楼 B 座，来到了大街上。虽然这是一座崭新的大楼，排水管却早已出现了漏水现象，围墙外的地面已经被污水染黑了一大片。三只流浪狗正躺在这片湿地上睡觉。这可真是纳凉的好办法——夏天已经开始，现在就连夜晚也酷热难当。

这三条野狗躺在那里好像很舒服。我蹲下来望着它们。

我将一根手指伸进漆黑的污水中，非常凉，非常诱人。

其中一条野狗醒了。它打了个呵欠，向我龇牙咧嘴，然后跳着站了起来。另外两条野狗也站了起来。一声咆哮，爪子在潮湿的地面上刨了刨，再一次龇牙咧嘴——它们不希望我靠近它们的王国。

我举手投降，将这片污水区留给了野狗，然后向购物中心走去。购物中心还没有开门，我在人行道上坐了下来。

我不知道自己该去哪里。

忽然，我看到人行道上有一些小小的深色印迹。

是爪子留下的印迹。

有一只动物在水泥还没有干透前就在上面行走了。

我站起身，跟着那只动物向前走去。印迹之间的间隔距离越来越大——那只动物跑了起来。

我加快了步伐。

那只动物的奔跑速度越来越快，爪子留下的印迹绕过一座座购物中心，来到购物中心的后面，最后消失在了人行道结束、泥巴地开始的地方。

我在这里停住了脚，因为我前面不到两米的地方蹲着一排男人，排成一条笔直的直线。他们在解手。

我来到了贫民区。白癜风嘴唇跟我说过这地方——修建购物中心和住宅大楼的建筑工人全都住在这里。他们来自黑暗之地的某个村庄，天黑后除了那些来办事的人外，他们不喜欢外人进来。这些男人就在露天方便，活像贫民区前的一道防御墙：他们划出了一条线，任何有体面的人都不应该越过这条线。风带着新鲜粪便的气味向我吹来。

我在那一排方便者当中找到一个缺口，穿了过去。他们依然蹲在那里，像石头雕像一样纹丝不动。

这些人在为有钱人建造家园，可他们自己却住在用蓝色油布做顶的帐篷里，而帐篷之间的间隔就是那些污水沟。这里的状况甚至比拉克斯曼加尔还要糟糕。我小心翼翼地绕开碎玻璃、旧电线和烂日光灯管。工业污水的气味更臭，完全压倒了粪便的臭味。贫民区的最后面是一条污水沟———条乌黑的小河有气无力地在我面前缓缓流过，河面上冒出一个个刺眼的水泡，形成一个个小圆圈，不断扩散。两个孩子在漆黑的河水里嬉闹着。

一张一百卢比的钞票飞进了河里。两个孩子目瞪口呆地望着，然后赶紧跑去抢那张钞票，免得它漂走。一个孩子抢到了，另一个孩子开始打他，两个孩子在漆黑的河水里翻滚着。

我走回到那支拉屎的队伍中。其中一人完事后已经走了，但立刻有人填补了他的位置。

我在他们身旁蹲下来，冲他们露齿一笑。

有几个人立刻将目光转向了别处：他们毕竟还是人，还懂得羞耻。有几个人茫然地望着我，仿佛羞耻对他们已经不再重要。这时，我看到有个家伙,一个皮肤黝黑的瘦子在冲我回笑,仿佛为自己正在做的事感到骄傲。

我依然蹲着身子,慢慢移到他蹲着的地方,面对面地望着他。我向他露出灿烂的笑容,他也以灿烂的笑容回报我。

他放声大笑起来——我也开始放声大笑——然后所有拉屎的人全都放声大笑起来。

"我们会帮你付结婚费用的。"我大声喊道。

"我们会帮你付结婚费用的!"他也大声喊道。

"巴尔拉姆,我们还可以帮你操你老婆!"

"巴尔拉姆,我们还可以帮你操你老婆!"

他哈哈大笑,直笑得脸朝下倒在地上,把他那污秽的屁股对着德里污秽的天空。

我往回走的时候,购物中心已经开门。我在公用卫生间洗了洗脸,也洗去双手沾上的贫民区的气味。我走进停车场,找到一把铁扳手,瞄准某个目标挥舞了几下,算是练习,然后拿着扳手回到我的房间。

一个男孩正在我的床边等我。他嘴里衔着一封信,双手整理着裤子上的钮扣。听到我进门的响声后,他立刻转过脸来,嘴里衔着的那封信飘落了下来。我手里的扳手也掉在了地上。

"是他们让我来的。我先坐汽车,然后坐火车,然后一路问到了这里。"他眨了眨眼,"他们说你得照顾我,得教我开车。"

"你究竟是谁?"

"达拉姆,"他说,"我是你鲁图婶婶的第四个儿子。你上次回拉克斯曼加尔时见过我。我当时穿着一件红衬衣。你亲吻了我这里。"他指了指自己的额头。

他捡起那封信,递给我。

亲爱的孙子，

　　你已经有些日子没有回来看我们了，而没有给家里寄钱的日子就更长了，已经有十一个月零两天了。城市已经败坏了你的灵魂，让你变得自私、自负、邪恶。我从一开始就知道会是这样，因为你是一个充满了怨恨、傲慢无礼的孩子。你只要一有机会，就会张开嘴对着镜子里的你望个没完，我得揪你的耳朵才能让你干活。你就像你母亲。你继承了她的天性，而没有继承你父亲温柔体贴的禀性。我们到目前为止一直默默地容忍着，但现在再也忍不下去了。你必须重新开始给我们寄钱，不然我们就告诉你主人。我们已经决定给你安排婚事，如果你不回家，我们就让那姑娘坐车去找你。我说这些事不是要威胁你，而是出于对你的爱。我毕竟是你的亲奶奶，对吧？你小时候我往你嘴里塞过多少糖块啊！还有，你必须照顾达拉姆，要像照顾自己的孩子那样照顾他。你要多注意身体，别忘了，我给你准备了好吃的鸡肉，早晚会邮寄给你的——和写给你主人的信一起寄出去。

你亲爱的奶奶
库苏姆

　　我把信折好，装进口袋，然后给那孩子狠狠一巴掌，打得他摇摇晃晃地后退几步，撞到床边，一头栽到床上，把蚊帐也扯了下来。

　　"站起来，"我说，"我还要再打你一下。"

　　我拿起那把扳手，举到他头顶上——然后将它扔到地上。

　　孩子吓得脸都变成了紫色。他的嘴唇破了，正在流血，但他仍然一声不吭。

　　我坐在蚊帐里，慢慢喝着剩下的半瓶威士忌。我注视着那孩子。

我已经走到了悬崖边上，已经准备杀死我的主人——这孩子的到来算是救了我，免得我变成一个杀人犯（以及在监牢里度过余生）。

那天晚上，我告诉阿肖克先生，我们家给我派来了一个帮手，可以帮我清洗车子。阿肖克先生没有像大多数主人那样为多养一张嘴而生气，而是说："他很可爱，长得像你。他的脸怎么啦？"

我转身对达拉姆说："你自己说吧。"

他眨了几下眼睛，在思考。

"我从公共汽车上摔下来了。"

聪明的孩子。

"以后小心点。"阿肖克先生说，"巴尔拉姆，这真是太好了——你现在有个伴了。"

达拉姆不大爱说话，也不向我要任何东西。我让他睡在地上他就睡在地上，不管别的闲事。我为自己刚才的行为感到内疚，便带他去了一家茶铺。

"达拉姆，学校里的老师现在是谁呀？还是那位克利须那先生吗？"

"是的，叔叔。"

"他还在盗用买校服和买食物的公款吗？"

"是的，叔叔。"

"真有他的。"

"我念了五年，后来库苏姆奶奶说五年已经够了。"

"让我看看你这五年都学了些什么。你会八的乘法口诀表吗？"

"会的，叔叔。"

"背给我听听看。"

"一八得八。"

"这太容易了，后面呢？"

"二八十六。"

"等等。"我掰着指头算了算,看看他是否说对了,"好。继续。"

"请我喝杯茶吧,好不好?"白癜风嘴唇坐到我身旁,冲着达拉姆一笑。

"你自己请自己吧。"我说。

他撅着嘴。"我们劳动阶层的英雄啊,你就这样和我说话吗?"

达拉姆正目不转睛地望着我们,于是我说:"这孩子是从我们村来的,是我们家里的人。我正和他说话呢。"

"三八二十四。"

"我不管他是谁,"白癜风嘴唇说,"劳动阶层的英雄啊,请我喝杯茶。"

他摊开手掌,在我面前慢慢收拢手指——五根手指。这表示:给我五百卢比。

"我一分钱都没有。"

"四八三十二。"

他微笑着用手在脖子上画了一道线。你主人会知道一切的。

"孩子,你叫什么名字?"

"达拉姆。"

"这名字真好听。你知道这名字什么意思吗?"

"知道,先生。"

"你叔叔知道这名字的意思吗?"

"闭嘴。"我说。

现在已经到了茶铺打扫卫生的时候。一个人形蜘蛛将一块湿布丢到地上,开始爬着擦地,墨水般漆黑的臭水在他前面越聚越多,在他的推动下形成了一个个小波浪。就连老鼠也纷纷开始逃离茶铺。坐在餐桌旁的顾客自然难以幸免——漆黑的污水经过他们身旁时溅到了他们身上。污水上面还漂浮着手卷香烟的烟蒂、闪亮的塑料包装纸、打过孔的公共汽车票、洋葱碎片以及新鲜芫荽梗。一只没有灯罩的黄色灯泡映照在污水表面上,像一块黄宝石。

漆黑的污水经过我身旁时,我听到我体内有个声音在说:"可你的心已经变得比那还要黑了,穆纳。"

那天晚上,达拉姆被我的尖叫声惊醒了。他走到了蚊帐前。

"叔叔,你怎么啦?"

"把灯打开,你这笨蛋!快把灯打开!"

他开了灯,看到我在蚊帐内吓瘫了:我连举手指着那玩意儿都做不到。一只肥肥胖胖的蜥蜴顺墙爬了下来,到了我的床上。

达拉姆咧嘴笑了起来。

"我不是开玩笑,你这笨蛋。快把它从我床上弄走!"

他将手伸进蚊帐,抓住那只蜥蜴,一脚将它踩了个稀巴烂。

"把它扔得远远的——扔到屋外去,扔到大楼外面去。"

我看到他的眼睛里有一丝困惑:我叔叔这样的大人居然会怕一只蜥蜴!

他关灯的时候我心想:这就好,他永远不会怀疑我在策划什么。

紧接着,我的笑容消失了。

我究竟在策划什么?

我开始冒汗。我盯着不知是谁在白色的墙壁上按下的手印。

外面的水泥地上传来了木棍的敲击声——白金汉塔楼 B 座的守夜人正拿着他的长棍在巡逻。木棍的敲击声渐渐远去后,房间里一片寂静,只剩下蟑螂啃噬墙壁和四处飞舞的嗡嗡声。这又是一个潮湿、闷热的夜晚。就连那些蟑螂肯定也在出汗——我连气都喘不上来。

正当我以为自己再也睡不着时,我开始一遍遍地背诵那两句诗。

我多年来一直在寻找那钥匙

可那道门却始终敞开着!

然后我进入了梦乡。

我本该注意到墙上那些用蜡纸油印上去的图案——一双砸烂镣铐的巨手。我本该停下来听听卡车上那些头上系着红布条的年轻人在喊叫什么,可我一门心思只想着自己所面临的种种麻烦,根本没有去注意我的国家正在发生的非常重要的事情。

两天后,我开车送阿肖克先生和乌玛小姐一起去罗迪花园。这些天他和她在一起的时间越来越多。他们之间的罗曼史正如鲜花般慢慢绽放。我的鼻子正渐渐习惯她的香水——至少不会她在车内稍微一动我就打喷嚏。

"阿肖克,你还没有向他们提这件事吗?难道一切又会变得和上次一样?"

"事情没那么简单,乌玛。我和穆克什已经为你的事吵了一架。我这次绝不让步,但你得给我一点时间,我需要先把离婚的事解决了——巴尔拉姆,你怎么把音乐声开这么大?"

"我喜欢音乐声大一点。比较浪漫。也许他是刻意这么做的。"

"你听我说,我会提的。相信我。只是……巴尔拉姆,你怎么还没有把音乐声调小一点?这些从黑暗之地来的人有时真是笨得要命。"

"我早就跟你说过了,阿肖克。"

她压低了说话声。

我听懂了几个英语单词:"换人"、"司机"和"本地人"。

你有没有想过换一个司机——换一个本地人?

他嘟哝了一句。

我没有听清,也没有必要听清了。

我望着后视镜：我要和你正面交锋，像男子汉那样四目相遇。可他不敢从后视镜望我。他不敢面对我。

我告诉您，您当时可以听到我咬牙的声音。我还以为自己在盘算他，结果却是他在盘算我！有钱人总是比我们先行一步——是不是？

但这次绝对不会这样。他每走一步，我都要走两步。

外面的马路边坐着一个小贩，旁边摆着一大堆摩托车头盔，上面还包着塑料纸，看上去像一堆被砍下的头颅。

快到花园时，我们看到马路周围全被堵上了：挡在我们前面的是一排卡车，上面挤满了人，都在喊着：

"伟大的社会党人万岁！印度穷人之声万岁！"

"他妈的究竟出什么事了？"

"你今天没有看新闻吗，阿肖克？他们正要公布选举结果。"

"混蛋。"他说，"巴尔拉姆，把恩雅关掉，打开收音机。"

收音机里传出了伟大的社会党人的声音。他正在接受电台记者的采访。

"这次的选举表明，穷人不能被忽视，黑暗之地不会永远沉默。我们的水龙头里没有水，而你们德里人给了我们什么？你们给我们手机。人口渴的时候可以喝手机吗？妇女们每天早晨要步行好多公里才能找到一桶干净的——"

"您想当印度总理吗？"

"请别问我这种问题。我本人没有任何野心，我只代表穷人和那些被剥夺了公民权的人的声音。"

"可是先生您一定——"

"请允许我再说最后一句。我只想看到这样一个印度：每个村里的每个孩子都能梦想成为总理。我刚才说了，妇女们要步行……"

据电台报道，执政党在这次大选中受到重创，几个新的政党将联合执政,其中就包括伟大的社会党人的政党。他获得了黑暗之地的大多数选票。我们驱车回古尔冈的时候,看到他的支持者正成群结队地从黑暗之地涌来。他们随心所欲地开着车,随心所欲地干着想干的事,随心所欲地对着任何女人吹口哨。德里已经遭到了他们的入侵。

阿肖克先生一整天都没有再叫我。他傍晚下楼来,说他想去帝国饭店。他一路上不停地拨弄着手机,不是按键就是冲着手机大吼:

"我们完全被耍了,乌玛。所以我痛恨我现在所做的这些事。我们只能任由这些……"

"别冲我嚷嚷,穆克什。是你自己说选举结果早已安排好了的。对,是你说的!我们现在永远别想摆脱所得税这个烂摊子了。"

"好啦,爸爸,我正在处理!我现在正要去帝国饭店见他!"

他在帝国饭店下车时仍在打着电话。四十二分钟后,他和两个人一起从饭店里走了出来。他弯腰对车窗里面的我说:"巴尔拉姆,照他们说的去做。我从这里打的回去。他们办完事后,你就把车开回白金汉塔楼。"

"好的,先生。"

那两个人拍拍他的后背,他弯腰亲自替他们打开车门。既然他对这两个人如此毕恭毕敬,那这两个人必然是政客。

那两个人上车了。我的心开始怦怦直跳。右边那个人是我童年时的英雄——维查,也就是那位拉克斯曼加尔养猪人的儿子,后来成了公共汽车售票员,再后来又摇身一变成了政客。他的制服又变了:他现在穿着笔挺的西装,系着领带,一副现代印度商人的模样。

他命令我将车开往阿肖卡路,然后转身对他的同伴说道:"那狗娘养的终于把他的车交给我了。"

他的同伴哼了一声,摇下车窗,朝外面吐了口痰。"他现在知道该尊重我们了,对吧?"

维查咯咯地笑了起来。他提高了声音说道:"伙计,车里有什么喝的吗?"

我转过身:他那腐烂发黑的臼齿已经镶上了厚实的金块。

"有的,先生。"

"给我们看看。"

我打开仪表板上的储物箱,将酒瓶递给他。

"好东西。尊尼获加黑方。伙计,有酒杯吗?"

"有的,先生。"

"冰块呢?"

"没有,先生。"

"没关系,我们就这样干喝吧。伙计,给我们倒一杯。"

我用左手驾驶着本田思迪,用右手给他们倒酒。他们接过酒杯,喝威士忌简直就像是在喝柠檬汁。

"要是他不把东西准备好,一定告诉我。我派几个兄弟过去和他谈。"

"不,别担心。他父亲每次到最后都乖乖地付了。这家伙去过美国,脑子里装满了狗屎。不过他最终会付的。"

"多少?"

"七。我原来只想要五,可那狗东西自己说六——他脑子有点笨——然后我说七,他就说可以了。我告诉他,如果他不付钱,我们就让他、他父亲和他老兄见鬼去,就把他们偷煤和逃税的勾当全都抖出来。于是,他开始冒冷汗,我就知道他会付钱的。"

"你肯定吗?我倒是真想派几个兄弟过去。我最喜欢看到有钱人遭罪,那种感觉比勃起还要爽。"

"还有别的人呢。这个家伙不值得我们大动干戈。他说他星期一会把钱拿来的。我们在喜来登饭店交钱,那里的地下层有个非常不错的餐厅,很安静。"

"好。他还可以请我们吃晚饭。"

"那当然。那里的烤肉串棒极了。"

他们中的一人用威士忌酒漱口，一口吞进肚子，打了个嗝，然后喷了喷牙。

"你知道这次选举最棒的是什么吗？"

"什么？"

"我们已经向南部扩展了势力，还在班加罗尔站住了脚。你知道那是未来所在。"

"南部？胡说八道。"

"为什么不是？印度新建的办公大楼中，每三座就有一座修建在班加罗尔。那是未来所在。"

"让那一切见鬼去吧，我根本不相信。南部到处都是泰米尔人。你知道泰米尔人吗？就是黑人。我们是来到印度的亚利安人的后代，而泰米尔人是我们的奴隶。现在居然要他们来教我们。那些黑人。"

"伙计，"维查拿着酒杯向前探过身去，"再给我倒杯酒。"

那天晚上，我把剩下的酒全都倒给了他们。

凌晨三点左右，我开车回到了古尔冈的住宅区。我的心在飞快地跳动，我不想离开车。我将车擦洗了三遍。酒瓶就在车内地板上。尊尼获加黑方——就连空酒瓶在黑市上也能卖个好价钱。我将它捡起来，向仆人居住区走去。

只要给他一个尊尼获加黑方酒瓶，白癜风嘴唇即使被吵醒也不会介意的。

我边走边用手腕转动着酒瓶，感觉着它的重量。这酒瓶虽然是空的，分量也不轻。

我注意到自己的脚步慢了下来，酒瓶在我手里越转越快。

我多年来一直在寻找那钥匙……

酒瓶砸碎的声音在空无一人的停车场回荡着——这声音肯定传

到了塔楼大厅,在各个楼层间反弹,甚至传到了十三楼。

我等了几分钟,以为会有人跑下来。

没有人,我很安全。

我将酒瓶剩下的部分举起来对着光。长长的锯齿般缺口,像爪子,透着几分凶残。

太完美了。

我用脚将散落在周围的酒瓶碎玻璃踢成一小堆。我擦掉手上的鲜血,找到一把扫帚,把那里打扫得干干净净。然后我跪下来,看看是否还有没有捡起来的碎玻璃。停车场里回荡着我一遍遍背诵过的那句诗:

可那道门却始终敞开着

达拉姆躺在地上睡着了,蟑螂在他头上乱爬。我把他摇醒,"睡到蚊帐里面去。"他迷迷糊糊地钻进了蚊帐,我躺在地上,勇敢地面对那些蟑螂。我的手掌上还有一点血:皮肤上形成了三个红色的小血点,就像树叶上的一排瓢虫。我像小孩一样吸吮着手掌,进入了梦乡。

星期天上午,阿肖克先生没有叫我开车送他去什么地方。我在厨房洗碗,擦冰箱,然后说:"我今天上午想请个假,先生。"

"为什么?"他放下了手中的报纸,"你以前从来没有请过一上午的假。你要去哪儿?"

我以前出门时你也从来没有问过我去哪里。这位乌玛小姐究竟给你下了什么药?

"我想带那孩子出去转转,先生。去动物园。我想他肯定很想看看那些动物。"

他笑了。"巴尔拉姆,你很顾家。去吧,和孩子一起好好玩玩。"

他继续看报——但我注意到他翻阅那份英文报纸时眼睛里透着一丝狡诈。

我们走出白金汉塔楼 B 座时,我让达拉姆等我一会儿,然后回去监视大楼入口处。半小时后,阿肖克先生下楼来到了大厅。一个深色皮肤的小个子男人——那模样绝对是仆人阶层——来见阿肖克先生。他们谈了一会儿,然后小个子男人鞠躬告辞。两个人像是谈成了一笔交易。

达拉姆还在等着我。我回去后说了一声:"我们走!"

我和他坐公共汽车去了旧城堡,国家动物园就在那里。我一直把手放在达拉姆的头上——他一定以为我是在疼爱他,可我这样做只是为了不让手发抖——我的手一上午都像断了的蜥蜴尾巴一样在不停地颤抖。

这次将由我先出击。一切都已准备就绪,不会有丝毫差错——可正如我在前面告诉过您的,我这个人胆子比较小。

公共汽车人满为患,我们俩一路站到了目的地。我们汗流浃背。我已经忘记了夏天坐公共汽车是什么滋味。我们在等红灯的时候,一辆奔驰车停在了公共汽车旁。司机坐在摇起的车窗后,躲在凉爽的蛋壳里,冲着我们咧嘴一笑,露出红红的牙齿。

动物园售票处排着长队,许多人带着全家老少一起来动物园。我完全能理解这一点,可我无法理解为什么会有那么多小伙子和姑娘也来动物园,而且还手牵着手,咯咯咯地傻笑着,你揪我一下我拧你一下,眉来眼去,就像动物园是什么浪漫的地方一样。我怎么也不明白。

总理先生,现在每天都有成千上万的外国人飞到我们国家来寻求启迪。他们去喜马拉雅山,去贝拿勒斯,或者去菩提伽耶。他们摆出怪异的瑜伽姿势,抽大麻,与一两个苦行高僧勾搭一番,然后便自以为得到了启迪。

哈！

如果这就是你们来印度寻求的启迪，那么你们这些人完全可以忘记恒河——完全可以忘记隐士们的住处——只需直接去位于新德里中心的国家动物园。

我和达拉姆看到了那些金色鸟喙的鹳，落在人工湖中央的棕榈树上。它们会突然俯冲下来，掠过绿色的湖面，向我们展示翅膀上的少许粉红色。您可以看到远处旧城堡的残垣断壁。

那位伟大的诗人伊克巴尔说得对，你一旦能识别出这世界上的美丽，你就不再是奴隶。让纳萨尔派反政府武装和他们的枪支见鬼去吧。你只要教会每个穷孩子怎么绘画，印度富人的末日就到了。

我尽量让达拉姆学会欣赏城堡轮廓美妙绝伦的起伏，学会欣赏城堡上那些瞭望孔被蓝色天空填满的美景，学会欣赏古老的石块在阳光下闪烁的奇观。

我们从一个兽笼步行到另一个兽笼，走了半个小时。公狮和母狮像真正的城里人一样，相距很远，没有任何交流。河马躺在巨大的泥浆池中，达拉姆想学其他人的做法，朝河马扔一个石子，让它动起来，但我告诉他那样做太残忍。河马一动不动地躺在泥浆中，因为它们天性如此。

让动物活得像动物，让人活得像人。这就是用一句话总结我的全部人生哲学。

我告诉达拉姆我们该走了，可他冲我做着鬼脸，向我苦苦哀求："再待五分钟嘛，叔叔。"

"好吧，五分钟。"

我们来到了一个地方，看到它的四周围着竹篱笆。透过篱笆间的缝隙，我们看到一个动物在来回走着一条直线——是一只老虎。

不是一般的老虎。

而是森林里每一代才出一只的老虎。

我望着它在竹篱笆后面来回走动。黑色的条纹和被阳光照亮的白色毛皮在深色竹篱笆的缝隙中不停地一晃而过，那就像在观看一部慢速放映的老黑白片。它一遍又一遍地走着同一条直线——从竹篱笆的一端走到另一端，然后转身以同样的节奏走回来，仿佛中了邪一样。

它是用这种走路方法来给自己催眠，因为只有这样它才能忍受这牢笼。

就在这时，竹篱笆后的那个东西不动了。它转过头来面对着我。老虎的眼睛与我的眼睛相遇，就像我主人的眼睛常常与我的眼睛在汽车的后视镜里相遇一样。

老虎突然不见了。

一种刺痛感从我的脊柱底部传到了我的腹股沟中。我的双膝开始颤抖，我感到浑身轻飘飘的。我旁边有人尖叫起来："他在翻白眼！他要昏过去了！"我想竭力冲着他喊叫："这不是真的；我没有昏过去！"我想让他们所有人看到我没问题，可我的脚下一滑，大地开始晃动。有什么东西正在挖洞向我逼近：爪子从泥浆中伸出来，扎进我的肌肤，将我拉向黑暗的大地下。

在一切变成黑暗之前，我最后的念头是我现在终于明白了那种你揪我拧的感觉和那种狂喜，我终于明白了恋人们为什么来动物园。

那天晚上，我和达拉姆坐在我房间的地上，我在他面前铺开一张蓝色信纸，然后把一支笔塞到他手里。

"达拉姆，我要看看你写信的水平如何。我要你给奶奶写信，告诉她今天在动物园里发生的事。"

他慢慢地写着，字迹优美。他给奶奶讲了河马、黑猩猩和沼鹿。

"给他讲讲老虎的事。"

他犹豫了一下，然后写道：我们看到笼子里有一只白虎。

"全都告诉她。"

他望着我,然后写道:"巴尔拉姆叔叔在关白虎的笼子前昏了过去。"

"最好还是我来说,你来写。"

他只用了十分钟就全部写了下来。他写得很快,笔头都渗出了黑色的墨水——他停下来,将笔尖在头发上擦了擦,接着写下去。他写完后大声念了一遍:

> 我向周围人大声呼喊,大家一起把叔叔抬到一棵榕树下。有人把水泼到了他的脸上,有几个好心人使劲扇叔叔的耳光,让他苏醒过来。他们转身对我说:"你叔叔在说胡话——他在和他的奶奶说再见。他一定以为自己要死了。"叔叔睁开了眼睛。"你没事吧,叔叔?"我问。他抓着我的手说:"对不起,对不起,对不起。"我问他:"为什么要说对不起?"他说:"奶奶,我不能一辈子都生活在笼子里。对不起。"我们坐公共汽车回到了古尔冈,在茶铺吃了午饭。天很热,我们出了很多汗。今天发生的事就这些。

"后面你想写什么就写什么吧,明天我一开车出去,你就把信寄了——但是别在我还没有开车出去之前就把它寄出去。明白了?"

连绵不断的细雨下了整整一上午。我听到了雨声,但是没有看到。我走到本田思迪车旁,在里面放上香,然后擦座位,擦那些磁铁贴像,还对着食人魔的嘴巴打了一拳。我将一个包袱扔到驾驶座旁,关上车门锁好。

我后退两步,双手合十,对着这辆本田思迪深深鞠了一躬。

我去看看达拉姆在干什么。他显得很孤独,于是我用纸给他折了一个小船,和他一起去大楼外的排水沟放漂。

午饭后，我把达拉姆叫进了我的房间。

我把手放在他的肩膀上，把他慢慢转过去，背对着我。我将一枚一卢比硬币扔到地上。

"弯腰把它捡起来。"

他照我说的去做，我则在一旁注视着他。达拉姆的头发梳得和阿肖克先生一样——从中间向两边分。当你站在那里低头望着他时，你可以看到他的头皮上有一道清晰的白线，一直通到头顶中央的一个点上，也就是人的头发向四周散开的地方。

"站直身子。"

我让他整整转了一圈，然后将那个卢比再次扔到地上。

"你再把它捡起来。"

我望着他头顶那一点。

我让他坐到屋角望着我，然后我自己钻进蚊帐，盘腿坐好，闭上眼睛，掌心贴着膝盖，开始深呼吸。

我不知道我摆出这种佛陀的姿势坐了多久，但我就一直这样坐着，直到一个仆人大声喊叫，说我的主人要我去大门口。我睁开眼——达拉姆正坐在屋角望着我。

"过来。"我说。我拥抱了他一下，把十卢比放进他的口袋里。他会需要这钱的。

"巴尔拉姆，你动作快一点！那铃声响得像疯了一样！"

我走到汽车旁，将钥匙插进去，发动了车子。阿肖克先生站在大门口，一手拿着一把雨伞，一手拿着手机。他上了车，重重关上车门，但手机时刻没有离开他的耳朵。

"我还是不敢相信。这个国家的人民本来有机会让一个能胜任的政党重新掌权，结果却投票选上了一群最肆无忌惮的恶棍。我们不值得——"他暂时放下电话，"巴尔拉姆，我们先去城里——然后我再告诉你去哪里。"——他继续打电话。

马路上到处是泥浆和水,非常滑,我只好慢慢地开车。

"……议会民主,父亲。光是这一条理由,我们就永远赶不上中国。"

我们去的第一站是市中心——又是他常去的一家银行。他拿上那只红色旅行袋,走了进去。我看到他站在玻璃亭子里,按着自动取款机上的按键。他回来时,我可以感觉到汽车后座上那只包的重量增加了。我们从一家银行去了另一家银行,那只包也越来越重。我可以感觉到它压在我后背上的重量——仿佛我不是在开车送阿肖克先生和他的那只包,而是像我父亲那样在用人力车拉着一名顾客和他的包。

七十万卢比。

足够买栋房子,一辆摩托车,一家小店铺。也足够开始一个新生活。

我的七十万卢比。

"巴尔拉姆,现在去喜来登饭店。"

"好的,先生。"

我转动钥匙,发动汽车,换了车挡。我们开始前进。

"巴尔拉姆,放一张史汀的唱片。声音别太大。"

"好的,先生。"

我把激光唱片放进了机器中,车内立刻响起了史汀的歌声。汽车加快了速度,我们不一会儿就经过了甘地带领追随者从黑暗走向光明的那座著名的青铜塑像。

路上的车辆很少。细雨不停地下着。如果我们继续这样前进,我们就会到达饭店——我们首都最富丽堂皇的饭店,一直都是您这种来访的国家元首下榻的地方。不过德里属于那种城市,文明可以在五分钟内出现又消失。马路的左右两边现在只剩下了荒地和垃圾。

我从后视镜中看到,他的注意力全在手机上,其他什么都没有在意。手机发出的一道蓝光照在他的脸上。他头也不抬地问我:"巴尔拉姆,出什么事了?车怎么停了?"

我碰了一下迦梨女神的磁铁贴像,请求她给我好运,然后打开仪表板上的储物箱。那只破酒瓶,那爪子般锋利的玻璃——就在里面。

"车轮有点歪,先生。请给我两分钟。"

我发誓,我都没有碰它,车门就自己打开了。我站在了细雨中。

周围到处都是湿漉漉的黑色烂泥。我踩着烂泥和雨水,蹲在左后轮旁,车身刚好把我挡住,马路上的人根本看不到我。马路旁边有一个大灌木丛,再过去是一片荒地。

马路从来没有像今天这样空空荡荡的,你会发誓这是专门为你安排的。

车内惟一的亮光就是他的手机发出的蓝光。我用一根手指敲了敲他这边的车窗,他朝我转过脸来,但是没有把车窗摇下来。

我用嘴做了个口形,"遇到问题了,先生。"

他没有摇下车窗,也没有下车。他还在玩着手机:不停地按键,不停地微笑。他一定是在给乌玛小姐发短信。

我将嘴唇贴在湿玻璃上,冲他咧嘴一笑。

他放下手机,我握起拳头,用力敲打着车窗。他摇下窗户玻璃,满脸的不高兴。车窗里传出了史汀的歌声。

"什么事,巴尔拉姆?"

"先生,能请您下来一下吗?我们遇到了一个麻烦。"

"什么麻烦?"

他坐在车里根本没有动窝!尽管他的脑子太笨,还没有意识到,但他的身体却已经知道了。

"是车轮,先生。我需要您帮忙。车轮卡在泥巴里了。"

就在这时,汽车大灯突然照到了我的身上,一辆汽车正向我们驶来。我吓得心都停跳了一下。但是那辆车从我们身旁驶了过去，碾压出的泥水飞溅到了我的脚上。

他伸出一只手，打开车门，正准备下车，可某种自我保护的本能仍在阻碍着他。

"巴尔拉姆，天在下雨。你觉得我们是不是应该求救？"

他扭动着身子，反而朝车里面移动了过去。

"啊，不，先生。相信我。出来吧。"

他仍然在扭动身子——他的身子在尽可能地远离我。到手的肉就要失去了，我心想，而这驱使我干了一件多年后我仍然痛恨自己的事。我真的不想那么做——我真的不希望他在生命的最后两三分钟里认为我是那种司机——那种讹诈主人的司机——可他实在把我逼得没有办法了：

"我们那天晚上从将普拉区那家饭店回来后，这辆车就一直有毛病。"

他立刻抬起头来，不再忙着玩手机。

"就是那家顶上有个T字大招牌的饭店。你还记得，是不是，先生？从那天晚上起，这辆车就一直毛病不断。"

他张开嘴又闭上。他肯定在想：这是讹诈还是无意之中提到了过去？不能给他时间去琢磨这一点。

"请下来吧，先生。相信我。"

他把手机放在座位上，开始听从我的命令。手机发出的蓝光把漆黑的车内照亮了一秒钟，然后就灭了。

他打开离我最远的车门，从马路一侧下了车。我蹲下来，躲在汽车后面。

"请到这边来，先生，是这边的轮胎坏了。"

他走了过来，小心翼翼地避开烂泥。

"是这个轮胎，先生——小心点，地上有个破瓶子。"马路旁到处是垃圾,有一个酒瓶很正常。

"来,我来把它扔了。就是这个轮胎,先生。请您看一看。"

他蹲下身。我站起来,手里握着那只酒瓶,手臂弯曲,将酒瓶藏在身后。

他的头就在我的下方,只是一个黑球——我在黑暗中看到他对分头发之间的头皮上有一条细细的白线,像公路上画着的白线一样通到他头顶中央的一个点上——也就是人的头发向四周散开的地方。

这个黑球动了动,他挤眉弄眼地不让雨水落到他的眼睛里,然后抬头望着我。

"这轮胎好像没事。"

我一动不动地站在那里,就像做错事被老师当场发现的小学生。我在想:他那地主脑袋终于发现了。他会站起来,冲着我的脸上给我一拳。

可是,如果你都不知道这里在进行着一场战争,赢得一个战役又有什么意义呢?

"我说,巴尔拉姆,你比我更了解这辆车。我再看一看。"

他又朝那个轮胎看了一眼。我的面前再次出现了那条黑色的公路,白色的油漆路标一直通向顶端那个点。

"那轮胎是有问题,先生。您早该换一个了。"

"好吧,巴尔拉姆。"他摸了摸轮胎,"可我真的认为我们——"

我用力将酒瓶扎了下去,玻璃穿透了他的头骨。我对着他的头顶连扎了三下,玻璃扎进了他的脑子里。尊尼获加黑方,真是非常结实的优质玻璃——二手酒瓶卖出高价也是物有所值啊。

他那失去知觉的躯体倒在了烂泥里。他的嘴巴发出嘶嘶的响声,就像气体从轮胎里漏出来时一样。

我倒在了地上——我的手在发抖,破酒瓶滑了出去,我只能用左手将它捡起来。地上那嘴巴不断发出嘶嘶声的玩意儿用手和膝盖支撑着，开始在地上爬出一个圆圈，仿佛想找一个本该保护他的人。

既然他已经失去了知觉，几个小时都动弹不得，我在逃跑的时候为什么就不能塞住他的嘴巴，把他丢在草丛里呢？这个问题问得好——无数个夜晚，当我坐在办公桌旁，望着头顶上的吊灯时，我也在想着这个问题。

第一个说得通的答案是：他会苏醒过来，取出塞在嘴里的东西，然后报警。因此，我只能杀了他。

第二个说得通的答案是：反正他的家人会对我的家人干出同样可怕的事，因此我只是提前复仇罢了。

我更喜欢第二个答案。

我一脚踏在那个仍在爬行的玩意儿的背上，将它踩在了地上。我跪下来，为我接下来要干的事找到一个合适的高度。我将那躯体转过来，让它面对着我。我用膝盖压住它的胸口，解开领口的扣子，用手摸着锁骨，找到那个点。

我小时候在拉克斯曼加尔常常在我父亲身上摸来摸去，我最喜欢摸的地方就是脖子和胸口的连接处，那里所有的肌腱和静脉都高高地鼓在外面。我只要摸到父亲脖子上凹进去的这个点，我就控制住了他——我只要用一根手指就能让他无法呼吸。

就在我刺穿他脖子的那一瞬间，鹳鸟的儿子睁开了眼睛，他的生命之血喷进了我的眼睛。

我一时什么都看不见，但我成了一个自由人。

等我擦去眼睛里的鲜血时，阿肖克先生已经完蛋了。鲜血快速地从他的脖子里流出来。

但是我可以向您保证，死于肺结核比这还要难受得多。

我将他的尸体拖进草丛，然后将双手和脸埋进雨水和淤泥中。我捡起脚边的那个包袱，里面是那件上面只有一个英文单词的白色纯棉T恤衫，我将它换到身上。我伸手拿过那个镀金的面巾纸盒，用里面的面巾纸把我的脸和双手擦干净。我取下所有磁铁女神贴像，将它们扔到阿肖克先生的尸体上——或许它们可以帮他的灵魂升天。

然后，我上了车，转动点火钥匙，脚一踩油门，开着这辆本田思迪——真是辆好车，也是最忠实的共犯——开始最后一程。既然车里只有我一个人，我伸出左手，关掉了史汀的歌声，然后停下来放松一下。

从现在开始，我想听多久的音乐就可以听多久。

三十三分钟后，火车站那些算命机上的彩色轮子在闪烁。我站在它们面前，死死盯着那上面不断闪烁、旋转的轮子，心中在想：我该回去接达拉姆吗？

如果我现在把他丢在那里，警察肯定会把他当做共犯抓起来。他们会把他投进监狱，与一群疯子关在一起——您肯定知道小男孩被关进那种地方会有什么结果，阁下。

可在另一方面，如果我现在一路赶回古尔冈，有人可能会发现那尸体……然后所有这一切（我握紧了手中的袋子）都会化为乌有。

我左右为难，一时拿不定主意，干脆蹲在了车站的地上。我的左边传来了刺耳的尖叫声，一只塑料桶仿佛有了生命一样在四处滚动，随即桶里露出了一张乌黑的笑脸。那是一个东西，一个小男婴。一对无家可归的夫妇分坐在塑料桶两边，全身肮脏不堪，眼睛无神地呆望着远方。这小东西全然不顾精疲力竭的父母，正独自开心地玩着水。他把水泼到路人身上。"别这样，孩子。"我说。他开始更加起劲地泼水，每次把水泼到我身上时他就会开心地尖叫。我举起一只手，他立刻躲进桶里，不停地在里面敲打着。

我伸手从口袋里掏出来一枚一卢比硬币，仔细看清楚那不是一枚两卢比硬币后，我将它向塑料桶滚去。

我叹了口气，站起身，骂了自己一声，走出了车站。

达拉姆，今天算你走运。

第七晚

家宝先生，您听得到吗？我还是把音量开大一点吧。

  卫生部长今天宣布，计划今年年底前要在班加罗尔根除疟疾。他指示市政府所有官员在根除疟疾之前不得休假。政府将拨款四千五百万卢比用于根除疟疾。
  其他新闻，卡纳塔克邦的首席部长今天宣布一项计划，将在六个月内彻底解决班加罗尔的营养不良问题。他宣称年底前班加罗尔不会再有一个孩子挨饿，所有政府官员都要同心协力朝着这一目标努力，政府将为此拨款四亿卢比。
  其他方面，财政部长宣布今年的预算将包括特殊奖励资金，用于将我们的村庄变成高科技天堂……

这就是全印度广播电台每晚强行灌进我们耳朵里的新闻，而且这些新闻第二天黎明时还会见诸报端。人们偏偏轻信这些胡言。每晚如此，每个早晨如此，天天如此。令人惊讶，是不是？
广播电台的事就说这么多吧。我已经将它关了。现在让我将目光转向头顶上的吊灯，从中得到一些灵感。
温！
我的老朋友！
我们今晚要将这了不起的故事讲完。我今天早晨做瑜伽时——不错，我每天上午十一点醒来后直接练一小时瑜伽——我开始回顾我这个故事的进展，然后突然意识到自己快要把它讲完了，只剩下我是如何摇身一变，从一个被通缉的罪犯成为班加罗尔社会支柱这一过程。

阁下，我们既然提到了瑜伽这个话题，请允许我说一句：每天早晨花一小时练习深呼吸、瑜伽和冥想对企业家开始新的一天真是再好不过了。如果没有瑜伽，我真不知道我该如何排解这该死的行业给我带来的种种压力。我建议您将瑜伽定为中国所有学校的必修课。

不过言归正传，我们还是继续我的故事吧。

我首先得向您解释逃犯生活中的一个方面。逃犯的生活中并非只有恐惧，逃犯也有权享乐。

我在停车场清扫尊尼获加酒瓶碎片的那天晚上，就想出了一个逃往班加罗尔的计划。绝对不能坐直达列车——绝对不行。有人可能会看见我，然后警方就会知道我的去向。我要不断地更换火车，要一路迂回去班加罗尔。

虽然回去接达拉姆完全打乱了我的行动计划——他睡在蚊帐里，我把他叫醒，告诉他我们要去南方度假，然后拉着他就走——而且一手拎着那个红色旅行袋一手牵着达拉姆也不是一件容易的事（您知道，火车站对小孩来说可不是个安全的地方，因为那里到处都有不三不四的人），但我还是以这种迂回的方式离开德里去了南方。

以这种方式旅行的第三天，我来到了海得拉巴。我拎着那只包，在车站的茶铺排队，准备在开车前买一杯茶。（达拉姆在守着车厢里的座位。）茶铺的正上方有一只蜥蜴，我正全神贯注地盯着它，希望它在轮到我买茶之前爬走。

那只蜥蜴转向左边，从贴在墙上的一张大纸上跑过，一动不动地呆了一下，然后箭一般地冲向了一旁。

墙上那张大纸是警方的通缉告示——通缉我的告示。它已经早我一步赶到了这里。我望着它，脸上露出了得意的笑容。

但这个笑容只持续了一秒钟，因为不知是出于什么荒唐的原因——你可以看到印度人做事是多么马虎——我的通缉告示被人用订书机订在了另外一张通缉令上。那上面通缉的是来自克什米尔的两个家伙——两个因为炸了什么玩意儿而遭通缉的恐怖分子。

如果你望着那两张通缉告示，你几乎会以为我也是恐怖分子。真烦人。

我意识到有人正在注视我。有个家伙双手放在背后，边看着通缉告示边死死地盯着我。我开始发抖。我慢慢地一步步逃离那通缉告示，但已经来不及了。那家伙一看到我就跑到我跟前，抓住我的手腕，紧紧盯着我的脸。

他开口问道："那上面说什么？你在看的那张告示上说什么？"

"你自己看呗。"

"看不懂。"

我这才明白他为什么要跑过来。那是一种迫切的心情，一个文盲迫不及待地要引起会识字的人的注意。我从他说话的口音中知道，他也来自黑暗之地。

"那是本周追捕的通缉犯，"我说，"那两个人是恐怖分子，来自克什米尔。"

"他们干了什么？"

"他们炸了一所学校，死了八个孩子。"

"那这个家伙呢？留着胡子的这个家伙呢？"他用右手指关节敲了敲我的照片。

"是他抓住了那两个恐怖分子。"

"他怎么抓住他们的？"

为了装出一副我在阅读墙上文字的假象，我眯起眼睛望着那两张告示，嘴唇还装模作样地动了动。

"这家伙是个司机。这上面说他当时在开车，这两个恐怖分子走到了他的面前。"

"然后呢？"

"这上面说他假装不知道他们是恐怖分子，用车载着他们在德里转悠。然后，他在一个暗处停下车，砸碎一个酒瓶，用破酒瓶割断了他们的脖子。"我用拇指做了个砍脖子的动作。

"什么样的酒瓶？"

"装英国烈酒的瓶子，通常都很结实。"

"我知道，"他说，"我以前每礼拜五都要去英国烈酒店帮主人买酒。他喜欢斯米尔夫恩。"

"是斯米尔诺夫。"我说，可他根本没在听。他正目不转睛地盯着告示上的照片。

突然，他把手搁在了我的肩膀上。

"你知道告示上这个人像谁吗？"

"像谁？"我问。

他咧嘴一笑。

"像我。"

我看看他的脸，又看看那照片。

"还真是的。"我说着拍了拍他的背。

我告诉过您，印度有一半的男人长得都像那照片上的人。

我随即为那可怜的文盲感到难过，因为我想到他刚刚经历的正是我父亲曾经在无数个火车站所经历过的事——被陌生人奚落和哄骗。于是，我先给他买了杯茶，然后才回到火车上。

阁下：

我不是政治家，也不是国会议员。我不是特殊材料做成的人，可以在杀了人之后若无其事地继续生活，仿佛什么事情都没有发生过一样。我在班加罗尔花了整整四个星期才平静下来。

我在那四个星期里天天干着相同的事。我交了五百卢比押金，在火车站附近一家破旧的小旅馆住了下来。我每天早晨八点钟出门，拎着满满一包现金转悠四个小时（我不敢把钱留在旅馆里），然后再回去吃午饭。

我和达拉姆一起吃饭。他上午是怎么度过的，我不得而知，但他显然心情很好。这是他有生以来第一次度假。他的笑容让我的心情逐渐好了起来。

午餐是四卢比一盘，南方吃的东西可谓物美价廉，只是有些怪异：切碎的蔬菜泡在稀糊糊的咖喱汁中端上来。饭后我就回房间睡觉，下午四点钟下楼要一包帕雷牛奶饼干和一杯茶，因为我还不知道怎样喝咖啡。

我很想尝尝咖啡。您听我说，这个国家是北方的穷人喝茶，南方的穷人喝咖啡。我不知道这是谁规定的，但情况就是这样。因此，我这是第一次每天都可以闻到咖啡的香味。我真想尝一尝，可在喝咖啡之前必须先懂得怎么喝咖啡。喝咖啡有一套礼节，有一套程序，确实让我很着迷。咖啡是装在一个大杯子里端上来的，然后按一定的量倒进一个平底浅杯，再按一定的速度从平底浅杯里慢慢啜着。我不知道倒咖啡有什么讲究，也不知道喝咖啡有什么讲究。刚开始时我只是看别人怎么喝。

我用了一个星期才发现每个人喝咖啡的方式都不一样。这个人一次性把咖啡全都倒进平底浅杯，那个人则根本不用平底浅杯。

我暗想，他们都不是本地人，都是第一次喝咖啡。

这是班加罗尔的又一大景观。这座城市到处都是外来人，谁也不会去注意别人。

我在火车站旁的旅馆住了四个星期，无所事事。我承认我的心中还有一些顾虑。我当初是不是应该去孟买？但警察肯定立刻就会想到这一点——电影中那些人在杀了人之后不是一个个都去了孟买吗？

加尔各答！我应该去那里。

有天早晨，达拉姆说："叔叔，你好像心情很不好，我们出去走走吧。"我们经过了一个公园，杂草丛中的长凳上躺着几个醉鬼。我们来到了一条宽阔的马路上，马路对面有一座石头砌成的大楼，顶上还有一头金狮子。

"叔叔，那是什么大楼？"

"我不知道，达拉姆。那一定是部长们在班加罗尔的住处。"

我看到大楼的山墙上有一条标语：

政府工作就是神的工作

"你笑了，叔叔。"

"是啊，达拉姆，我是在笑。我想我们在班加罗尔一定会过得很快活。"我朝他眨了眨眼。

我搬出了那家旅店，租了一间公寓。我现在必须在班加罗尔谋生——我必须弄清楚怎样才能融入这座城市。

我试着聆听班加罗尔的声音，就像我当初聆听德里的声音一样。

我去 M.G. 路，坐在"咖啡日"咖啡馆里，也就是门外有露天座位的那家咖啡馆。我手里拿了一支笔和一张纸，把我偷听到的一切全都记下来。

> 我只用了两分半钟就完成了这个计算机程序。
>
> 今天有个美国人提出要用四十万美元买下我那新成立的公司，我对他说："不够！"
>
> 惠普公司真的比 IBM 公司好吗？

这座城市里的一切似乎都只跟一件事有关。

外包。也就是说人在印度,通过电话为美国人干事。其他一切——房地产、财富、权利、性——都源自这一行。因此,我也得想方设法加入到外包这一行中。

第二天,我叫了一辆电动人力车,去了电子城。我看到路旁有一棵榕树,便坐到了树下。我坐在那里,一直望着那些大楼。傍晚,我看到一辆辆运动型多功能车开了进去。我在那里一直待到凌晨两点,看到那些车又一辆辆地驶出了大楼。

我想,就是它了,我就靠这一行融入这个城市。

总理阁下,我来给您解释一下。班加罗尔的男男女女都像森林里的动物那样生活着,白天睡觉,晚上工作,一直干到凌晨两点、三点、四点、五点,而且完全视情况而定,因为他们的主人在美国,在世界的另一边。现在的大问题是:那些小伙子和姑娘们——尤其是那些姑娘们——晚上怎么去上班,凌晨三点钟怎么回家?班加罗尔没有夜间公交系统,也没有孟买那样的火车系统,再说姑娘们坐公交车和火车也不安全。坦率地说,这座城市里的男人个个如狼似虎。

这就是企业家应运而生的原因。

接下来,我去找了城里一个丰田 Qualis 车的经销商,用最亲密的口气对他说:"我想开你的车。"经销商莫名其妙地望着我。

我真不敢相信我会说那种话。一朝为仆,终身为奴:那种本能始终在那里,在你体内,在靠近你脊柱底部的某个地方。(总理先生,如果您哪天来我办公室,我可能会立刻想为您按摩脚!)

我揪了一下左手掌,用低沉沙哑的声音笑着说:"我想租你的车。"

阁下,我这了不起的成功故事的最后一部分要告诉您我是如何从一个社会企业家变成一个商业企业家的。这部分讲起来真不容易。

我一家一家地给班加罗尔那些外包公司的头打电话。他们需不需要出租车晚上帮他们接员工？他们需不需要出租车深夜送员工回家？

您当然知道他们是怎么答复我的。

有一个女人心肠比较好，她向我解释说：

"你跟我们联系得太晚了。班加罗尔的每家公司都已经安排了出租车，负责晚上接送员工。我很抱歉告诉你这一点。"

这就像我当初在丹巴德刚开始闯荡时的情况一样——我非常沮丧，在床上躺了一整天。

我问我自己，阿肖克先生会怎么做？

我突然醒悟过来。我并非孤身一人——有人站在我这边！有成千上万的人站在我这边！

您来班加罗尔时会看到我的那些朋友——大腹便便的胖子，挥舞着警棍，走在军旅路上，滋扰那些摊贩，收取保护费。

我说的当然是那些警察。

第二天，我出钱请了一个当地人给我做翻译——我相信您已经知道了，我们国家的北方人和南方人说着不同的语言——然后去了最近的警察局。我手里拎着那只红色旅行袋。我装出一副大人物的神情，不停地晃动着手中的包，好让那些警察个个都看到，我还把我刚印好的名片分发给他们。我坚持要见他们的头，也就是警察局长。他们最后终于让我进了他的办公室——那只红色旅行袋起到了神奇的作用。

他们的头坐在一张巨大的办公桌后，咔叽布制服上别着闪亮的警徽，额头上贴着的红点代表着他的宗教信仰。他身后有三张神像，但都不是我要寻找的。

啊，感谢神。那里还有一张甘地的像，放在角落里。

我满脸堆笑，双手合十，将那红色旅行袋递给了他。他小心翼翼地将包打开。

我通过翻译对他说:"长官,我想对您表达我的一点谢意。"

真令人不敢相信。你刚亮出钞票,所有的人就立刻能听懂你所使用的语言。

"感谢我什么?"警察局长用印地语问,同时眯起一只眼睛望着包里面的东西。

"感谢您将要帮我的忙。"

他边数着钱——一万卢比——边听我说着,然后开口要我加倍。我答应给他添一点,他很高兴。总理先生,我告诉您,在我和他讨价还价的时候,通缉我的告示——也就是我已经看到过的那张告示——就在那里,而且上面还有我的一小张黑乎乎的相片。

两天后,我给互联网公司曾经拒绝过我的那位好心的女士打了个电话,结果听到了一个惊人的消息。她的出租车服务已经中断了。警察搞了一次突击检查,发现大多数司机都没有驾照。

"我很抱歉,女士,"我说,"我向您表达我的同情,此外我也向您介绍我的公司,白虎出租车公司。"

"你的司机都有驾照吗?"

"当然都有,女士。您可以打电话向警方核实。"

她肯定给警方打了电话,然后又给我回了话。我认为警方肯定替我说了一些好话,结果我就——按照英文的说话——"起步"了。

最初我也是司机之一,但我后来不再开了。您知道吗,其实我并不喜欢开车。与人聊天要有意思得多。我的"起步"公司现在已经发展成了一个大公司。我们有十六个司机,二十六辆车,分成了几班。是的,没错:某个人的几十万卢比,再加上勤奋努力,足以在这个国家创造出奇迹。如果将我的不动产和银行持股合在一起,我的身价早已到了相当于我当初从阿肖克先生那里借来的钱的十五倍。您可以亲自登录我的网站看一看,看看我的座右铭:"我们推动科技前进"[1],而且用的是英文!您可以看看我车队的照片:二十六辆崭新的丰田 Qualis,全都配备了夏天所需的空调,全都与著名科技公司签了约。如果您喜欢我的运动型多功能车,如果您想以上档次的方式送您客服中心那些小伙子和姑娘们回家,请点击网页上的一个地方,那上面会写着:

现在就联系阿肖克·夏马!

对,阿肖克!这就是我现在的名字。阿肖克·夏马,来自印度北方的企业家,现在定居在了班加罗尔。

如果您现在和我坐在一起,在这吊灯下,我会把我这一行的所有秘密都告诉您。您可以盯着我的苹果笔记本电脑的显示屏,看看我那些运动型多功能车的照片,我的司机和车库的照片,以及我的机械师和那些被我贿赂的警察的照片。

他们全都属于我——属于命中注定本该成为糖果师的穆纳。

您会看到我手下那些人的照片,总共十六个人。我以前是为主人开车的司机,现在是司机们的主人。我不把他们当成仆人——我不扇他们的耳光,不欺负他们,也不嘲笑他们。我不侮辱他们,称他们为我的"家人"。他们是我的雇员,我是他们的老板,仅此而已。我让他们在合同上签字,我也在上面签上我的大名,然后我们双方都得遵守合同。仅此而已。如果他们留意我走路的样子,留意我穿衣和办事井井有条的方式,他们的生活就能上个台阶;否则,他们只能一辈子当司机。我让他们自己选择。活一干完,我就将他们赶出办公室:不让他们闲聊,不让他们喝咖啡。白虎不能有朋友,否则太危险。

---

[1] 原文为双关语,另一个意思是"我们驾车,送科技公司的员工前进"。

尽管我的成功故事非常了不起，我并不想与我真正得到人生教育的那些地方失去联系。

也就是那些道路和人行道。

我会在傍晚或清晨在班加罗尔四处走动，只是为了聆听道路的声音。

有天傍晚，我在火车站附近，看到十几个劳工聚集在一堵墙前，低声说着什么。他们说的是一种我从未听过的语言，他们属于当地人。我不必非要听懂他们的话才知道他们在说什么。在这样一座有那么多人从其他地方涌进来的城市里，这些本地人落伍了。

他们在看着墙上的什么东西。我想看看那是什么，但他们突然不再吭声，全都涌到了墙壁前。我只好威胁要叫警察，他们才让开，让我看到了他们所看的东西。

那是一个用蜡纸油印上去的图案，一双砸碎镣铐的大手：

伟大的社会党人即将莅临班加罗尔

几个星期后，他来了。他在这里搞了一个盛大的集会，发表了一个精彩的演讲，喋喋不休地说着火和血，还说要清除这个国家的富人，因为再过十年穷人将没有淡水，因为这个世界正变得越来越热。我站在后面听着。演讲结束时，大家像疯了一样的鼓掌。有一点可以肯定，这座城市里的怨气很大。

您来班加罗尔（或者印度的任何一座城镇）的时候，只要仔细聆听，您就会听到骚动、谣言、暴动的威胁。夜晚，人们坐在路灯下阅读；人们聚集在一起讨论；人们将手指指向天空。他们会不会在某个夜晚摧毁那鸡笼？

哈！

也许每一百年会发生一次革命，彻底将穷人解放出来。这是我从茶铺用来包那些油腻的三角饺子的旧课本上看到的。您听我说，我在课本的那一页上看到，人类历史上只有四个人成功地领导革命，解放了奴隶，消灭了他们的主人。

一场印度革命？

不，阁下，印度不会发生革命。这个国家的人民仍然在等待，等待着别处来的一场战争来解放他们。革命绝对不会发生。每个人都必须创建自己的圣城。

印度的青年们，你们的革命之书就藏在你们肚子深处。将它拉出来，好好看看。

不，他们不会，他们只会坐在彩色电视机前，观看板球赛和洗发水广告。

说到洗发水广告，总理先生，我得说我现在一看到金色头发就恶心。我认为女人不该有那种颜色的头发，不健康。我不再相信电视，也不再相信班加罗尔到处可见的那些白人女人的巨型户外广告。我现在依靠我自己的经验，依靠我在五星级饭店里获得的经验。（没错，家宝先生：我已经不再去"红灯区"。买卖那些生活在鸟笼里、被人像动物一样对待的女人是不对的。我只把钱花在我在五星级饭店里找到的姑娘身上。）

根据我的经验，印度姑娘为世界第一。

（嗯，世界第二吧。您听我说，家宝先生，让班加罗尔的男人最兴奋的景象之一便是尼泊尔姑娘的那眼神从电动人力车的深色车篷下向你射来。）

事实上，一看到这些披着金色头发的外国人——您会发现班加罗尔的街头如今到处都是这种人——我就坚信白人正在走向末日。他们一个个显得那么消瘦——那么弱不禁风。你会发现他们连一个像样的肚子都没有。关于这一点，我真的要怪罪美国总统，他居然让鸡奸在他的国家变得完全合法，让男人和男人结婚，而不是和女人结婚。广播里是这么说的。这导致了白人男人的衰落。还有,白人手机使用得太多,这伤害了他们的大脑。众所周知,手机会造成脑癌,造成阳痿。日本人发明手机就是为了同时造成白人脑子和蛋蛋的萎缩。这是我有天晚上在公共汽车站听到的。我在那之前一直为自己使用诺基亚手机而感到高人一等,向每一个我希望将我的鸟嘴插进她体内的客服中心姑娘显摆我的手机,但我听到那句话后立刻扔掉了手机。所有打给我的电话都必须打固定电话。虽然这对我的生意有所影响,但我的大脑太重要了:这是一个善于思考的人在这个世界上的全部所有。

白人会在我的有生之年彻底完蛋。虽然这世界上还有黑人和红种人,但我不知道他们都在忙些什么——广播里从来不提他们。我谦虚地预测:再过二十年,站在金字塔顶端的将是我们黄种人和棕色人,我们将统治整个世界。

其他所有人就得由上帝去拯救了。

我现在应该向您解释一下,两天前的晚上我为什么会突然中断那么久。

我也可以顺便解释一下班加罗尔和拉克斯曼加尔之间的区别。家宝先生,您得明白一点,并非您一来班加罗尔就看到这里人人都很道德、正直。这座城市也有无赖和政客,只是假若有人在这里想当好人,他可以当一个好人。而在拉克斯曼加尔,他根本没有这种选择余地。这就是这个印度和那个印度之间的区别:选择权。

那天晚上我正坐在这里,给您讲述我的人生故事,突然我的固定电话响了。我一边继续和您聊着,一边拿起了电话听筒,结果听到了穆罕默德·阿西夫的声音。

"先生,遇到麻烦了。"

我立刻中断了与您的交流。

"什么样的麻烦?"我问。我知道那天晚上轮到穆罕默德·阿西夫值班,因此我做好了最坏的打算。

电话那头沉默了片刻,然后他说道:"我在送姑娘们回家的时候撞了一个骑自行车的男孩。他死了,先生。"

"立刻报警。"我说。

"可是先生——责任在我,是我撞了他。"

"所以你才需要报警。"

我开着一辆空面包车赶到现场时,警察已经在那里了。那辆肇事的丰田 Qualis 停在路旁,姑娘们仍然坐在里面。

地上躺着一具尸体,一个男孩,浑身是血。自行车倒在地上,已经扭曲变形。

穆罕默德·阿西夫站在一旁,不停地摇着头。有人在冲着他吼叫——那种激动的样子只有在死者亲戚的脸上才能看到。

现场的警察不让任何人离开。他看到我时朝我点点头。我们这时已经很熟了。

"那是死者的哥哥,先生。"他小声告诉我,"他气疯了,我没办法把他从这里带走。"

我摇晃着穆罕默德·阿西夫,让他从恍惚中清醒过来。"你先开我的车,把那些女人送回家。"

"让我的手下先去吧,"我大声对那警察说,"他得把车上那些人送回家。不管是什么事,你只管找我。"

"你怎么能放他走?"男孩的哥哥冲着警察吼道。

"你听我说,孩子,"我说,"我是这辆车的车主,你要吵架的对象是我,不是那司机。他当时在执行我的命令,尽量开快车。手上沾了鲜血的不是他,而是我。这些姑娘需要回家。你跟我一起去警察局——我把我自己押给你当赎金。让他们走吧。"

警察也与我一唱一和。"这是个好主意,孩子。我们得去局里做个登记。"

就在我继续与那孩子的哥哥讲道理,让他识大体,使他无法分心的同时,穆罕默德·阿西夫和所有姑娘上了我开来的面包车,溜走了。这是第一个目的——把那些姑娘送回家。我与她们的公司签有合同,而只要是我签过字的东西我都会严格照办。

我和那孩子的哥哥一起去了警察局。夜间值班的警察给我端来了咖啡,但没有端给那孩子的哥哥。我接过杯子时,那男孩的哥哥怒视着我,那神情仿佛要立刻将我撕成碎片。我喝了一小口咖啡。

"副局长五分钟后就到。"有个警察说。

"是他负责登记案子吗?"那孩子的哥哥问,"因为到目前为止谁也没有过问这件事。"

我接着喝咖啡。

这个警察局的副局长是我常常孝敬的对象,曾经帮过我一次,把我的一个竞争对手搞定了。他是个人品最差的家伙,脑子里整天只想着一件事——怎样从走进他办公室的每个人身上搞到钱。真是个人渣。

但他是属于我的人渣。

我一看到他,心情立刻好了许多。他竟然半夜专程从家里赶到警察局来帮我,真可谓盗贼之间也有诚信。他立刻就明白了整个情况,没有理我,直接走到那孩子的哥哥面前,对他说:"你有什么要求?"

"我要填一份案情初步报告表。"孩子的哥哥说,"我要你们记录下这起罪行。"

"什么罪行?"

"撞死我弟弟的事。就是这个人的——"他用手指着我,"——的汽车撞的。"

副局长看了一眼手表。"我的天哪,这么晚了,都快五点钟了。

你干吗不回家去？我们可以忘记你来过这里。我们可以让你回家。"

"那这个人呢？你们会不会先把他关起来？"

副局长将手指聚拢在一起，叹了口气："你听着，车祸发生的时候，你弟弟的自行车上没有装灯。这是违法的事，你也知道。我们还会发现其他情况。我可以向你保证，肯定能发现其他情况。"

那孩子目瞪口呆，使劲摇摇头，仿佛自己听错了。"我弟弟死了。这个人是凶手。我实在不明白你们这里是怎么回事。"

"你给我听着——回家去，洗个澡，向神祈祷后睡个好觉。明天早晨再回来，我们那时再填写案情初步报告表，好吗？"

孩子的哥哥现在终于明白了我为什么要把他带到警察局来，也终于明白了他已经中了圈套。也许他在这之前只见过印度电影中那些除暴安良的警察。

可怜的孩子。

"这太可耻了！我要给报社打电话！我要给律师打电话！我要给警察打电话！"

副局长虽然缺乏幽默感，这时脸上也露出了一丝笑容。"太好了，你这就给警察打电话呀。"

孩子的哥哥冲了出去，嘴里不停地嚷嚷着，继续威胁着副局长。

"明天换一块车牌，"副局长说，"我们就说那是肇事逃逸，用另一辆车顶罪。我们专门备有一些撞坏的汽车，用于这个目的。你算是运气不错，你的丰田 Qualis 只撞死了一个骑自行车的人。"

我点点头。

如果被撞死的是骑自行车的人，警方可以连这案子都不记录。如果被撞死的是骑摩托车的人，警方就必须记录这个案子。如果被撞死的是开车的人，警方恐怕只好将我关进监狱。

"万一他去找报社呢？"

副局长拍拍自己的肚子。"这座城市里的所有记者都在这里。"

我没有立刻给他一个信封。给信封有给信封的时间和地点。现在是微笑、说着感谢话、喝着他端来的热咖啡的时候；现在是与他聊聊他那两个儿子的时候——他的两个儿子都在美国读书，他希望他们回来后在班加罗尔开一家互联网公司；现在是点头、微笑、向他露出我那亮晶晶的镀氟牙齿的时候。我们一杯接一杯地喝着热气腾腾的咖啡，头上是一副挂历，上面印着拉克希米女神——她正把罐子里的金币倒进富裕之河中。她的上方挂着一个镜框，里面是众神之神的肖像——露齿而笑的圣雄甘地。

我一星期后会带着信封再去见他，那时的他绝对不会这么客气。他会当着我的面数钱，然后说："就这么点？你知道两个儿子在外国念大学要花多少钱吗？你真应该看看他们每个月寄给我的美国运通卡账单！"他会要我再给他一个信封，然后再给他一个，再给他一个，没完没了。家宝先生，阿肖克先生真是一针见血地说到了点子上——这种事在印度就是没完没了。你得不停地喂那些混蛋。不过，我现在是从富人的角度抱怨警察，穷人们抱怨警察的角度完全不同。

这种不同决定了一切。

先生，我第二天把穆罕默德·阿西夫叫进了我的办公室。看到他还在为自己的过错羞愧难当，我实在不忍心再责备他。

再说，那毕竟不是他的错，也不是我的错。班加罗尔的外包公司太抠门，强迫出租车公司每晚必须给他们跑多少趟车，而那是一个根本无法达到的数字。为了保证给他们提供正点服务，我们只能疯狂地开车，不停地在马路上撞倒或者撞伤人。这座城市里的每个出租车公司都面临着这个问题。不要怪我。

"不要再担心那件事了，阿西夫。"我说。这孩子完全一副失魂落魄的样子。

阁下，我已经学会了尊重穆斯林。除了那四位大诗人外，他们都不太聪明，但他们却是好司机，而且绝大多数都很诚实我不会因为这件事就开除阿西夫。

可我确实要他去打听那孩子家的地址，也就是被我们撞死的那个孩子。

他死死地盯着我。

"为什么要去，先生？我们根本不用害怕他的父母。请不要让我去打听。"

我让他打听出了那个地址，然后告诉了我。

我从保险柜里取出一叠钞票，全是崭新的一百卢比一张的票子，将它们装进一个棕色信封里。我亲自开车去了那里。

开门的是孩子的母亲。她问我有什么事，我说："我是那家出租车公司的老板。"

她自然知道是哪一家出租车公司。

她在一只金属平底浅杯上架了一只大咖啡杯，给我端来了一大杯咖啡。印度的南方人确实很讲究礼节。

我将咖啡倒进平底浅杯，以正确的方式喝了一小口。

墙上有张年轻人的相片，周围挂着一大串茉莉花环。

我把咖啡喝完后才开口，然后将那只棕色信封放在桌上。

这时，一位老人走了进来，站在那里瞪着我。

"首先，我想为令郎的事向你们表达我的悲伤之情。我自己也失去过亲人——失去过很多亲人——所以我完全知道你们的痛苦。他是不应该死的。

"其次，这件事完全是我的过错，而不是司机的。警方放过我，因为这就是我们所生活的这个<u>丛</u>林的法则。但我绝不推卸责任。我请求你们的原谅。"

我指了指放在桌上的那个棕色信封。

"那里面有两万五千卢比。我给你们钱不是因为我必须给你们，而是因为我想给你们。你们听懂了吗？"

那老太太不愿意收下这笔钱。

但那老头，也就是男孩的父亲，却在不停地望着那信封。他说："至少你还算个人，还知道来这里。"

"我想帮一帮你们家的另一个儿子。"我说，"他很勇敢，那天晚上在警察面前毫不胆怯。如果你们愿意，他可以来我的公司当司机。如果你们愿意，我可以照顾他。"

那女人用手捂着脸，摇摇头，眼泪夺眶而出。我完全能理解。她可能在那孩子身上寄托了很多希望，就像我母亲在我身上寄托过希望一样。不过那父亲倒是软了下来，男人们在这种事情上比女人理智。

我感谢他用咖啡款待我，毕恭毕敬地向那位悲痛欲绝的母亲鞠了一躬，然后就离开了那里。

我回到办公室时，穆罕默德·阿西夫正在那里等着我。他摇摇头问："为什么？你为什么要浪费那么多钱？"

我在那一刻才想到，也许我真的犯了个错误。也许阿西夫会告诉其他司机，说我怕那个老太太，然后其他司机就会认为他们可以欺骗我。这让我感到很不安。我不喜欢在我的雇员面前示弱。我知道那会导致什么结果。

但我一定要与众不同，您看出来没有？我不能像野猪、水牛和乌鸦那样生活——他们可能还在拉克斯曼加尔过着老一套的生活。

我已经来到了光明之地。

我现在给您说一说《谋杀周刊》上的典型故事或印度电影都是怎么结尾的。一个穷人杀了一个富人。好。然后，他拿走了钱。好。可是，他却从此噩梦缠身，被他杀死的那个人会伸出血淋淋的手指追赶他，嘴里还不停地喊着：杀——人——犯，杀——人——犯。

现实生活中根本不会出现这种事。相信我。这也是我不再看印度电影的原因之一。

只有一个晚上,我梦见奶奶骑着水牛来追我,但这种梦以后再也没有出现过。

真正的噩梦截然不同。你躺在床上,辗转反侧,梦见自己没有杀人———一时紧张,让阿肖克先生溜走了;梦见自己还在德里,还是另一个人的仆人,然后你醒来。

你不再冒冷汗,心跳也慢了下来。

你干了!你杀了他!

来到班加罗尔大约三个月后,我去了一座寺庙,给他们所有人举行了最后的送别仪式:库苏姆、基尚、我所有的婶婶、堂兄弟、侄儿和侄女。我甚至还为那头大水牛祈祷了一番。谁知道谁还活着,谁死了?然后,我对基尚、对库苏姆、对他们所有人说:"以后别再打搅我了。"

此后,他们果真不再来打搅我,基本上是吧。

一天,我在报纸上看到一则消息:《印度北部某村庄一家十七口惨遭灭门》。我的心开始怦怦直跳——十七口?这不对呀——不是我们家呀。那只是报纸上每天早晨都会刊登的豆腐干那么大小的恐怖新闻,上面根本没有提及那个村庄的名字,只说那村庄位于黑暗之地——靠近格雅。我将那则消息看了一遍又一遍——十七口人!我们家没有十七个人……我长舒一口气……可万一有谁生了孩子呢……?

我把那张报纸揉成一团扔掉。此后几个月里,我为了保险起见不再看报纸。

您听我说,他们可能会遭遇这样的结果。要么鹳鸟派人将他们全杀了,要么杀了他们当中的几个,再毒打其他几个。即使出现奇迹,他或者警察没有这么做,邻居们也会断绝与我们家人的来往。

您听我说，如果某个家庭出了一个坏孩子，整个村庄都会名誉扫地。因此，村民们就会逼迫他们搬走——他们只好去德里、加尔各答或者孟买，住在水泥桥下，以乞讨为生，没有任何未来可言。这比死好不了多少。

家宝先生，您说什么？我是不是听到您说我是个冷血恶魔？

阁下，我曾经在火车站听到过一个故事，要么就是我在市场上买烤玉米的时候从包装纸上看到的——我已经不记得了。那是佛的一个故事。一天，某个狡诈的婆罗门想哄骗佛陀，问他："大师，您认为您是人还是神？"

佛陀微笑着说："都不是。只是你们大家还在睡梦中的时候我已经醒了。"

家宝先生，我也会用同样的答案来回答您的问题。您问："你是人还是恶魔？"

我说，都不是。我已经醒了，其他人却还在睡梦中，而这就是我们之间的区别。

我根本就不应该想他们，不应该想我的家人。

达拉姆就不想。

他现在已经猜到发生了什么。我起初告诉他我们是在度假，而且我认为他最初一两个月的确以为我们是在度假。他什么也不说，但我有时看到他正用眼角的余光望着我。

他知道。

我们晚上一起吃饭，坐在餐桌两边，互相望着对方却没有多少话。他吃完后，我给他一杯牛奶。两天前，他喝完牛奶后，我问他："你有没有想过你妈妈？"

他没有吭声。

"你爸爸呢？"

他冲我一笑，然后说道："叔叔，再给我一杯牛奶好不好？"

我站起身,他又加上一句:"还有一碗冰淇淋。"

"达拉姆,星期天才能吃冰淇淋。"我说。

"不,今天就吃。"

说完,他冲着我微笑。

啊,他全猜到了。这个小混蛋居然学会了敲诈我。只要我继续喂饱他,他就会把嘴闭紧。要是我进了监狱,他就会失去冰淇淋和牛奶,对不对?他一定是这样想的。我告诉您,下一代人没有任何道德观。

他现在就读于班加罗尔的一所好学校————一所英文学校。他现在念起英文来发音和有钱人家的孩子一样。他可以像阿肖克先生那样准确地念出"比萨饼"。(而且他真喜欢吃那玩意儿——真是恶心!)每当看到他坐在餐桌旁,在干净的白纸上做长长的除法题,我的心头就充满了骄傲。那都是我从来没有学过的东西。

我知道,早晚有一天,现在喝着我的牛奶、大碗大碗地吃着我的冰淇淋的这个孩子会问我,你就不能放过我母亲?你就不能写信告诉她,让她及时逃走?

那时,我必须想出一个答案来回答他——或者把他杀了,我估计。不过那是几年后的事。在那之前,我们每天晚上都会一起吃晚饭,我和达拉姆——我最后的家人。

最后只剩下一个人还要说一说。

我以前的主人。

我觉得我不必为他向众神祈祷,因为他的家人会花巨资沿着恒河为他的灵魂祈福。与富人花大价钱进行的祈福相比,一个穷人的祈祷在三千六百万零四个神的眼里算得了什么呢?

可我真的常常想起他——不管您信不信,我真的很想念他。他真不该落到那样的下场。

我应该割断猫鼬的脖子。

阁下，中印关系在过去七天里已经有了极大的改善，像他们所说的那样，印度中国亲如兄弟。关于企业家的创业精神，我已经把您需要知道的都告诉您了——它是如何培养起来的，如何克服困难的，如何坚持真正目标的，以及如何赢得成功这块金牌的。

阁下，虽然我已经讲完了我的故事，而且您现在已经知道了我的秘密，如果您允许，我还想对您再说最后一句。

（这是我从那伟大的社会党人那里学来的老花招——就在听众们呵欠连天时，他会说"最后一句话"，然后再继续说上两个小时。哈！）

当我驱车行驶在霍苏尔大道上，当我拐进电子城一期工程、看到我所经过的那些公司时，我简直难以向您表达这一切令我多么激动。通用电器、戴尔、西门子——它们都已来到了班加罗尔，而且更多的外国公司还将接踵而来。这里到处都是建筑工地，到处都是一堆堆的泥土、一堆堆的石子、一堆堆的砖块。整个城市都笼罩在黑烟、烟雾、粉尘和水泥粉末中，被一层面纱遮挡着。当这层面纱被撩起，班加罗尔会是什么样？

或许它会是一个灾难：贫民窟、下水道、购物中心、塞车、警察。但这谁也说不准。或许它最终会变成一个像样的城市，人活得像人，动物活得像动物。新印度的新班加罗尔。到那时，我就可以说我也以我的方式为班加罗尔的发展尽了力。

为什么不呢？难道正在改变这个国家的力量里不包括我吗？难道我没有在每个穷人都应该进行的抗争中获胜吗？这场抗争为的是不再遭受你父亲曾经遭受过的鞭笞，为的是不再让你自己最终变成一堆无可辨认的尸骨，在恒河的黑泥里腐烂。不错，我是杀了人——毫无疑问，这是一件不该做的错事。这件事玷污了我的心灵。全印度市面上能买到的所有美白霜都无法洗净我的双手。

可是，这个世界上的每个重要人物，包括我们的总理，在登上顶峰的路途上不是都杀过人吗？如果杀的人够多，他们还会在德里的议会大厦附近给你立上几座铜像——但那种荣耀不是我追求的目标。我只想有机会成为一个人——为了这一点，杀一个人足够了。

我下一步怎么走？我知道您肯定在想这个问题。

我这么跟您说吧。我今天下午开车行驶在M.G.路上，这条时髦的购物街两旁有许多美国商店和科技公司，我看到雅虎公司的人正在他们的办事处外竖起一块新招牌：

你的想象力有多大？

我松开紧握方向盘的双手，比划着做了一个比大象阴茎还粗的圆圈。

"有那么大，你姐姐的！"

我爱我这刚刚起步的公司——爱这吊灯、这银色的笔记本电脑、还有这二十六辆丰田Qualis——但坦率地说，我迟早会厌倦这一行的。总理先生，我属于那种第一挡速度的人。我最终会把这刚刚起步的公司卖给某个傻瓜——我是说企业家——然后投身新的行当。我接下来考虑的是房地产。您瞧，别人只看到"今天"，而我却总能看到"明天"。全世界明天都会来到班加罗尔。您只需驱车去机场，数一数沿途经过的那些已经建了一半的钢筋玻璃盒子，看一看修建那些大楼的美国公司的名字。等所有那些美国人来到这里时，您以为他们会睡在哪里？睡在马路上？

哈！

只要有空的公寓，我都会看一看，然后在心中盘算一下，这房子到了二〇一〇年能以什么价格卖给一位美国人？如果那公寓有望在将来成为某个美国人的家，我就会立刻付定金将它买下来。家宝先生,房地产业的未来在班加罗尔。如果您愿意,也可以来发一笔横财——我可以帮您!

房地产干上三四年后,我有可能把一切都卖掉,带上钱,为班加罗尔的穷孩子办一所学校———一所英文学校。这所学校绝不允许用种种虚伪的东西来毒害人的头脑,只允许给这些孩子灌输生活真谛。这所学校里的学生个个都是白虎,被释放到班加罗尔!我们要让这座城市对我们俯首称臣,我告诉您。我可以成为班加罗尔的老板,可以立刻修理那位警察局的副局长。我会叫他骑自行车,然后让阿西夫开着丰田车将他撞倒。

这一切只是我的梦想——很可能最终毫无结果。

我有时候觉得自己永远不会被抓住。我觉得那鸡笼需要我这样的人去冲破它,也需要阿肖克先生这样的主人——尽管他有数不清的美德,却不是个称职的主人——被清除掉,再由我这种杰出的仆人去替代他们。每当想到这里,我就会幸灾乐祸地希望阿肖克先生家能够悬赏一百万美元拿到我的人头。没有关系。我已经改换门庭:我现在已经成了可以在印度逍遥法外的那些人中的一员。每到这时,我就会抬头望着这盏吊灯,只想举起双手高喊,声音大得足以通过客服中心的那些电话一路传到美国:

我成功了!我已经冲出了鸡笼!

可有时候,街上有人高喊"巴尔拉姆",我会扭过头去,心想,我的身份暴露了。

被捕——这种可能性始终存在。正如阿肖克先生所说,印度的事总是没完没了。就算你把所有的棕色信封和红色旅行袋都给警察,他们仍然会继续敲诈你。某一天或许会有一个身穿制服的家伙指着我说,时候到了,穆纳。

不过，即使我所有的吊灯都掉下来砸在地上——即使他们真的把我关进监狱而且让所有其他犯人将他们的鸟嘴插进我的身子——即使他们让我顺着木楼梯走向绞索——我也永远不会说我那天晚上在德里割断我主人的脖子是犯了一个错误。

我会说，只要能体验一下不当仆人的滋味，哪怕是一天、一个小时、一分钟，这一切也是值得的。

总理先生，我想我已经准备好要孩子了。

哈！

您永远真诚的
阿肖克·夏马
班加罗尔的白虎
boss@whitetiger-technologydrivers.com

为什么要写信给中国总理？
——《白虎》导读

陆建德

《白虎》是印度作家阿拉文德·阿迪加的小说处女作，二〇〇八年获著名的曼布克奖（即原来的布克奖）。书名来自一位虚构的印度班加罗尔企业家的绰号（或者说尊称）。某晚十一点半，"白虎"从电台上听到，中国总理温家宝一周后要到班加罗尔访问，并将与当地企业家见面。他马上提笔给"总理先生"写信，介绍自己白手起家的经历。这位大忙人利用半夜三更的空闲接连书就七封长信，基本上一天一封。七封信写毕，中国客人马上就要莅临被写信人称做"世界科技与外包之都"的班加罗尔了。写信人在信头上夸张地自称"一位思考者和企业家"，他或许期望以此赢得收信人的敬意。现在常有"龙象竞争"或"龙象共舞"的说法，而印度媒体在比较中印两国的时候往往对印度过于乐观。小说叙述者不以为然，深感有必要直接向中方告以实情。再说，他还希望自己的名字出现在温总理接见的印度企业家名单上！

这是一部以贫苦、算计、残暴和腐败为背景的小说，但是始终贯穿了一种生动活泼的喜剧风格。作者借书信体来展开故事，意在借此增强小说的真实感。

（一）

写信人好像站在世界潮流的前面，洋洋自得，但是狂妄中又夹带了谦卑，毕竟底气有点不足。读者从第一封信就知道，他原是个司机，三年前在新德里杀害了雇主阿肖克先生，潜逃时在海得拉巴汽车站看到一张模模糊糊印有他照片的通缉令，就把它揭下来当护身符。他来到创业之城班加罗尔，隐姓埋名，利用行凶时抢来的七十万卢比现金做起出租汽车公司老板来。那张通缉令竟然在他那不算宽敞但装有枝形吊灯的办公室里存放了一年多才销毁。好在他善于学习，把通缉令上的文字全部扫描保存在电脑里。现在他打开存有通缉令的文件，一边批评警察局用词不当，一边讲述他的身世。这是多么有趣的开局！

这位令人捧腹的主人公叫巴尔拉姆·哈尔维，出生于印度东北部比哈尔邦格雅地区的拉克斯曼加尔村。比哈尔邦土地面积为全国的5%，人口却占10%。巨大的人口压力带来诸多社会问题，治安状况尤其恶劣，以致影响了该邦在印度的声誉。但是不要以为巴尔拉姆来自穷山恶水。格雅地区在世界史上享有盛名，多古迹，区内的菩提伽耶是佛陀悟道之处，玄奘曾去那一带求学取经。可惜巴尔拉姆的家与这段光荣历史沾不上边。他父亲是人力车夫，母亲多病，他们顾不上给儿子取个正式的名字，就叫他"穆纳"，是"小孩子"的意思。巴尔拉姆这名字是他上学第一天登记姓名时老师给他取的。他读书还相当不错，一次教育督导来检查，只有他能念督导大人写在黑板上的文字。督导大喜，夸奖他"聪明、正直、活泼可爱"，在学校里难得一见，可以和丛林里最稀有的动物白虎（即孟加拉虎）相比，于是"白虎"成了他的别号。我们的主人公对这新名字非常认同，它是珍稀物种，也是新印度的象征。不过他还有一个名字。他到了新技术的中心，更名阿肖克·夏马。以自己的牺牲者为自己命名，也是一绝。出于良善的动机，本文还是称他巴尔拉姆。

再来说说主人公的姓。在种姓制度时代，哈尔维指做糖果的人，

应该属印度四大种姓中的首陀罗[1]。巴尔拉姆在解释种姓制度时有这么一段话:

> 这就是我的种姓,我的命运。生活在黑暗之地[2]的每个人一听就会明白。……不过,如果我们真的是天生做糖果的哈尔维,为什么我的父亲不做糖果而是拉人力车呢?为什么我的童年是在砸煤块、擦桌子中度过,而不是吃着甜卤蛋和玫瑰果子长大的呢?

巴尔拉姆就这个困扰他的问题发挥一番。他认为种姓曾经给印度带来社会秩序,那几乎是个黄金时代:

> 印度这个国家在她最富强的时候就像一个大动物园,一个自给自足、等级森严、秩序井然的动物园。每个人各司其职,乐得其所。这儿有金匠,有牛倌,有地主;姓哈尔维的人家做糖果;姓牛倌的人放牛;贱民挑粪;地主对他们的农奴很仁慈;女人们戴着面纱,与陌生男人说话时眼睛总是望着地面。
>
> 时光到了一九四七年八月十五日,也就是英国人撤出印度的那一天。感谢德里的那些政治家们,他们打开了动物园的笼子。飞禽走兽纷纷逃出藩篱,互相攻击,你死我活,丛林生存法则取代了动物园法则。那些最为凶残、饥肠辘辘的动物吃掉了其他的动物,肚子也一天天地鼓了起来。肚子的大小可以解

---

1 四个种姓中最高的是婆罗门(僧侣和学者),其次为刹帝利(武士及统治者),再次为吠舍(商贾及农民),首陀罗最低(工匠、劳工和奴仆等)。首陀罗之下为"不可接触者"。印度法律规定人人平等,但是种姓制度在广大农村仍有较大的势力。

2 这里说的"黑暗之地"原文用的是"the Darkness",所指不明。这个抽象的地名在本书频繁出现,它其实可以指比哈尔邦,也可以指中度相对落后的地方,甚至整个印度。英语世界的读者不难推知其来历。奈保尔的"印度三部曲"中的第一部就是一九六四年出版的《幽暗国度》(An Area of Darkness),"黑暗之地"很可能由此而来。"印度三部曲"中文简体版已经出版。

释今天的一切。不管你是女人、穆斯林，或者是贱民，只要你肚子够大，说话就有底气……

简而言之，以前在印度有上千个种姓，上千种命运。现在只有两个种姓：大肚子的和瘪肚子的。

同样也只有两种命运：吃人，或者被吃。

动物园的笼子是他愿意待的地方吗？不是。现在的选择就是这么简单，非此即彼：吃人，或者被吃。这种荒唐的两分法必然导致英国哲学家霍布斯所说的"一切人反对一切人的战争"。巴尔拉姆有白虎之名，当然命中注定是要吃人的。

（二）

小说中与动物园的意象呼应的是鸡笼。巴尔拉姆自命为成功的反抗者。他说，印度这个国家在长达万年的历史上发明出来的最伟大的东西就是鸡笼，"百分之九十九点九的印度人都被困在鸡笼里，就像家禽市场的鸡。"在鸡笼里关久了，就不知何为自由，于是奴性成了第二性。巴尔拉姆再由鸡笼联想到新德里国家动物园里的虎笼以及外面告示牌上的文字："想象一下你被关在笼子里的滋味。"这本来反映了新的动物观，却被他用来哀怜自己往日的不幸。在他看来，冲出鸡笼、虎笼一定得使用极端手段，而且不计代价和后果，哪怕是个人获得"解放"后家人被笼子的主人追捕、殴打、活活烧死。

巴尔拉姆曾经抱怨印度人不懂如何追求自由："把解放的钥匙放在他手里，他会咒骂着把钥匙扔还。"其实这钥匙就在自己手里，它是一种态度的转变，决定因素是自己，而非外力。这也就是为什么在巴尔拉姆决定行动时想到两句诗行：

> 我多年来一直在寻找那钥匙,
> 可是那道门却始终敞开着!

没有救世主,命运自己可以左右,只要跨出去就行。借助一个破碎因而锋利无比的威士忌酒瓶瓶口之力,巴尔拉姆跨出了鸡笼,也逃离了动物园。他吃了人,那第一个猎物就是他的老板。天地原来如此开阔,任他奔跑纵跳。

在实施计划前,巴尔拉姆或许是为了积聚勇气,带了从乡下来投奔他的侄子去新德里国家动物园。这个场景出现在小说接近结尾处。叔侄俩终于看到了圈起来的孟加拉虎:

> 它在竹篱笆后面来回走动。黑色的条纹和被阳光照亮的白色毛皮在深色竹篱笆的缝隙中不停地一晃而过……它一遍又一遍地走着同一条直线——从竹篱笆的一端走到另一端,然后转身以同样的节奏走回来,仿佛中了邪一样。
>
> 它是用这种走路方法来给自己催眠,因为只有这样它才能忍受这牢笼。

此刻老虎停了下来,它的眼睛与叙述者眼睛相遇。巴尔拉姆百感交集,双膝开始颤抖,脊椎底部生出痛感。也许他为自己的恶念感到恐惧,昏了过去。小孩当晚就把在动物园里看到的一切写信向一家之长、巴尔拉姆的奶奶库苏姆汇报。结果信是由巴尔拉姆口述的。他以侄子的口气虚构了一段他昏倒苏醒后两人的对话:他抓着我的手说:"对不起,对不起,对不起。"我问他:"为什么要说对不起?"他说:"奶奶,我不能一辈子都生活在笼子里。对不起。"

这里的"对不起"不仅仅意味着巴尔拉姆·哈尔维将从人间消

失。即将被害的阿肖克先生是比哈尔邦强豪鹳鸟先生的儿子,出事后他家必将寻仇报复。鹳鸟先生横行乡里,有什么事不能做的。巴尔拉姆"走出"笼子了,可是他的整个大家庭却面临灾难。

(三)

格雅地区的拉克斯曼加尔村是个治理程度极低的地方,多少让人想到小说《水浒》里梁山泊一带的情形。政府和法律的阳光难以穿透那里的瘴气,当地的一切都由四大家族操控,为首的分别叫鹳鸟、野猪、乌鸦和大水牛,良田、河流、山地和道路都成了他们私人的财源。他们住在高宅大院,势力伸向四面八方,远远超出整个格雅地区。村民深深怨恨,无可奈何。

治理程度的低下表现在各个方面。巴尔拉姆的年纪和生日是警察随意给的,所以通缉令上说,案犯的年龄在二十五岁至三十五岁之间。村里连一条水泥路也没有,公共汽车一到,尘土满天飞扬。官方文件上说,当地电力充足,装了自来水,村里的孩子营养还算丰富,身高体重达到联合国和相关组织规定的最低标准。但是实际上电线杆是竖立起来了,电还没通;水龙头是安装好了,水还供应不上来;孩子们缺钙,脑袋显得特别大,他们无辜的眼睛忽闪着,"好像是在拷问印度政府的良心"。村医院的院址早就选好了,奠基仪式也举行了三遍,留下三块奠基石,分别属于三届政府,但医院一直没有建好,传染病人无法隔离。学校的午餐倒是免费的,可是餐费被领不到工资的老师截留了,学生吃不到什么东西。教室里甚至没有簸箕,没有椅子,学生的新校服出现在邻村的集市上。简言之,如果公共事业在当地可以赚大钱的话,那是因为职务待价而沽,拨款可以中饱。

可是在这样的地方,墙上却有很多红漆刷的标语口号。奈保尔在"印度三部曲"中也曾注意到,印度地方政府偏好标语口号,仿佛它们是治国有方的见证。那位教育督导在黑板上写的几句漂亮空话更好笑:"我们生活在一个美丽的国度。佛陀之光庇佑着这块土地。恒河是我们的母亲河,是人类和动植物都赖以生存的圣水。感谢神明让我们降生在这片土地上。"

当然还有种种关于印度民主的套话。印度文盲率高,不识字的就用摁手印的方式投票,但是在乡村,手印可以买卖。拉克斯曼加尔村茶铺里那些不识字的伙计也有投票权,可是他们的选票都被老板鹳鸟买断,转卖给政客了。做过茶铺小二的巴尔拉姆说得也很实在:"只有白痴才相信我们真的自由了。"

奈保尔在评论印度社会时用过一个很特别的词:"半生不熟"("half-baked")。这个词及其变种(如 half-formed)在本书中一再出现。阿肖克问了新雇的司机几个常识性的问题,巴尔拉姆答不上来,于是他对太太说:"他是个半吊子货。我告诉你,印度到处是他这样的人。我们就把伟大的议会民主托付给这样的人了。这就是这个国家的悲剧之源。"这里的"半吊子"就是"半生不熟"。巴尔拉姆从家乡到丹巴德,一路经过几个城镇,"每个城镇都像大都市一样喧嚣吵闹、污染严重、拥挤不堪,缺乏真正的城市应该拥有的历史厚重感、整齐规划、高贵庄严。半吊子的城市,住着半吊子的人。"这口气与其说像巴尔拉姆,还不如说像奈保尔。

在城里,"半生不熟"有不同的表现形式。阿肖克在新德里住的公寓楼叫白金汉塔楼,边上的楼叫温莎庄园。开发商取这些名字,投合的是社会心理。交通规则齐全,但是交通秩序荡然。各种违规的方式就不必缕陈了,最叫人心寒的是穷人家孩子出了车祸,竟然没人报警。巴尔拉姆专干司机这一行,知道同行欺骗主人的招数,比如找黑店修车,虚报修理费用,顺路载客,收取佣金,擅自出车揽活。在他的眼里,敢于逾越规矩办事的人都是企业家,甚至连他的谋杀也是"企业精神"的勃发。这种特殊型号的企业家崇拜绝对不是印度独有的现象。

社会生活缺少基本的规矩方圆，政府形同虚设，暴力抵抗就不断冒现。小说里几处说到，左派纳萨尔派反政府组织在比哈尔邦十分活跃，他们杀富济贫，颇得村民好感。他们宣传画（一双砸烂镣铐的巨手）的主旨与巴尔拉姆个人主义的破笼理念异中有同。印度东中部各邦最缺善政，居民怨声载道，从而使其的力量不断壮大。其实提高治理程度才是根除暴力的唯一途径。就如一位西方观察家最近所言，"改进地方政府——提供道路、水、学校和医疗设施——将使那些目前一无所有的人与印度政府紧密联系起来。"[1]

（四）

巴尔拉姆从小十分机灵。乌尔都语诗人伊克巴尔说，你一旦能识别出这世界上的美丽，你就不再是奴隶。如果这是真的，那么巴尔拉姆就不是做奴隶的料。离家不远，有个叫黑堡的历史遗迹，他在上学的时候就会欣赏黄昏时刻美妙绝伦的黑堡轮廓线。他还善于观察。母亲逝世的时候他还很小，他记得丧葬过程上很多细节，隐隐感到隆重的葬礼或许表明自己家里待她太薄。父亲拉黄包车，无异于"两条腿的骡子"，赚来的钱又如数上交，才到中年就死于肺结核，他的遭遇无形中促使巴尔拉姆选择吃人。

堂姐为嫁到高种姓人家，得置备不菲的嫁妆。为此家里向鹳鸟借了高利贷，因还不上钱，只得让巴尔拉姆辍学，到鹳鸟的茶铺干活抵债。他把茶铺当做人生的大学堂，不时留心观察各类顾客，还偷听他们的谈话。时间一久，也积累了不少经验。如果说甘地的人

---

[1] 详见《结束红色恐怖》一文，载《经济学家》，二〇一〇年三月二日。引文里的"政府"可以译作"治理"。

生故事体现了工作认真踏实，乐于献身，真心实意，那么巴尔拉姆恰恰相反：他在茶铺里"属于马马虎虎、不愿奉献、虚情假意的那一种"，而那些干得最卖力的，被他称做"人形蜘蛛"。他在当地有了好偷懒的坏名声，只得随哥哥到大一点的城市丹巴德去碰运气。

他在丹巴德的茶铺听说司机工资高，就想学开车。学习驾驶要交三百卢比，这在他家不是一笔小数目。奶奶在他恳求下同意出钱了，条件是以后当上了司机，工资要交由她支配。巴尔拉姆学会了开车就在丹巴德找工作，不巧又找到鹳鸟家，幸好刚从美国留学归来的阿肖克待人和善，巴尔拉姆就被录用了。他尝了赚钱的滋味就把往日的约定彻底抛到脑后。这其实是早有预谋的。

阿肖克重乡情，他要回出生地拉克斯曼加尔村看看，请新聘的司机驾车同行。这是巴尔拉姆最后一次回家。他独自登上黑堡，隔着河流俯视家乡美景。出人意料的是他对着这个熟悉的地方"呸！呸！"地吐口水，原来他是在暗暗发誓永不回来。奶奶再精明，也料不到昔日的"穆纳"如此绝情。她后来请人写信，催他寄钱，还想用婚姻来约束他。巴尔拉姆一心要出人头地，不会像他父亲和哥哥那样钻回由奶奶设好的乡下生活的圈套。几个月后，阿肖克就死在他手下。

鹳鸟家有两位司机，另一位资格老，技术好，巴尔拉姆只能屈居人下，做二号司机。仆人房里只有一张床，一号司机睡床上，二号司机睡床下，这也是合理的安排。他们之间不打招呼，各有一套神像，祷告时只想压过对方的声音，像是在进行一场心理战。一个偶然的机会巴尔拉姆发现他的对头原来是穆斯林，他终于盼到了好机会，以向主人告发相威胁，一号司机不得不卷起铺盖离开。巴尔拉姆也动了一点恻隐之心：

我想，他的生活也真够惨的，为了一份开车的工作，不得不隐瞒自己的信仰，改换自己的名字。当然，他绝对是个称职的司机，我是怎么也赶不上他的。我有点想当场就起身向他说声对不起……原谅我吧，兄弟。

但是我却翻了个身，放了个屁，接着又睡着了。

现在他睡在床上，可以舒舒服服翻身，这是干净利落的翻身仗。地位在两位司机之上的管家尼泊尔人也连带遭了殃。巴尔拉姆断定，尼泊尔人是知情的，长期为穆斯林保密，必定是收受了好处。巴尔拉姆把柄在手，毫不含糊地扇了他的顶头上司几个耳光，甚至还喝令他端茶上点心。他的老虎本性，已经在这事上显露了。

巴尔拉姆读书不多，但有急智，应付天真善良的阿肖克是有余裕的。阿肖克像个西方自由派人士那样尊重印度传统文化，他的幼稚被狠狠奚落一番。巴尔拉姆把阿肖克夫妇从拉克斯曼加尔村开回丹巴德的路上摸了一下眼睛，其实只是下意识的动作，阿肖克就要问个为什么。巴尔拉姆也乖巧得很，他说过了寺庙，碰一下眼睛以示尊重。过了会儿他又用手碰触了眼睛，阿肖克不解，因为四周见不到寺庙。但是巴尔拉姆知道如何投人所好，说是路过一棵圣树，碰一下眼睛也是表示敬意。阿肖克得意地问他太太："你听到了吗？他们崇拜自然。多好啊，不是吗？"两人之间的对话几乎反映了一种滑稽的供求关系。阿肖克有需求，巴尔拉姆就源源不断地供应。巴尔拉姆听后愈来愈用心地表演。眼睛不能老是摸，那就一会儿摸脖子，一会儿摸肩膀。他如此积极配合，只想强化阿肖克已有的观点：家乡的百姓崇拜自然，宅心仁厚。看来"半吊子"的巴尔拉姆实际上在操纵、耍弄自己的主人。要是这是一场智力游戏，主仆已经易位了。巴尔拉姆能演这种虔诚的戏，聪明狡猾得像个活佛。这段精彩的文字是一般西方作家不大写得出来的。

与这台戏相关联的是巴尔拉姆对一种欧美时尚的嘲笑：人们到喜马拉雅山呼吸稀薄的空气，吸大麻，练瑜伽，与苦行僧交往，到贝拿勒斯、菩提伽耶朝圣，自以为就得到了启迪。

（五）

我们来看一下他的受害者阿肖克。他从美国归来时还带回一位白人太太"平姬夫人"[1]，可见他的西化程度较深。阿肖克没有当地人嚼槟榔的习惯，他也不会故意强调印度教徒与穆斯林的区别。他宽容、开明，与父亲鹳鸟和哥哥猫鼬形成对照。后来阿肖克参与家庭企业的非法运作，自然也近墨者黑了。他家是丹巴德地方的煤老板，利用偷煤、逃税等手段聚敛了大笔财富。为寻求保护伞，阿肖克常驻新德里，不时从银行取出上百万的现金，打点腐败官员。一次交通事故改变了他的生活。

作者多少是想为巴尔拉姆的犯罪作出铺垫，安排了这一重要情节：某夜，"平姬夫人"借了酒劲要开车，巴尔拉姆不得不从，腾出驾驶的位子。她胡开一阵，黑暗中撞上软乎乎一团东西，继续高速行驶，回家大家检查轮胎后才发现，撞的大概是流浪家庭的小孩，必死无疑。阿肖克和他哥哥就请律师代巴尔拉姆拟了一份文件，声明是他开车出了事故，负有全责，当时车内没有其他乘客。一位高级法院的律师和奶奶库苏姆（为了一笔钱？）还签字画押作证。司机为主人肇事顶罪，这样的事并不新鲜。

作者一再强调巴尔拉姆如何准备去为一次与他无关的车祸坐牢，甚至没有闪过逃跑的念头。他的狡黠和适者生存的信念仿佛随着他主人的无耻堕落而消失。巴尔拉姆更温顺了，是他朦胧中的杀心暂

---

[1] 巴尔拉姆称她"Pinky Madam"，有点滑稽。Pinky 可以是非洲裔美国人的俚语，指白人女子，可译成"白婆"。但是在巴尔拉姆的叙述中，阿肖克也叫他太太"Pinky"。这也许不尽可靠。

时需要夸张的奴性来遮掩吗？撞人一事后因没人报案，不了了之。鹳鸟一家若无其事，没有一点致歉的意思。反而是平姬夫人坚持要去找孩子家人，给予赔偿。她无法容忍丈夫一家的行为，独自回了美国，这桩婚事也走到了尽头。

小说后半部不少地方描写阿肖克的冷漠和粗鲁，仿佛这么处理一下，巴尔拉姆杀害阿肖克就更具必然性了。巴尔拉姆其实不是反抗压迫或抗议不公正待遇，他要颠覆的是主仆关系，吃人与被吃的关系。在他的生存体系里，压迫和不公是合理的常态。小说结尾处他为冲破鸡笼骄傲："我觉得那鸡笼需要我这样的人去冲破它，也需要阿肖克先生这样的主人——尽管他有数不清的美德，却不是个称职的主人——被清除掉，再由我这种杰出的仆人去替代他们。"也许有一天他的身份会暴露，但他绝不后悔，哪怕是短暂地体验一下不当仆人的滋味，这一切都是值得的。巴尔拉姆和鹳鸟看来是对立的，其实他们信奉同样的价值，是一对双胞胎。即使车祸不曾发生，他也会把阿肖克吃掉。

一个发生在事故之前的细节足以证明上面的论点是成立的。猫鼬是他父亲鹳鸟的翻版，他要从新德里坐火车回丹巴德去了，去车站路上他当着巴尔拉姆的面叮咛弟弟必须对司机严加管教。阿肖克却说，司机为人老实，是家乡出来的人嘛！显然猫鼬看人更准。巴尔拉姆听到这样的对话，非但不感激阿肖克，反而对他无比轻蔑。他心里想，后座上这个相貌堂堂、身材魁梧、受过美式教育的主人实际上脆弱无助，胸无城府，"丝毫没有流淌在地主血液里的那些本能来保护他"。他甚至想当面羞辱阿肖克："要是在拉克斯曼加尔，你这种人就叫做待宰羔羊。"想到这里，他笑得十分开心。后座上的猫鼬对着他吆喝起来，问他为何"笑得像头驴子"。在这猫鼬面前，巴尔拉姆摆出一副奴相，差点要"趴下来向他道歉"。阿肖克让仆人看不起，主要不是因为他贿赂官员或行为不端，而是因为他在本质上不够凶恶，太像"待宰羔羊"。可以说，整个车祸的安排和阿肖克的蜕变都是多余之笔。

奈保尔说，他憎恨压迫，但是又惧怕被压迫者。这本书就是对这名言的生动注释。

（六）

《白虎》有一些印度日常生活的剪影让人感到十分熟悉，而且还很亲切：自行车后座上的电影广告牌；无数攀爬上汽车到大城市打工的农村青年；小地方一溜排开的黄包车和弓背弯腰地蹲着的车夫。所有这些特写场景好像就在我们眼前。不过我们的部分农村地区和拉克斯曼加尔村还有很多让人心情沉重的相似之处，比如没有地下排水系统，垃圾得不到处理，任其堆积。

印度能够容忍甚至欢迎这部小说，说明印度的成熟和自信。中国读者在看了小说后，千万不要生出中国比印度优越的感觉。小说毕竟是小说，它与现实的关系不是一时能说清的。巴尔拉姆经常讽刺民主，他甚至把选举热与伤寒、霍乱相比。但是我们也要看到，民主政治在印度毕竟行之多年，有其成效，它与印度版本的社会主义相结合，也发展出很多印度的特色来。和印度相比，中国的人均寿命和人口中的识字率较高，而五岁以下儿童营养不良的比例较低。但在很多方面，印度并没有落在中国后面。印度城乡收入的差距自九十年代以来稳步缩小，农村的经济增长速度比城市地区快近40%。中国的经济增长只有15%源自农村，而农村占到了印度经济增量的约三分之二。印度国内需求占印度经济的三分之二，从比例上讲是中国的两倍，这全靠农村人口和规模庞大的中产阶级。[1]

---

[1] 详见美国《商业周刊》二〇一〇年二月八日文章《别低估印度的消费者》。

根据二月二十八日公布的《国家中长期教育改革和发展规划纲要（2010—2020）》征求意见稿，到二〇一二年，我国的财政性教育经费支出将占国内生产总值的 4%，而在印度的第十一个五年规划（2007—2012）里，这个数字已经高达 6%。[1] 前几年，在中国媒体误以为"世界工厂"是个光荣称号的时候，印度已经在说要做"世界办公室"。班加罗尔一些印度软件公司在国际上的地位还不是中国同类公司可比。印度的精英阶层更像精英，印度的高等教育还能仰望星空。

中国面临的挑战恐怕更加复杂、巨大。我们的社会问题起码同样触目惊心。假如一位高手把黑砖窑或非法煤矿的血淋淋的内幕以及背后盘根错节的社会腐败交织起来演绎为一部长篇小说，它将呈现一幅多么可怕的图景！但是我们又知道，如果这部黑幕小说的读者相信那些骇人的故事反映了中国的全部现实，那又是多么幼稚可笑。《白虎》是由致温家宝总理的信件组成的，作者有意批评印度的民主和所谓的企业家精神。小说里的嘲讽是不能看得太认真的，正如巴尔拉姆说到中国的好话，也不能当真。中国无法无天的企业家和富有企业精神的外逃贪官，恐怕也不见得会比印度少。

阿拉文德·阿迪加只是当代印度大量优秀作家中的一位。二〇〇八年，与《白虎》一起入围曼布克奖的还有印度作家阿米塔夫·高希的《罂粟海》，那是关于鸦片生产业和鸦片战争的三部曲第一部。说实话，我们还等待着更多的有关印度的作品进入中国读者的视野。产生众多作家的国土总是令人神往的。书桌上正好有一个来自印度的小木盒，它使我生出对这个古老而常新的国度的向往。神奇的印度。

---

[1] 见二〇〇八年十月七日《中国教育报》。